LENA ROHN

Das KIND mit den stummen AUGEN

atb aufbau taschenbuch

LENA ROHN ist das Pseudonym einer Wahl-Rheinländerin, deren Wurzeln im hohen Norden liegen. Sie hat bereits viele erfolgreiche Romane veröffentlicht und wurde mit dem Delia-Literaturpreis ausgezeichnet. Wenn sie nicht schreibt, stöbert sie in Bibliotheken oder geht wandern. Mit ihren Kindern lebt sie in Rheinnähe mit Blick auf das Siebengebirge.

»Es hatte ganz offensichtlich ein drittes Kind in dieser Familie gegeben, ein kleines Mädchen. Eines, von dem niemand sprach.«

Theresa hat die Nase voll. Sowohl ihre Mutter als auch ihre Tante weigern sich, ein wenig Moderne in ihr zu dritt geführtes Teehandelshaus einziehen zu lassen. Dabei steht das Familienunternehmen kurz vor der Insolvenz. Eine Lösung muss her, und sie lautet: Jonas von Bergen. Der Journalist soll dem Teehaus mit einem großen Artikel wieder zu mehr Sichtbarkeit verhelfen. Mit vollem Einsatz stürzt Theresa sich mit in die Recherche, fördert Fotoalben und alte Unterlagen ihrer teebegeisterten Familie zutage und macht eine überraschende Entdeckung: Mehrere schwarz-weiße Kinderfotos zeigen nicht nur ihre Mutter Inga und ihre Tante Martha, sondern noch ein drittes Mädchen. Als Theresa Inga darauf anspricht, blockt diese sofort ab, und auch Martha macht dicht. Doch so schnell lässt Theresa sich nicht abspeisen. Sie forscht weiter und stößt auf eine alte Broschüre über ein Kinderkurheim im Teutoburger Wald. In Heime wie dieses wurden nach dem Zweiten Weltkrieg zahlreiche Kinder verschickt. Gemeinsam mit Jonas von Bergen führt sie die vielen losen Fäden in ihrer Familiengeschichte zusammen – und kommt zu einer erschütternden Erkenntnis.

LENA ROHN

Das KIND mit den stummen AUGEN

ROMAN

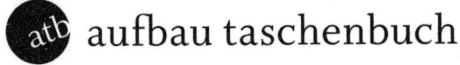 aufbau taschenbuch

MIX
Papier | Fördert
gute Waldnutzung
FSC® C083411

ISBN 978-3-7466-4128-7

Aufbau Taschenbuch ist eine Marke
der Aufbau Verlage GmbH & Co. KG

1. Auflage 2024
© Aufbau Verlage GmbH & Co. KG, Berlin 2024
www.aufbau-verlage.de
10969 Berlin, Prinzenstraße 85
Der Verlag behält sich das Text- und Data-Mining nach § 44b UrhG vor,
was hiermit Dritten ohne Zustimmung des Verlages untersagt ist.
Umschlaggestaltung www.buerosued.de, München
unter Verwendung von Motiven von © Arcangel/Abigail Miles und
© akg-images/arkivi
Satz Greiner & Reichel, Köln
Druck und Binden CPI books GmbH, Leck, Germany

Printed in Germany

Ein weißes Schloss in weißer Einsamkeit.
In blanken Sälen schleichen weiße Schauer.
Todkrank krallt das Gerank sich an die Mauer,
und alle Wege weltwärts sind verschneit.

Darüber hängt der Himmel brach und breit.
Es blinkt das Schloss. Und längs den weißen Wänden
hilft sich die Sehnsucht fort mit irren Händen …
Die Uhren stehn im Schloss: Es starb die Zeit.

Rainer Maria Rilke

PROLOG

Zögernd tastete sich ihr Blick durch den Raum, glitt nach unten, wo ihre nackten Füße bleich unter dem Saum des Nachthemds hervorlugten, zuckte wieder hoch. Die Konturen des großen Saals mit seinen leeren Tischen und Stühlen wirkten gespenstisch im milchig blauen Licht. *In blanken Sälen schleichen leise Schauer.*

Ihre Erstarrung löste sich, und langsam ging sie durch den Speisesaal. Niemand war hier, und sie überkam das Gefühl, vollends von der Welt vergessen zu sein. Eine jähe Verzweiflung erfasste sie und mit ihr die Gewissheit, dass niemand sie je von hier wegholen würde. *Todkrank krallt das Gerank sich an die Mauer, und alle Wege weltwärts sind verschneit.*

Sie verließ den Saal und ging in das Treppenhaus, stieg Stufe um Stufe hoch und befand sich schließlich mitten im Schlafsaal. Wieder ließ sie den Blick suchend umhergleiten, aber auch hier war niemand. Angst machte ihr das Atmen schwer. *Und längs den weißen Wänden hilft sich die Sehnsucht fort mit irren Händen.*

Allein, hämmerte es in ihrem Kopf, wieder und wieder. Unruhig sah sie sich um, als sich ihr Blick unvermittelt an der leichten Erhebung unter einer der fahlweißen Bettdecken festhielt. Da lag jemand in einem der Betten. Mit der Erleichterung kam die Gewissheit, dass sie nicht allein war, nicht von der Welt vergessen. Sie näherte sich der Gestalt. Ein Name schwebte fast lautlos vor ihren Lippen, als sie am Bett angelangt war und hinabblickte. Still lag das Kind da, schien zu schlafen. Sie wiederholte den Namen, doch das Gesicht mit den rundlichen Wangen blieb unbewegt. Sie beugte sich vor, sah in bleiche, stumme Augen, deren Blick ins Leere ging.

In diesem Moment wurde sie wach, war nicht aufgeschreckt, sondern hatte einfach die Lider geöffnet und mit wild rasendem Herzen in die Dunkelheit geschaut. Es war dieses Gedicht, dachte sie. Rilke. Nach langer Zeit hatte sie es zum ersten Mal wieder gelesen. Sie schloss die Augen, und Bilder woben sich schlierenartig ins Dunkel. *Die Uhren stehn im Schloss: Es starb die Zeit.*

GEGENWART

»Mila Hansen aus dem ersten Stock fragte mich letztens, warum du die Wohnung nicht behalten möchtest. Aber ich habe ihr gesagt, dass ich das gut verstehen kann. Was sollst du auch so allein in dieser großen Wohnung, ohne Kinder und jetzt auch noch ohne Mann.«

Schön, dachte Theresa, dreh das Messer doch gerne noch einmal in der Wunde um. Sie schloss das Teepäckchen mit einem Klipp, zwang sich ein Lächeln auf und reichte ihrer ehemaligen Nachbarin den Tee über die Verkaufstheke hinweg. »Darf es sonst noch etwas sein?«

Die ältere Frau wirkte befremdet, als sei sie gerade um eine gute Unterhaltung gebracht worden, aber sie erwiderte das Lächeln – wenngleich ein wenig verkniffen. »Das war alles für heute. Vielen Dank, meine Liebe.«

Theresa sah ihr nach, als sie den Laden verließ, und atmete in einem langen Seufzer aus. Dann warf sie einen Blick auf die Uhr und wieder hinaus in den diesigen Frühlingstag, der bei den Leuten offenbar den Wunsch nach Wärme und Behaglichkeit auslöste. Schon in den frühen Vormittagsstunden hatten sie mehr Kunden als sonst manchmal an einem Tag gehabt. Wenn man die miserablen Bilanzen ansah, machte das vermutlich keinen nennenswerten Unterschied, aber Theresas Mutter und ihre Tante schienen bei jedem etwas besseren Verkaufstag eine steile Aufwärtskurve zu sehen. Als würden die Tage der ehemaligen Teebarone von Emden nun endlich zurückkehren.

In den beiden Stunden bis Mittag kam jedoch niemand mehr, gerade so, als habe sich das Bedürfnis nach Tee erschöpft. Vielleicht hofften die Leute nun, der Frühling würde endlich aufhören, ihnen den Herbst vorzugaukeln und sich besinnen.

Früher hatte Theresa die ruhigen Stunden des Vormittages immer genossen, in denen sie das Treiben draußen beobachten und ihren eigenen Gedanken nachhängen konnte, doch in letzter Zeit wäre sie für etwas mehr Ablenkung dankbar gewesen. Denn in Momenten, in denen sie allein war und nichts zu tun hatte, geriet sie ins Grübeln, und genau das wollte sie unbedingt vermeiden. Nun drängte sich unweigerlich die Erinnerung an den Moment vor zwei Tagen auf, in dem sie den Schlüssel ihrer Eigentumswohnung den neuen Besitzern übergeben hatte – ein junges Paar, das sich so überschwänglich gefreut hatte. *So viel Platz! So lichtdurchflutet. Der Stuck! Solche Wohnungen werden heute gar nicht mehr gebaut. Und dieser hübsche Garten! Wie geschaffen für Kinder.*

Genau das hatten Theresa und Lukas bei der ersten Besichtigung vor sechs Jahren auch gesagt. »Wie geschaffen für Kinder.« Dann hatten sie ihre Finger ineinander verflochten, sich angesehen und gelächelt. Wir sind angekommen, hatte Theresa in diesem Moment gedacht. Und jetzt war es doch nur eine kurze Haltestelle gewesen. Immerhin liefen sie und Lukas sich nicht ständig über den Weg, denn er hatte eine Stelle in München angenommen. Vermutlich hatte ihn genau dieser Gedanke angetrieben, und er hatte möglichst viel Abstand zwischen sie gebracht. Nicht, weil sie einander grollten, sie waren im Guten auseinandergegangen. Aber es tat weh, seinen unerfüllten Träumen zu begegnen.

Theresa schloss den Laden für die Mittagszeit ab, blieb aber im Verkaufsraum, um noch einige Teebüchsen aufzufüllen. Dies war der Geruch ihrer Kindheit, jene Aromen, die Zeit ihres Lebens für die Geborgenheit eines Zuhauses gestanden hatten. Blumiger Darjeeling, malziger Assam, herber Ostfriesentee, würzige Teemischungen, fruchtige Düfte, feine Nuancen, die ihre Nase bereits in jungen Jahren zu unterscheiden gelernt hatte. Schon als Teenager hatte sie ihrer Tante Martha, die ausgebildete Tee-Sommelière war, bei der Teeverkostung geholfen und konnte es mittlerweile selbst. Früh war klar gewesen, wohin ihr Berufsweg sie führte, und so war sie in Emden geblieben, während fast alle ihre Freundinnen sich nach dem Abitur in sämtliche Himmelsrichtungen zerstreuten.

Für Theresa hatte sich die Frage, ob sie hier wirklich das

Richtige tat, nie gestellt. Das Unternehmen befand sich seit drei Generationen in der Familie ihrer Mutter, und Theresa hatte schon als Kind gewusst, dass sie dieser Tradition folgen wollte. Weil sie hiergeblieben war, blieb auch ihre Jugendliebe Lukas, pendelte von Emden aus zur Universität Oldenburg, während Theresa eine Ausbildung machte. Nach seinem Medizinstudium hatten sie geheiratet und eine Wohnung gekauft. Da hatte es noch ausgesehen, als würde sich das Leben geradezu perfekt fügen.

Jetzt jedoch schien sich all diese vermeintliche Perfektion aufzulösen. Erst waren ihr ihre Wünsche entglitten, dann ihre Ehe. Und jetzt entglitt ihr womöglich auch noch dieser Laden, denn wenn nicht bald mehr Kundschaft kam, war fraglich, ob sie länger als ein weiteres Jahr durchhielten. Da konnten ihre Mutter und ihre Tante die Bilanzen schönrechnen so viel sie wollten. Und was blieb ihr dann? Obwohl Theresa stets so viel auf ihre Selbstbeherrschung gab, kamen ihr die Tränen, und sie stülpte rasch den Deckel auf die Dose, ehe sie sich mit dem Handrücken brüsk über die Augen fuhr.

Ein lautes Klopfen an der Tür riss Theresa aus ihren Gedanken. Als sie aufblickte, sah sie ihre Freundin Fenja vor der Tür stehen. Diese hielt einen Papphalter mit zwei Bechern in der Hand und winkte ihr zu. Theresa blinzelte und stellte die Teebüchse ins Regal, ehe sie zur Tür ging und aufschloss. Kühle Mailuft wehte mit Fenja in den Verkaufsraum.

»Also dieser Typ, von dem ich dir erzählt habe«, Fenja reichte ihr einen Becher Kaffee, und der herbe Duft mischte sich in die Teearomen,»der hat …« Sie hielt inne, und ihre Augen weiteten sich, als sie Theresa ansah.»Ach herrje. War es schlimm mit der Wohnungsübergabe? Ach, was frage ich – natürlich war es schlimm! Hat Lukas, dieser Mistkerl, dir diese Aufgabe ganz allein überlassen?« Sie legte einen Arm um Theresas Schultern und zog sie in einer kurzen Umarmung an sich.

Wieder trübte sich Theresas Blick, und sie blinzelte rasch, ehe sie Fenja ansah.»Er ist kein Mistkerl, wir haben uns einvernehmlich getrennt, das weißt du. Und er wollte ja dabei sein, aber dafür hätte er ganz aus München anreisen müssen, was ich überflüssig fand. Den Schlüssel konnte ich selbst übergeben.«

»Aber jetzt stehst du hier und heulst dir seinetwegen die Augen aus.« Fenja kramte in ihrer Handtasche, beförderte eine Packung Taschentücher heraus und reichte Theresa eines. Dann setzte sie sich auf einen Stuhl in den Erker, wo ein Caféhaustisch stand.

»Dafür kann er nichts. Ich bin einfach gerade etwas geschafft. Und irgendwie läuft nichts so, wie es sollte. Ich hatte gedacht, ich kann mich in die Arbeit stürzen, und jetzt läuft der Laden überhaupt nicht.«

»Aber das wusstest du doch schon vorher, dass euch die Kundschaft wegbleibt. Nur warst du bisher eben nicht so fixiert darauf, weil du noch ein Leben außerhalb der Arbeit hattest.« Fenja nippte an ihrem Kaffee und verzog den Mund, als hätte sie sich die Oberlippe verbrannt.

Theresa setzte sich ebenfalls hin und sah sich in dem Verkaufsraum um mit seinen Regalen, die gefüllt waren mit großen Teedosen, handbemalten Porzellanteekannen, Teeservices, Teetassen in verschiedenen Ausführungen und hübschen kleinen Teedosen. Die Verkaufstheke war L-förmig und nahm einen Teil der Stirnseite des Raumes ein. Die Fläche vor dem Erker war leer, und im Grunde genommen war das verschenkter Platz. Schon seit zwei Jahren predigte Theresa, man könnte hier doch einen kleinen Bereich einrichten, wo die Gäste verweilen und Tee trinken könnten, aber sowohl ihre Mutter – die Neuem sonst recht aufgeschlossen gegenüberstand – als auch ihre Tante hatten dies verneint.

»Gastronomie«, hatte Martha gesagt, »bringt so viele Auflagen und Bürokratie mit sich.«

»Doch nicht, wenn ihr einfach einen weiteren Tisch hier hineinstellt«, hatte Theresa widersprochen. »Und vielleicht noch drei weitere draußen in den Hof vor dem Geschäft. Das wirkt doch im Sommer sehr einladend. Man muss den Leuten etwas bieten.«

»Wir haben unsere Stammkundschaft.« Der Ton ihrer Tante hatte etwas Strenges bekommen, und Theresa widersprach nicht weiter, obwohl sie Marthas Argument nicht ganz verstand.

Klar, ohne die treuen Kundinnen und Kunden, die für

ihren Tee teilweise weite Strecken auf sich nahmen, wäre der Laden vermutlich schon völlig am Boden. Durch sie hatten sie immer wieder gute Verkaufsphasen, aber auf Dauer reichte das einfach nicht. Und sicherlich würde sich die Stammkundschaft von ein paar Tischen und Stühlen nicht vergraulen lassen.

»Bist du mit der neuen Wohnung so weit fertig?«, fragte Fenja.

Theresa strich sich eine Strähne ihres honigbraunen Haars hinter das Ohr. Seit sie sich diesen neuen Schnitt gegönnt hatte, bekam sie die Haare kaum noch in einen Zopf, und das nervte sie. »Im Großen und Ganzen steht die Einrichtung, und die Kisten habe ich auch ausgepackt. Hier und da etwas Kleinkram.« Noch fühlte sich die Wohnung jedoch fremd an, und Theresa vermisste ihren Garten in seiner wuchernden Pracht jetzt schon. Dabei war die Wohnung an und für sich ganz hübsch, hatte zwei großzügige Zimmer, eine offene Küche und einen Balkon mit schmiedeeiserner Brüstung, den sie demnächst bepflanzen wollte. Aber es war noch kein Zuhause, und Theresa hoffte, dass sich das bald ändern würde. Immerhin hatte sie jetzt viel Zeit, sich um das Unternehmen zu kümmern, und zu tun gäbe es wahrlich genug, wenn man sie denn ließe.

Als sie noch Pläne mit Lukas gehabt hatte, hatte sie sich damit begnügt, Tee zu verkosten, im Verkauf zu stehen und hin und wieder eine Reise zu den Teebauern in Indien und Sri Lanka zu machen, zusammen mit ihrer Mutter, die für den Einkauf zuständig war. Aber jetzt wollte sie mehr, wollte Kundschaft in den Laden locken. Und sie wollte den Aspekt der Nachhaltigkeit werbewirksam stärker in den Vordergrund stellen.

»Was sagen Martha und Inga zu deinen Plänen?«, fragte Fenja in ihre Gedanken hinein, und hatte damit die Blicke, die Theresa durch den Raum gleiten ließ, richtig gedeutet. »Freunden sie sich langsam damit an?«

»Vor allem Martha sträubt sich. Sie meint, das Unternehmen sei mit der bisherigen Strategie immer gut gefahren, und sie sehe nicht, warum sich daran etwas ändern sollte.«

»Die Ewiggestrigen.« Fenja verdrehte die Augen und nahm einen Schluck. »Da kann ich dir auch ein Lied von singen.« Kopfschüttelnd ließ sie den Becher in ihrer Hand kreisen, bevor sie den letzten Schluck trank. »Du brauchst Werbung.«

Theresa sah ihre Freundin unschlüssig an. »Anzeigen schalten ist teuer, und ob das wirklich zu mehr Umsatz führt, weiß ich nicht. Du kennst das doch, man liest meist drüber hinweg. Und Flyer wandern direkt vom Briefkasten in den Papiermüll.«

Fenja machte eine wegwerfende Handbewegung. »Ach, so was doch nicht. Ich habe da eine ganz andere Idee.«

Fenjas Idee in die Tat umzusetzen, dauerte nur einen Tag. Sie lautete: Jonas von Bergen. Besonders begeistert hatte der Journalist am Telefon allerdings nicht geklungen. Aber vielleicht war das seine Art, und er war ein eher mürrischer Zeitgenosse. Theresa hätte zwar lieber mit jemandem gesprochen, der sich etwas zugänglicher gab, doch auch mit Leuten wie ihm kam sie klar, wenn sie ihren Job vernünftig machten. Anstatt den Termin selbst zu vereinbaren, hatte er sie nach wenigen Sätzen an seine Assistentin weitergereicht, die wiederum so herzlich und freundlich gewesen war, als wollte sie damit das Verhalten ihres Vorgesetzten ausgleichen. Er würde Theresa besuchen, wenn sie den Laden abends schloss und er sich ungestört für einen ersten Eindruck umschauen konnte. Den Kontakt hatte Fenjas Vorgesetzter hergestellt, den ihre Freundin für ihre Idee begeistern konnte.

»Ihr könnt euch ja dann gerne ins Arbeitszimmer zurückziehen«, sagte Martha, deren krauses graues Haar sich bei dem feuchten Wetter noch wilder lockte und nur mühsam bändigen ließ. »Da seid ihr ungestört.«

Unwillkürlich blickte Theresa zum Büro hinter dem Verkaufstresen und fragte sich, ob sie sich den zweideutigen Unterton nur einbildete. Manchmal hatte sie den Eindruck, dass Martha eine Art Liste der Dinge hatte, die sie vor ihrem Ableben noch erledigt sehen wollte. Ein Punkt davon war ganz sicher *Theresas Erfahrungsportfolio erweitern.* »Du hattest bisher mit niemandem Sex, außer mit Lukas«, hatte sie letztens sehr unverblümt geäußert.

»Es soll Menschen geben, denen reicht ein Partner im

Leben, wenn es der Richtige ist«, hatte Theresa geantwortet.

»Damit wäre Lukas ja raus.«

Theresa stieß den Atem in einem langen Seufzer aus, als sie daran dachte. Dann besann sie sich wieder auf die Gegenwart. »Wir setzen uns an den Tisch im Erker. Zwei Stunden sollten für einen ersten Eindruck wohl reichen.«

»Wie groß willst du das denn aufziehen? So furchtbar lang kann ein Gespräch für einen Zeitungsartikel ja wohl nicht dauern.«

»Ich glaube, der Verleger plant das etwas ausführlicher. Fenja hat ihre Kontakte spielen lassen, um uns möglichst prominent zu präsentieren.«

Martha füllte ein Regal mit abgepacktem Tee auf. »Warum macht Fenja das nicht selbst?«

»Weil ihr Ressort die Politik ist.«

»Ein Gespräch führen und einen Artikel über uns schreiben, kann sie doch trotzdem. Dann wird es wenigstens vernünftig.«

Theresa gab es auf und zuckte nur mit den Schultern. Sie hatte bereits eine Fülle an Material zusammengestellt, mit der sie den Artikel füttern wollte, ein Abriss über die Familiengeschichte, in die sie sich am Abend zuvor noch einmal gründlich eingelesen hatte. Von Bergen hatte allerdings nicht erklärt, wie er sich das Interview vorstellte, oder was sie vorbereiten sollte, sondern gesagt, sie würden erst einmal ein Gespräch führen. Kühl hatte er geklungen, geschäftsmäßig, aber sie konnte wohl nicht erwarten, dass er für jeden lokalen Artikel brannte. Hauptsache, am Ende kam etwas Brauchbares heraus.

Als sie am Mittag das Geschlossen-Schild in die Ladentür hängte, war sie sogar schon ein wenig aufgeregt. Sie rückte das Schild noch einmal gerade und tat einen tiefen Atemzug. Dabei fiel ihr Blick auf eines der Bilder neben der Wand zum Büro. In sepiafarbener Nostalgie zeigte es ihre Eltern, wie sie hinter der Verkaufstheke standen. Theresa fühlte ein wenig Wehmut in sich aufsteigen, während sie zu den Fotografien hinüberging. Ihr Vater war nach kurzer, schwerer Krankheit gestorben, als sie gerade zwanzig geworden war, und er fehlte ihr immer noch. Er war Tee-Sommelier bei einem großen Teehandelshaus gewesen und hatte ihre Mutter auf einer Reise kennengelernt. Für sie hatte er sein aufregendes Großstadtleben aufgegeben, wenngleich Theresa wusste, dass er in Emden nie wirklich heimisch geworden war.

Sie war gerade im Begriff, sich in das Arbeitszimmer hinter der Ladentheke zurückzuziehen, als sie hörte, wie jemand an die Tür klopfte, das Klopfen gar wiederholte, als sie nicht sofort reagierte. Stirnrunzelnd wandte Theresa sich um und sah einen dunkelhaarigen Mann mit einer ledernen Umhängetasche vor der verschlossenen Tür stehen, der gerade die Hand hob, um womöglich ein drittes Mal anzuklopfen. Er wirkte ungehalten, als sei die verschlossene Tür ganz und gar unverschämt, und Theresa war versucht, ihn einfach zu ignorieren. Sollte er doch wiederkommen, wenn sie geöffnet hatte, die Zeiten standen schließlich deutlich sichtbar an der Tür. Ihre Neugierde siegte jedoch, zudem wollte sie dem Fremden die Meinung sagen und ihn fragen, ob er nicht lesen konnte.

»Wir haben einen Termin«, sagte er ohne Begrüßung, kaum, dass sie die Tür geöffnet hatte.

Theresa hob die Brauen. »Tatsächlich?«

»Sie selbst haben mich darum ersucht. Jonas von Bergen ist mein Name.«

Es durchfuhr Theresa heiß. Konnte sie sich denn so vertan haben? »Abends um sechs Uhr hatte ich mit Ihrer Assistentin vereinbart.«

»Meine Assistentin – die sorgfältigste Person, die man sich vorstellen kann – hat dreizehn Uhr notiert.«

Theresa schüttelte den Kopf. »Dann hat sie etwas falsch verstanden.«

»Das halte ich für ausgeschlossen. Dreizehn und achtzehn klingen nicht annähernd ähnlich. Ich vermute vielmehr, Sie haben sich den Termin falsch notiert.«

»Ich habe ihr achtzehn Uhr doch vorgeschlagen!«

»Meine Assistentin ist überaus zuverlässig.«

»Mein Erinnerungsvermögen auch.«

Er war genervt, das konnte er nicht gut verbergen. »Möchten Sie mich nun hineinbitten, oder soll ich hier weiter wie ein ungebetener Hausierer vor der Tür stehen?«

Theresa trat einen Schritt zurück und ließ ihn ein, sowohl, weil sie ihn nicht vergraulen wollte, als auch, um neugierigen Nachbarn kein Schauspiel zu bieten. Sie verschloss die Tür wieder und drehte sich zu dem Mann um, die Arme vor der Brust verschränkt. »Wir haben gerade Mittagszeit.«

»Das ist mir bewusst, ich habe auf eine Essenseinladung verzichtet, um hierher zu kommen.«

»Möchten Sie mir nun auch noch ein schlechtes Gewissen machen, weil Sie einen Termin nicht korrekt wahrnehmen?«

Er kramte in seiner Jackentasche und hielt ihr einen Zettel hin. *Teehaus Drees,* und dahinter die Uhrzeit in raschem Schwung hingeworfen. Nun gut, dachte Theresa, die acht war in der Tat etwas seltsam und konnte als drei durchgehen. Andererseits, wenn man ein zweites Mal hinsah, erkannte man schon, dass dort *18:00 Uhr* stand. »Schauen Sie genau hin. Achtzehn. Warum fragen Sie Ihre Assistentin nicht, wenn Sie die Schrift nicht entziffern können?«

Von Bergen nahm den Zettel und verengte die Augen leicht, als er darauf sah. Brauchte er womöglich eine Lesebrille, war aber zu eitel dazu?

»Offenbar sollte ich meine Brille öfter tragen«, sagte er im nächsten Moment, und Theresa musste grinsen. »Nun ja«, er steckte den Zettel ein, »da ich schon mal hier bin, sollen wir das Gespräch führen, oder machen wir einen neuen Termin aus? Um sechs Uhr bin ich heute leider schon verhindert.«

»Ich wollte eigentlich noch ein paar Sachen vorbereiten, aber wir können ja mal sehen, wie weit wir kommen.« Sie deutete auf das Tischchen im Erker. »Mögen Sie eine Tasse Tee?«

»Ich gestehe, ich gehöre zu der Fraktion, die einen Beutel mit kochendem Wasser übergießt und ihn dann meistens vergisst.«

»Du lieber Himmel!« Theresas Entsetzen war nur zum Teil gespielt. »Dann mache ich Ihnen jetzt mal einen vernünftigen Tee.«

»Darf ich zusehen? Das ist vielleicht ein schöner Einstieg in den Artikel.«

»Gern. Aber schreiben Sie dann bitte nicht so etwas wie ›Ihre grünen Augen blitzten, während sie den Tee aufgoss‹ oder so.«

»Ich werde Ihre Augenfarbe nicht erwähnen, versprochen«, entgegnete er todernst.

Sie gingen in die Teeküche, die neben dem Arbeitszimmer lag, und Theresa setzte Wasser auf.

»Ist die Küche noch von früher oder nur nostalgisch?«

»Die ist ganz neu und modern, ich habe sie vor zwei Jahren einbauen lassen. Die Nostalgie war ein Zugeständnis an meine Mutter und meine Tante, die gerne an dem Altbewährten festhalten.« Theresa schob sich eine Strähne hinter das Ohr, die ihr jedoch direkt wieder ins Gesicht rutschte. Eigentlich hatte sie sich abends vernünftig zurechtmachen wollen, falls ein Foto gemacht werden sollte.

»Das ist ein Darjeeling FTGFOP1 aus der Frühjahrspflückung«, erklärte sie.

»Aha.«

»Er hat eine hohe Anzahl an feinen, gleichmäßigen Blättchen. Das Besondere daran ist, dass der helle Flaum erhalten bleibt und zartgoldene Blattspitzen und feine Blütenknospen bildet. Diese binden den Zellsaft.«

»Sollte ich jemals Label für Tee beschriften müssen, komme ich auf Sie zurück.«

Machte dieser Kerl sich jetzt auch noch lustig über sie? Sie maß den Tee ab, goss ihn mit dem heißen Wasser auf und stellte eine Uhr. Eigentlich hatte sie für das Gespräch das feine Teeservice aus dem Wohnzimmer nehmen wollen, echtes Meißner Porzellan, das seine eigene Geschichte erzählte. Jetzt musste es eben das einfache tun, das sie hier unten hatte, Porzellan, auf das mit feinen Pinselstrichen Blüten gemalt waren. Damit wurden hin und wieder Stammkunden bewirtet, die sich dafür an den einzigen Tisch im Raum setzen durften. Vermutlich hätte der uninteressierte Tassenbeuteltee-Banause das teure Service ohnehin nicht zu schätzen gewusst.

Als die Uhr schrillte, zuckte Jonas von Bergen zusammen, der sich die Wartezeit mit einem Blick aus dem Fenster vertrieben hatte. Theresa drückte rasch den Schalter und warf ihm ein entschuldigendes – und leicht schadenfrohes – Lächeln zu. »Ich höre die sonst nicht, wenn ich vorne im Laden stehe.« Sie goss den Tee in eine blaue Kanne, stellte diese auf das Tablett und trug alles hinaus, während ihr Jonas von Bergen höflich die Tür aufhielt.

Behutsam stellte sie das Tablett auf dem Tisch ab und schenkte dem Journalisten den Tee ein, hell und aromatisch. Während sie Tee stets ungesüßt trank, gab er Kandis hinzu. »Lieber nicht zu stark süßen«, empfahl sie. Er ließ ein weiteres Stück in die Tasse plumpsen.

Damit auf der Tischplatte Platz war für den kleinen Laptop, den von Bergen aus seiner ledernen Tasche zog, stellte Theresa das sperrige Tablett beiseite. Immerhin war die Stimmung nun nicht mehr ganz so höflich distanziert – eine kurze Teezeremonie verfehlte nie ihre Wirkung. Dass die Zeitung ausgerechnet jemanden ausgewählt hatte, der weder eine Vorliebe für Tee hatte, noch besonders enthusiastisch an den Artikel heranzugehen schien, war befremdlich, aber vielleicht war sonst niemand verfügbar gewesen.

Von Bergen klappte seinen Laptop auf und tippte kurz darauf herum, bevor er Theresa einen aufmunternden Blick zuwarf. »Dann legen wir mal los.« Er räusperte sich. »Womit möchten Sie anfangen?«

Theresa war für einen Moment aus dem Konzept gebracht. Sie hatte angenommen, er würde sie befragen und hätte schon im Vorfeld eine Art Struktur, nach der er vorgehen wollte. Sie zögerte, ließ den Blick durch den Raum schweifen, um zu überlegen, womit sie beginnen sollte. »Wir sind eines der ältesten Teehäuser der Stadt und können auf langjährige Erfahrungen zurückblicken.«

24

»Erzählen Sie mir von den Anfängen.« Von Bergen richtete sich ein wenig in seinem Stuhl auf und sah sie aus grauen Augen aufmerksam an.

Sie überlegte, wo sie ansetzen sollte, als ihr Blick an einer eisenbeschlagenen Truhe hängen blieb. Bunte Kissen aus Indien lagen darauf, über die Jonas von Bergen achtlos seine Jacke geworfen hatte. »In dieser Truhe«, sie deutete darauf, »hat meine Urgroßmutter ihre Mitgift in die Ehe gebracht. Unter anderem eine bescheidene Summe Geld. Mein Urgroßvater ist ein Abenteurer gewesen, hatte auf Schiffen angeheuert, um etwas von der Welt zu sehen und dabei auch Indien und Sri Lanka bereist. Mit dem Geld, das seine Frau in die Ehe brachte, begründete er seinen Anfang als Teehändler. Als seine Ehefrau dieses Haus hier geerbt hat«, Theresa machte eine Handbewegung, die den Verkaufsraum als Ganzes umfasste, »hat er das Erdgeschoss als Verkaufsfläche genutzt, und in den beiden oberen Etagen hat die Familie gewohnt.«

»Waren die Eltern Ihrer Urgroßmutter wohlhabend?«

»Sie betrieben ein Geschäft für Kolonialwaren. Direkt wohlhabend waren sie nicht, aber auch nicht mittellos.«

Jonas von Bergen nickte, während er tippte. »Wie möchten Sie die Artikel aufziehen? Mein Chef sagte, er soll ausführlich werden. Soll sich der Bogen von der Vergangenheit bis in die Gegenwart spannen?«

»Ich hatte mir vorgestellt, den Fokus stärker darauf zu legen, dass wir nachhaltig wirtschaften, und ich würde

25

gern über unsere Lieferanten erzählen. Kleine Teefarmer, die sich gegen eine immer stärker werdende Konkurrenz durchsetzen müssen. Tee verkommt vielfach zur billigen Massenware.«

»Das ist nun einmal der Lauf der Dinge, nicht wahr? Früher einmal verdrängte das Kaufhaus den kleinen Laden, später verdrängte das Internet das Kaufhaus. Das werden Sie nicht aufhalten können, da hilft nur, den Anschluss nicht zu verlieren und zu sehen, was der Markt will.« Er zuckte mit den Schultern.

»Ich stelle mich nicht gegen die moderne Entwicklung, und ich habe den Markt durchaus im Blick.« Ohne es zu wollen, war ihre Stimme härter geworden, denn sie hatte immer mehr das Gefühl, dass dieser Mann, der ihr Geschäft in einem guten Licht darstellen sollte, die Sache nicht ernst genug nahm. Als wären sie ein Unternehmen, das in den letzten Zuckungen einer gestrigen Welt lag, ehe es vor der Moderne kapitulierte. »Der Markt für guten Tee will nach wie vor bedient werden.«

»Dann dürften die in billigen Massen produzierenden Unternehmen doch kein Problem darstellen.« Er hatte ein Bein über das andere geschlagen und wirkte entspannt.

»Momentan kann man noch gut dagegen arbeiten, und Sie – oder besser gesagt, jemand, der guten Tee zu schätzen weiß – wird nach wie vor problemlos fündig. Aber Nachhaltigkeit und Wirtschaftlichkeit stellen die Unternehmen vor immer größer werdende Probleme.«

Er nickte knapp, als wäre das Thema damit für ihn durch. Er hatte schon eine ganze Weile nichts mehr aufgeschrieben. »Kommen wir noch einmal zur Familiengeschichte zurück. Ich denke, damit kriegen wir die Leute am ehesten. Wenn wir mit drögen Dingen wie Wirtschaftlichkeit anfangen, steigen die Leser schon beim ersten Satz aus.« Er wandte sich wieder seinem Laptop zu, die Bewegung wirkte beinahe widerstrebend.

Theresa schob ihre Teetasse ein Stück von sich weg. Sie hatte das Gefühl, mehr Raum zu brauchen, um von dem Journalisten richtig verstanden zu werden. »Ich möchte nicht irgendeinen netten Artikel über die alte Welt schreiben, sondern mein Unternehmen so positionieren, dass wir mit unseren Ansätzen zwischen Moderne und Tradition Interesse wecken und auch künftig konkurrenzfähig bleiben. Ich will über meine Art zu wirtschaften sprechen, über die Teefarmer und über unseren geplanten Online-Shop.« Unterdrückte dieser Mann da gerade ein Gähnen? Theresa zog die Tasse wieder ein Stück zu sich heran und trank einen Schluck Tee, um jetzt nicht noch etwas Falsches zu sagen. Und tat es dann doch. »Sie sind nicht so richtig interessiert, nicht wahr?«

Von Bergen sah sie über seinen Laptop hinweg an. »An Tee? Nein, das sage ich Ihnen ganz ehrlich. Aber ich mache einen guten Job, und wenn Sie einen Artikel wollen, der Ihrem Laden Aufmerksamkeit verschafft, schreibe ich Ihnen den. Da ich aber meine Arbeit verstehe und man Ihnen ziemlich viel Platz einräumt, würde ich vorschlagen, Sie fangen mit etwas an, das die Leute zum Lesen einlädt. Denn ich mag nichts von Tee verstehen, wohl aber vom Schreiben. Und wenn wir mit nachhaltiger Tee-Wirtschaft anfangen, halten Sie die Leserinnen und Leser keine zwei Absätze lang bei der Stange, das kann ich Ihnen versichern.«

Theresa goss sich eine weitere Tasse Tee ein und sah Jonas von Bergen mit der Kanne in der Hand fragend an. Dieser schüttelte den Kopf. Sie überlegte, ob sie ihm einen Kaffee anbieten sollte, ließ es dann aber.

»Die Leute mögen es«, fuhr Jonas von Bergen fort, »von Gründerzeiten zu lesen, altehrwürdige Unternehmen über eine Geschichte in die Moderne zu begleiten. Gerade bei einem Unternehmen, das ihnen ein Begriff ist.«

»Ich habe ein paar Fotos von meinem Urgroßvater und alte Bilder von dem Geschäft, so als kurzen Abriss für die ersten Sätze vorab.«

»Gibt es ein paar wirklich interessante Geschichten im Hintergrund? So wie die mit der Truhe, die immer noch hier steht. Dann könnte man das etwas spannender aufziehen.«

Theresa überlegte. »Ich gehe die Alben noch mal durch und frage meine Mutter und meine Tante«, sagte sie mit nur schlecht verhohlenem Widerwillen. Sie hatte sich das anders vorgestellt und wollte nicht so schnell nachgeben.

»Die Leute mögen Nachhaltigkeit.«

»Die Leute mögen vor allem eine gute Geschichte.«

»Aber der Laden ist nicht einfach nur eine Geschichte, sondern unser Lebensunterhalt.« Theresa merkte, wie sie die Hände für eine verstärkende Geste gehoben hatte, und legte sie rasch wieder auf der Tischplatte ab. Sie wollte nicht zu aufgebracht wirken, auch wenn dieser Mann sie langsam wütend machte.

»Das eine geht einher mit dem anderen. Wenn Sie allerdings mit meinem Vorgehen unzufrieden sind«, er zuckte mit den Schultern, »wird sich sicher jemand finden, der das eher in Ihrem Sinne macht.«

Theresa verschlug es die Sprache. »Soll das heißen, wir machen das entweder so, wie Sie es möchten, oder gar nicht?«

»Das heißt, ich mache es, wie ich es für richtig und zielführend halte, oder gar nicht. Sie jedoch sind frei, Ihren Artikel von jemand anderem schreiben zu lassen. Ich bin mir sicher, Sie finden jemanden, der Ihnen einen Artikel über Wirtschaftlichkeit im Teehandel schreibt. Vielleicht noch spannend aufbereitet mit einigen Balkendiagrammen.« Er klappte seinen Laptop zu und steckte ihn ein, dann griff er nach seiner Jacke.

»Sie können gar nicht wissen, ob die Leute nicht doch interessiert sind an den Teefarmen.«

»Sehen Sie zu, dass Sie die Leserschaft an der Angel haben, dann folgt sie Ihnen liebend gern nach Sri Lanka, Nepal und woher auch immer Sie Ihren Tee beziehen. Die Leute werden lesen, wie Ihr Geschäft das geworden ist, was es jetzt ist. Und dann denken sie sich womöglich: ›Oh, das ist ja großartig und spannend. Wie schade, wenn es dieses traditionsreiche Unternehmen nicht mehr gäbe. Und nachhaltig wirtschaftet es auch noch!‹ Sie sehen also, es bleibt nichts auf der Strecke.« Er erhob sich.

»Das nächste Mal lieber abends«, sagte Theresa rasch. »Da habe ich mehr Zeit.«

»Übermorgen um sechs?«

»Passt wunderbar.«

Er trank seinen mittlerweile vermutlich erkalteten Tee aus, verzog kaum merklich das Gesicht und verabschiedete sich. Theresa brachte ihn zur Tür, schloss hinter ihm ab und sah auf die Uhr. In einer dreiviertel Stunde würde sie wieder öffnen, und sie hatte noch nichts gegessen. Rasch schnappte sie sich eine Packung Shortbread aus dem Regal mit dem englischen Teegebäck, riss sie auf und biss in einen der buttrigen Kekse.

Hoffentlich las sich der Artikel nicht runtergeschrieben wie eine Auftragsarbeit. Der Journalist hatte zwar gesagt, er mache einen guten Job, aber er würde es wohl kaum zugeben, wenn dem nicht so war. Und dass ihn das Thema eigentlich nicht interessierte, gab er ja rundheraus zu. Am Ende kam da womöglich eine Familiengeschichte, dargestellt wie eine nette Kurzgeschichte, um dann in den drögen Gegenwartsteil zu wechseln im Stil einer Werbebroschüre. Sie seufzte und aß einen weiteren Keks, während sie durch das Schaufenster hinaus auf die Straße blickte. Nun

blieb ihr nichts anderes übrig, als das Beste daraus zu machen und zu hoffen, dass dieser Jonas von Bergen wirklich
so gut in seinem Job war.

1964

Inga blickte durch das beschlagene Busfenster hinaus in die waldig dunkle Landschaft. Zarte weiße Flocken hatten begonnen, vor der beschlagenen Scheibe vorbeizuziehen.

»Es schneit«, jubelte ihre Schwester Martha und presste ihre Nase gegen das Fenster, so dass sie Inga für einen Augenblick die Sicht versperrte. Dann wandte sie sich mit leuchtenden Augen zu ihrer Schwester um. Sie war ganz hibbelig vor Aufregung, während die kleine Clara ihren Teddy im Arm hielt und sich schläfrig an Inga lehnte. Ein Tränchen hing unter ihrem rechten Auge, sie hatte sich gerade erst wieder beruhigt. Die Fahrt dauerte ihr zu lange, sie war müde und wollte ihre Mutter, nichts sonst konnte sie trösten. Anfangs hatte sie die Reise spannend gefunden, die Zugfahrt, die vielen Kinder. Aber irgendwann war es ihr zu viel geworden, und sie hatte angefangen zu quengeln. Drei Frauen hatten die Kinder am Bahnhof in Emden in Empfang genommen und betreuten sie während der Fahrt. Eine von ihnen hatte zu Clara gesagt, sie müsse nur ganz lieb sein, dann würde sie ihre Mama bald wiedersehen.

Am Bahnhof in Hilter waren sie ausgestiegen und fuhren nun mit dem Bus weiter. Inga war selbst müde, und auch sie vermisste ihre Mutter. Sie hatte noch nie woanders übernachtet als zu Hause. Für die sechsjährige Martha war es immer das Größte, bei den Großeltern zu schlafen oder bei Freundinnen, doch obwohl Inga schon fast neun war, wollte sie nur zu Hause schlafen, eingekuschelt in ihre Decke, während ihre Mutter ihr vorlas. Aber sie hatte versprochen, tapfer zu sein und auf ihre kleinen Schwestern aufzupassen.

»Die Waldluft wird euch guttun, und es wird dir dort gefallen«, hatte die Mutter versprochen. »Wenn ihr zurückkommt, ist Heiligabend.«

Der Arzt hatte gesagt, Martha sei schwach auf der Brust, die Kinder viel zu dünn, selbst Clara. Martha war ganz aufgeregt gewesen, als es hieß, sie würden sechs Wochen lang auf Kur geschickt. Inga hingegen hatte sich vorgestellt, dass das so lang war, wie die Sommerferien dauerten, und die waren so unglaublich lang, dass es ihr manchmal so vorkam, als würden sie niemals enden. Am schlimmsten war die Vorstellung, dass sie ihren neunten Geburtstag nun nicht zu Hause feierte, aber auch dafür hatte die Mutter Trostworte gehabt. »Du wirst mit ganz vielen Kinder feiern. Das wird ein Riesenspaß.«

Inga legte den Arm um die vierjährige Clara und sah hinaus in die frühwinterliche Landschaft. Sie liebte Wälder, und wenn sie mit der Familie zu den Großeltern nach

Lathen fuhren, spielte sie stundenlang im Lathener Wald. An diesen Gedanken klammerte sie sich und hoffte, dass sie auch diesen Wald lieben würde. Sie mochte Schnee, und die Aussicht auf einen verschneiten Wald war vielleicht nicht so schlimm. Selbst Clara schien ihren Kummer zu vergessen, sah zum Fenster, neben dem die Flocken aufwirbelten, und streckte eine Hand aus. Inga hob sie sich auf den Schoß, damit sie über Martha hinweg auf die Scheibe patschen konnte.

Der Bus holperte über eine Unebenheit, und Clara fiel auf Martha, die sich den Kopf an der Fensterscheibe stieß. Empört schrie sie auf und stieß die Kleine von sich, woraufhin Clara wieder anfing zu weinen. Inga nahm sie in die Arme, tat alles, damit sie sich beruhigte, aber Clara weinte nur noch lauter, und am liebsten hätte Inga sich die Ohren zugehalten. Schluchzend stieß Clara immer wieder »Mama« hervor.

»Na, wer wird denn die ganze Zeit heulen«, sagte eine der Begleiterinnen, eine große, böse dreinblickende Frau mit kurzen hellbraunen Haaren, und nahm Claras Teddy in die Hand. »Du bist doch ein großes Mädchen. Schau mal, dein Teddy ist schon ganz traurig, weil du so viel weinst. Dem tun die Ohren weh. Er sagt, er will lieber nach draußen in den Wald, als mit einem weinenden Mädchen einen schönen Ausflug machen. Soll der Busfahrer anhalten, und wir werfen ihn raus?«

Clara streckte die Hand nach dem geliebten Stofftier aus

und weinte noch heftiger. Die Frau hielt ihn von ihr weg. »Erst hörst du auf zu weinen.«

Das brachte nichts, das wusste sogar Inga, nur diese dumme Frau merkte es nicht. Clara weinte noch lauter, und die Frau wandte sich mit dem Teddy in der Hand zum Gehen. Entgeistert starrte Inga ihr nach, und auch Martha war nun aufmerksam geworden, sah nicht mehr nach draußen, sondern zu der Frau mit dem Teddy.

»Das geschieht dir recht, du Heulsuse«, sagte Martha nun an Clara gewandt.

»Hör auf«, sagte Inga, während sie das kleine Mädchen an sich zog, um es zu trösten. Kurz darauf hielt der Bus an, und Clara sprang von Ingas Schoß und lief nach vorne. Erschrocken lief Inga ihr nach, sah fassungslos, wie der Fahrer die Tür öffnete und die Frau mit dem Teddy hinausgehen wollte. Clara schrie schrill auf.

»Warten Sie bitte«, versuchte Inga ihre Schwester zu übertönen, während sie versuchte, Claras kleine Hand festzuhalten, die sich ihrer immer wieder entwand. Schließlich ging sie in die Hocke und umschloss ihre Schwester mit den Armen, drückte sie an sich, hielt sie ganz fest. Der kleine Körper bebte an ihrem.

Die Frau sah die beiden mit unbewegter Miene an. »Wer hat euch erlaubt, aufzustehen?«

»Sie ist doch jetzt ruhig«, sagte Inga. Claras Weinen war an ihrem Hals in einen Schluckauf übergegangen.

Die Frau machte ein wütendes Gesicht, aber eine der anderen Begleiterinnen sagte leise etwas zu ihr, und schließlich zuckte sie die Schultern und stieß Clara unsanft mit dem Teddy an, die in Ingas Armen sofort hicksend eine Pirouette hinlegte und ihren Teddy umklammerte. Sie drückte ihn an sich, wie Inga zuvor ihre kleine Schwester. »Und jetzt auf deinen Platz«, zischte die Frau, »oder es setzt was. Hast du das verstanden?«

Obwohl sie dabei Clara mit eisigem Blick angesehen hatte, nickte Inga an ihrer Stelle eingeschüchtert.

»Das heißt: ›Ja, Tante Martina‹.«

»Ja, Tante Martina.«

Inga umfasste sanft Claras Schultern und ging mit ihr zurück zu ihrem Platz. Auf dem endlos scheinenden Weg durch die Reihen kamen sie an einem hochgewachsenen blonden Jungen vorbei, der verstohlen weinte, ganz rot war im Gesicht und sich immer wieder die Tränen wegwischte. Nachdem Inga sich hingesetzt hatte, kletterte Clara wieder auf ihren Schoß. Martha sah sie an und wandte sich dann ab, um wieder aus dem Fenster zu blicken. Meist konnte sie mit ihrer kleinen Schwester nicht viel anfangen und war schnell genervt von ihr. Inga verschränkte die Hände hinter Claras Rücken und lehnte den Kopf an die Sitzlehne. Daheim wurde auch mal gedroht, dass es kein Eis gab, wenn das Zimmer nicht aufgeräumt wurde, aber ihre Eltern warfen doch kein Spielzeug weg. Erst recht nicht den Teddy, ohne den die ganze Reise zum Scheitern verurteilt wäre, weil Clara nur noch weinen würde. Und niemals drohten ihre Eltern mit Schlägen! Jetzt, da Clara ruhig war, kamen ihr selbst die Tränen, und sie drängte sie angestrengt zurück.

Der Bus bog vom Waldweg ab und fuhr auf ein großes weißes Gebäude zu, das in dem Schneetreiben fast ein wenig verwunschen wirkte. Wie ein vergessenes magisches Haus auf einer großen Waldlichtung. Davor erstreckte sich eine Wiese, und der Hof war halbkreisförmig angelegt. Der Bus hielt direkt vor der Tür, und die Betreuerinnen erhoben sich und forderten die Kinder auf, auszusteigen. Im Gänsemarsch bahnten sie sich ihren Weg nach draußen.

Der Fahrer klappte die Gepäckklappe auf und lud die Koffer aus dem Bus, jeder davon mit einem weißen Kärtchen versehen, auf dem der Name des jeweiligen Kindes stand. Inga hielt Claras Hand und trug mit der anderen ihren eigenen Koffer. Martha stolperte mit den anderen beiden hinterdrein. Zusammen gingen sie zu der wuchtigen Eingangstür, die von einer Frau in grauem Kleid geöffnet worden war. Sie begrüßte die Begleiterinnen und wies die Kinder mit strenger Miene an, sich in der Halle aufzustellen. Eiskalt war es hier und ein wenig düster, als würde das Licht der Lampen die abendliche Dunkelheit in die schattigen Nischen drängen, wo sie lauerte, um jeden Moment hervorzubrechen. Inga hielt Claras Hand fest, während sie schweigend dastanden.

»Mein Name ist Frau Wengertz«, stellte die Frau sich vor, »und ich heiße euch im Kinderkurhaus Waldesglück willkommen. Zunächst gehe ich die Liste durch, und jedes Kind, das ich aufrufe, meldet sich.« Sie sah einmal kurz in die Runde.

Neben ihr wurde Clara unruhig, und Inga hoffte, dass sie nicht schon wieder anfangen würde zu weinen. Sie wollte schlafen, und am allerliebsten wollte sie nach Hause, wollte es so sehr, dass sie schon wieder blinzeln musste. Aus dem Augenwinkel nahm sie eine Bewegung von Martha wahr, die sich verstohlen umblickte. Inga drehte den Kopf zu ihrer Schwester. An ihrem Gesicht ließ sich ablesen, dass es ihr hier nicht gefiel, dass es anders war, als die Mama es beschrieben hatte.

»Ich muss mal«, hörte Inga eine schüchterne Kinderstimme sagen und blickte auf, um zu sehen, wer das war. Ein kleiner blonder Junge im Alter von Martha trat unruhig von einem Bein auf das andere.

»Du kannst später zur Toilette, wenn wir hier fertig sind«, sagte Frau Wengertz mit einer Stimme, bei der Inga sich keinen Widerspruch erlaubt hätte.

»Aber ich muss ganz dringend.«

»Ich sagte, du gehst, wenn wir hier fertig sind.« Frau Wengertz nahm eine Liste zur Hand und las die Namen vor. Nacheinander meldeten sich die Kinder und wurden auf Schlafsäle verteilt. Inga ergriff wieder Claras Hand und hoffte, dass sie alle drei Betten in einem Schlafsaal bekämen, am besten nebeneinander. Denn das hatte die Mutter ihnen versprochen.

»Der Hans hat in die Hose gemacht«, krähte jemand, und die Frau verstummte und sah auf.

»Hans Schellberg?«

»Ja«, war ein dünnes Stimmchen zu hören.

›Tritt einmal hervor.«

Der blonde Junge kam leicht steifbeinig zu ihr, auf der Hose ein dunkler Fleck, der sich bis über die Hosenbeine ausbreitete.

»Bist du ein kleiner Hosenpinkler, Hans?«, fragte Frau Wengertz. »Dreh dich einmal herum, dass alle dich sehen können.«

Die Lippen des Jungen zitterten, als er sich langsam umdrehte.

»Brauchst du noch Windeln, Hans?«, fragte die Frau.

Vereinzelt war Gekicher zu hören, und der Junge kämpfte sichtlich mit den Tränen.

»Hast du meine Frage nicht gehört? Brauchst du noch Windeln?«

»N... Nein.« Als die anderen Kinder wieder kicherten, brach ein kurzes Aufschluchzen aus ihm heraus.

Frau Wengertz wandte sich an eine weitere Frau, die schräg hinter ihr stand. »Schwester Juliane, bringen Sie den Jungen in den Waschraum.«

Schwester Juliane wirkte nett, fand Inga. Sie war noch jung, trug das blonde Haar in einem Zopf und sah den Jungen freundlich an. »Komm«, sagte sie, und der Junge folgte ihr.

Inga sah ihnen nach, und Frau Wengertz begann wieder, die Namen aufzurufen. »Inga, Martha und Clara Drees.«

Erleichtert meldete Inga sich.

»Ihr kommt in Schlafsaal Nummer drei. Stellt euch zu den anderen.«

Vier Mädchen standen dort bereits, und Inga stellte sich schüchtern dazu. Wieder wurde Clara quengelig, und als Frau Wengertz einen Blick in ihre Richtung warf, ging Inga schnell in die Hocke.

»Ich erzähle dir gleich eine lustige Geschichte, ja?«

»Ruhe!«, kam es von der Frau. »Du!« Sie sah Inga an. »Ich habe schon gehört, dass du schwierig bist. Du sprichst erst, wenn ich fertig bin, hast du das verstanden?«

»Ja, Frau …« Vor Angst verschluckte sie den Namen, aber die Frau wandte sich schon wieder ihrer Liste zu.

Inga streichelte Claras Rücken und hoffte, dass die Kleine ruhig blieb. Schließlich war Frau Wengertz fertig, und die Kinder wurden zu ihren Schlafsälen geführt, die Mädchen in den rechten Flügel, die Jungen in den linken. Als die Mutter ihnen erzählt hatte, sie würden in ein Haus im Wald fahren, hatte Inga sich gemütliche Schlafräume vorgestellt mit Kamin und Holzbetten mit bunten Kissen. Nun betraten sie den Schlafsaal, und Inga musste schlucken. Es war ein weißer Raum, in dem zehn Betten mit weißen Stahlgestellen standen, je fünf nebeneinander zu beiden Seiten, von denen wiederum drei belegt waren von Mädchen, die sie neugierig ansahen. Es gab schmale Schränke aus Metall, die Inga an die Schließfächer erinnerten, die sie in der Schule hatten, und die beiden Fenster gegenüber der Tür waren vergittert.

»Ist ja wie im Kinderknast«, sagte ein Mädchen, das so groß war, dass es bestimmt schon in die fünfte oder sechste Klasse ging.

Der weiße Lack der Stahlschränke war an den Kanten und Griffen bereits abgeblättert, so dass diese Stellen silbrig glänzten. Schwester Juliane wies ihnen die Schränke zu, und ihre sanfte Stimme ließ in Inga die Hoffnung aufkeimen, dass vielleicht nicht alle Menschen hier so garstig waren wie Frau Wengertz oder Tante Martina. Während Martha ihre Sachen nachlässig in die Fächer und Schubladen warf, half Inga Clara beim Einräumen.

»Was habt ihr denn da?«, hörte sie Tante Martina fragen und dachte erst, sie sei gemeint. Aber die Frau stand bei einem anderen Mädchen und zog eine Packung Kekse aus dem Koffer. »Naschen ist abends im Bett verboten.«

»Die esse ich nicht im Bett«, antwortete das Mädchen.

»Wir wollen, dass es hier gerecht zugeht, und dann ist es nicht richtig, dass du Kekse hast und andere nicht.«

»Ich esse sie nicht vor den anderen.«

Tante Martina behielt die Kekse in der Hand und zog nun auch noch eine Tafel Schokolade aus dem Koffer. »Du bekommst das zurück, wenn du abreist. Hat sonst noch jemand etwas dabei?«

Als niemand antwortete, ging sie herum, und Inga hoffte,

sie würde die Tüte Bonbons nicht sehen, die Mama ihr eingepackt hatte. Ob sie die Tüte rasch hinter den Pullovern verstauen konnte? Sie schob sie versteckt in einer Strickjacke in den Schrank und hoffte, das Knistern des Papiers verriet sie nicht. Das Herz schlug ihr dabei so heftig, dass es ihr in den Ohren dröhnte. Als Fräulein Martina in ihre Tasche sah, war diese halb leer, und auch ihr genauerer Blick förderte nichts zutage. Sie sah kurz in den Schrank, wo sie nur die Stapel gefalteter Kleidung zu bemerken schien. Dann schritt sie weiter zu Marthas Schrank. Inga beobachtete die Frau gebannt, während ihre Schwester mit unbeeindruckter Miene versuchte, all ihre Strumpfpaare gleichzeitig aus dem Koffer in ihre Arme zu schaufeln.

Langsam wandte sich Tante Martina um und blickte in den Raum. Obwohl Inga sie bereits beobachtete, zuckte sie zusammen, als die kalte Stimme der Frau die geschäftige Stille durchschnitt: »Sieht es in eurem Schränken zu Hause auch so aus?« Nun fuhren auch die anderen Kinder erschrocken herum. »Schaut her, Mädchen. Sieht so der Schrank aus, den eine Sechsjährige einräumt?«

Niemand antwortete. Inzwischen hatte sich auch Martha wieder ihrem Schrank zugewandt. Sie machte ein verblüfftes Gesicht, in dem jedoch nichts von der Angst zu lesen war, die Inga selbst vor dieser Frau verspürte.

»Ich habe euch etwas gefragt. Sieht so ein Schrank aus, den eine Sechsjährige einräumt?«

Ein Mädchen mit langen blonden Zöpfen schließlich wagte sich vor und sagte, dass selbst ihre Schwester mehr Ordnung hielt, und die sei erst fünf.

Tante Martina fegte die Sachen mit einer Handbewegung zu Boden. »Falte das und räum es ordentlich ein!«

»Das mache ich nicht!«, schimpfte Martha. Sie hatte ihre Strümpfe wieder zurück in den Koffer fallen lassen und stemmte nun die Hände in die Hüften. »Das haben Sie auf den Boden geworfen, nicht ich.« Ihr Gerechtigkeitssinn war immer schon sehr ausgeprägt gewesen. Besonders wenn sie selbst betroffen war.

»Wie war das?« Tante Martina war ziemlich groß für eine Frau, fand Inga. Viel größer als ihre Mutter.

Martha schürzte die Lippen und schwieg bockig, eine Falte zwischen den Brauen. Inga machte einen Schritt auf ihre Schwester zu und wollte sich bücken, um die Sachen aufzuheben, aber ein harter Griff um den Oberarm hielt sie davon ab. »Nein!«, fuhr die kalte Stimme ihr ins Ohr. Es tat weh, beides, der Griff und der Ton, und Inga verzog das Gesicht. Hilfesuchend sah sie sich nach Tante Juliane um, die immer so nett gelächelt hatte, doch die war damit beschäftigt, ihre Schürze glatt zu streichen. Hatte sie gar nicht bemerkt, was hier passierte?

»Heb das auf!«, wiederholte die Frau, die Inga endlich losgelassen und sich nun wieder Martha zugewandt hatte. Aber die sah sie nur mit zusammengezogenen Brauen an. Schließlich nickte Tante Martina und verließ den Saal.

Inga rieb sich verstohlen den Arm, dann schenkte sie Clara ein halbherziges Lächeln. Die jedoch schaute mit großen Augen auf die Tür, durch die Tante Martina gerade verschwunden war. Ihr Teddy baumelte achtlos in ihrer Hand. Martha setzte sich auf ihr Bett, nahm ein Buch zur Hand, das ihre Mutter ihnen eingepackt hatte, und blätterte es durch. Fast wirkte es, als hätte sie schon wieder vergessen, was eben passiert war. Nur die steile Falte auf ihrer Stirn verriet das Gegenteil. Inga wagte nicht, die Kleidung für sie aufzuheben, denn Fräulein Schwester Juliane stand noch da und beobachtete nun wieder das Einräumen.

Tante Martina betrat erneut den Saal, und Inga bemerkte aus dem Augenwinkel, wie Clara ihren Teddy an die Brust zog. Schweigend ging die Frau nun weiter von Koffer zu Koffer und nahm noch drei Kindern ihre mitgebrachten Süßigkeiten ab. Dann ging sie wieder hinaus. Schließlich waren alle fertig, und Schwester Juliane klatschte in die Hände. »So, nun stellt euch zu zweit auf. Es gibt Abendessen. Und Ruhe, Kinder!«

Das Geplauder verstummte, und Inga griff nach Claras Hand, während sich Martha neben eines der anderen Mädchen stellte. Die Falte auf ihrer Stirn hatte sich wieder geglättet. Sie gingen durch den kalten Korridor in die Eingangshalle und von dort aus in einen Raum, der so aussah wie in dem Prospekt, den ihre Mutter ihnen gezeigt hatte. Dort standen sechs lange Tische, an denen Inga je zehn Stühle zählte. Es gab buntgemusterte Vorhänge und weiße

Tischtücher. Der Kamin, in dem auf dem Bild ein fröhliches Feuer getanzt hatte, war blank gefegt, und in dem Zimmer war es ziemlich kalt. Die Tischgedecke bestanden aus weißen Tellern, Besteck, Gläsern und je zwei weißen Milchkannen. Inga merkte erst jetzt, was für einen Hunger sie hatte. Die Kinder, die schon länger hier waren, nahmen direkt Platz.

Die Bodendielen knarrten leise, als sie darüber gingen, und die Kinder begannen wieder, miteinander zu sprechen. Jemand kicherte, und im nächsten Moment war ein lautes »Ruhe!« zu hören. Frau Wengertz hatte den Saal betreten, eine wollene Stola um die Schultern, um die Inga sie beneidete, denn sie fror sehr. Ob sie fragen sollte, dass die Heizung weiter aufgedreht wurde? Aber das traute sie sich nicht. Verstohlen rieb sie sich über die Nase, die anfing, zu kribbeln.

»Ich habe gehört«, fuhr die Frau fort, »eines der Kinder möchte in den Raum der Besinnung.« Inga bemerkte, wie die anderen an ihrem Tisch sich ansahen, und ein Mädchen biss sich auf die Lippen, als würde es anfangen, zu weinen. Frau Wengertz' Blick taxierte jeden von ihnen, bis er schließlich an jemandem hängenblieb. Nicht nur Inga drehte sich um, weil sie sehen wollte, wem der kalte Blick galt. »Na, dann komm mal her, Martha Drees.« Ihr langer Zeigefinger streckte und krümmte sich, als sie Martha heranwinkte. Die kam zögernd näher, nicht mehr ganz so selbstsicher wie noch im Schlafsaal. Ingas Blick folgte Martha, und die Erleichterung, nicht gemeint zu sein, mischte sich mit einer diffusen Angst um ihre Schwester. »Wir haben hier jemanden, der nicht aufräumen kann und freche Antworten gibt. Für solche Kinder haben wir den Raum der Besinnung, wo man über sein Benehmen nachdenken kann.«

»Aber ich hab die Sachen nicht auf den Boden geworfen«, machte Martha einen – wenn auch zittrig geratenen – letzten Versuch, alles zu erklären. Inga war fassungslos. Erwachsene, die Kleidung auf den Boden warfen, kannte sie nicht. Schon gar nicht welche, die dann anderen die Schuld dafür in die Schuhe schoben. Und durfte Martha jetzt nicht essen?

»Schwester Juliane, bringen Sie das Kind bitte in den Raum der Besinnung.«

Die freundlich aussehende Schwester legte Martha die Hand auf die Schulter, und diese ließ sich von ihr aus dem Saal lotsen.

»Alle anderen bekommen nun ihre Plätze zugewiesen.«

Nachdem sie aufgerufen wurden, ging Inga mit Clara zu dem genannten Tisch und sah verstohlen zur Tür, in der Hoffnung, Martha würde gleich wiederkommen. Wie lange dauerte so eine Besinnung? Sie war in der Schule mal in die Ecke gestellt worden, um über ihr Benehmen nachzudenken, aber nachdem sie ihrem Vater davon erzählt hatte, war dieser am nächsten Tag mit ihr zur Schule gegangen und nach der Verabschiedung schnurstracks ins Lehrerzimmer abgebogen. Seitdem hatte die Lehrerin das kein zweites Mal gewagt. Mama schimpfte ja auch oft, dass Martha so schlampig war, aber das war ein anderes Schimpfen, ein netteres. Und es hatte noch nie Strafen gegeben. Wieder sah Inga zur Tür. Was war ein Besinnungsraum? Sie dachte an besinnliche Weihnachten, und bei dem Gedanken daran, dass sie erst Heiligabend wieder zu Hause sein würde, verschwamm ihr der Blick.

Tabletts mit Broten wurden aufgetragen, und dann durften sie anfangen zu essen. Die Brote waren labbrig, der Käse zu fett, und der Schinken schmeckte ein wenig ranzig, aber der Hunger trieb es runter. Inga wärmte ihre Finger an der Tasse mit der lauwarmen Milch, trank in kleinen Schlucken.

»Iss noch ein Brot«, sagte die Frau, die das Essen aufgetragen hatte, und über ihrem Wollkleid eine warm aussehende Strickjacke trug.

»Ich bin satt«, antwortete Inga schüchtern.

Die Frau legte ihr noch ein Käsebrot auf den Teller. »Du bist hier, weil du zu dünn bist. Also iss noch ein Brot.«

Inga wagte nicht, zu widersprechen und zwang das Brot hinein, ohne viel zu kauen. Beim letzten Bissen würgte sie einmal und spülte ihn schließlich mit Milch hinunter. Clara wurde unruhig und zupfte Inga am Ärmel ihres Kleides. »Mir ist langweilig«, quengelte sie leise, aber offenbar nicht leise genug.

»Du hast nicht aufgegessen«, sagte die Frau, die plötzlich wieder hinter ihnen stand.

»Mag nicht mehr.« Clara presste die Lippen zusammen und verschränkte die Arme vor der Brust.

»Ich sagte, aufessen. Vorher stehst du nicht auf.«

Als die Frau ein paar Plätze weiter mit einem kleinen Jungen zu schimpfen begann, schob sich Inga rasch den Rest von Claras Brot in den Mund. Angestrengt ignorierte sie den aufwallenden Bauchschmerz und trank schnell noch einen Schluck Milch. In ihrem Magen grummelte es, und als sie aufstieß, spürte sie eklige Säure im Hals, die nach Erbrochenem schmeckte.

Ein verkniffen dreinblickendes Mädchen mit dunkelbraunem Topfschnitt, das ihr gegenüber saß, hatte beobachtet, was sie getan hatte, aber glücklicherweise schwieg es. Inga war müde. Es war ein langer Tag gewesen, und sie wollte aufs Klo und ins Bett. Schließlich durften sie aufstehen, und besorgt sah Inga noch einmal zur Tür. Konnte Martha nun wirklich nichts mehr essen? Oder würde sie doch noch durch die Tür kommen und sich schnell ein Brot nehmen dürfen? War es nicht bald genug mit der Besinnlichkeit? Doch Martha kam nicht. Sie gingen in den Saal und holten ihre Waschbeutel, danach mussten sie sich in Gruppen an den Waschbecken aufstellen und Zähne putzen. Tante Martina war erschienen und ging die Reihe entlang.

»Gesichter und Hände gründlich waschen nicht vergessen. Danach geht ihr auf die Toilette. Beeilt euch, weil die nächsten gleich dran sind.« Ihre kalte Stimme hallte unangenehm an den gefliesten Wänden wider. Wenn man die Augen schloss, merkte Inga, konnte man kaum heraushören, wo Tante Martina sich gerade im Raum befand. Schnell wusch sich Inga den Mund aus und stellte sich dann in die Schlange bei den Toiletten. Sie konnte kaum noch ruhig stehen, so dringend musste sie.

Dann war sie dran. Endlich. Inga hätte es keinen Moment länger ausgehalten, und im Speisesaal hatte sie sich nicht getraut, zu fragen, ob sie schon gehen durfte.

»Warum brauchst du so lange?«, hörte sie Tante Martinas Stimme plötzlich durch die Kabinentür. Unterhalb der Tür konnte sie ihre braunen Schuhe sehen.

»Ich hab Bauchschmerzen.«

»Das große Geschäft erledigt ihr morgens. Gib die Toilette frei, die anderen Kinder müssen auch.«

Das ging jetzt aber nicht, doch schon im nächsten Moment wurde die Kabinentür geöffnet, und Inga sah sich zu ihrem Entsetzen den Blicken der anderen ausgesetzt. Das Mädchen mit dem Topfschnitt prustete in seine aufgeblasenen Wangen. Ingas Blick schnellte zum Türknauf, aber die Frau hielt die Tür so weit geöffnet, dass ein Zuziehen aus dem Sitzen heraus unmöglich war.

»Du sollst zum Ende kommen, sagte ich.«

Ein anderes Mädchen hielt sich die sommersprossige Nase zu, und Inga spürte, wie ihr das Blut ins Gesicht stieg vor Scham. Als sie sich schließlich erhob und die Spülung betätigte, konnte sie nur mit Mühe die Tränen zurückhal-

49

ten. Rasch lief sie in den Saal, wo Clara schon auf ihrem Bett saß.

Inga setzte sich stumm neben Clara und ließ nun zu, dass ihr die Tränen über die Wangen kullerten. Sie hasste diese Tante Martina, und morgen würde sie Mama und Papa alles schreiben! Dann sollte diese Frau mal sehen, was passierte! Die Wut verdrängte ihre Tränen, und der Gedanke an ihre Eltern, die kommen und sie beschützen würden, tat ihr gut. Warum sollten sie diese blöde Frau überhaupt Tante nennen? Inga hatte nur nette Tanten, diese garstigen Martina war nicht ihre Tante!

Kurz darauf betrat Martha den Saal, das Gesicht fleckig, die Augen gerötet.

»Wo hat man dich hingebracht?«, fragte eines der Mädchen.

Martha schwieg, ging zum Schrank und hob ihre Kleidung auf. Nacheinander faltete sie die Sachen und legte sie in den Schrank.

GEGENWART

Die Sonne zeigte sich an einem blassblauen, gläsern wirkenden Himmel, glitzerte auf dem Wasser der Kanäle, auf denen gerade einige junge Männer und Frauen mit einem Ruderboot unterwegs waren. Familien und Paare fuhren mit Tretbooten, prustend und herumalbernd. Ein Mädchen stieß einen Schrei aus, der in ein Lachen gipfelte, weil einer der beiden Jungen das Boot so heftig schaukelte, dass es beinahe ins Wasser gefallen wäre.

Inga blieb stehen und beobachtete die Szenerie. Als junges Mädchen war sie oft mit ihrem Vater und danach mit ihrem Freund und späteren Ehemann Lars hier gewesen. So viel Spaß hatten sie zusammen gehabt, und Inga wünschte, ihnen wäre noch mehr Zeit miteinander vergönnt gewesen. Das Ruderboot hatte sie nach seinem Tod verkauft, denn weder Martha noch Theresa hatten viel Interesse daran gezeigt, und allein zu fahren, war nicht mehr dasselbe.

Sie spazierte weiter, genoss den Nachmittag und das Flair dieser alten Hafenstadt an der Emsmündung. Mit ihren Eltern war sie nur selten verreist, denn diese sagten stets, dass sie dort wohnten, wo andere Urlaub machten. Martha hatte das immer genervt, sie wollte auch mal etwas anderes sehen, aber Inga hatte die Sommer an der Nordsee geliebt. Mit Lars war sie hin und wieder verreist, vor allem, damit auch ihre Tochter Theresa mal Orte außerhalb ihrer Heimatstadt kennenlernte. Aber sie war immer wieder glücklich gewesen, zurückzukehren in die Geborgenheit des schönen Städtchens mit seinen Backsteinbauten und den zahlreichen Kanälen. Die Überreste des alten Hafens waren die letzten verbliebenen Zeugen der großen Vergangenheit dieser Seefahrerstadt.

Vertäute Segelschiffe schaukelten sacht auf dem Wasser. Eine junge Frau, die in optimistischer Erwartung eines nahenden Sommers einen Bikini trug, stand an Deck eines der Boote, rieb sich die Arme und rief etwas in die Kajüte. Inga sah auf die Uhr und wusste, sie musste langsam zurück, weil Theresa allein im Laden stand, aber noch konnte sie es nicht, musste noch ein wenig weitergehen, als könnte das die Erschöpfung aus den Gliedern treiben, die sie zwei nicht durchschlafenen Nächten verdankte. Erst der Alptraum, dann die Angst vor einem weiteren, die sie daran hinderte, richtig zur Ruhe zu kommen.

So war es doch immer. Inga glaubte, sie hätte alles überstanden, hätte die schlimmen Erinnerungen hinter sich gelassen, und dann quollen sie doch wieder ans Licht, sobald sich eine Krise abzeichnete. Beim Tod ihrer Eltern war es so gewesen, beim Tod von Lars und jetzt bei Theresas

Scheidung, der ein so langer Leidensweg vorangegangen war.

Ach, meine Theresa, dachte Inga, während sie immer noch aufs Wasser starrte. Ihre Tochter war noch keine Dreißig, und, anstatt ihr Leben zu genießen, bürdete sie sich so viel auf. Wenngleich Inga sich freute, dass ihre Tochter dieselbe Leidenschaft für Tee aufbrachte, wie jeder in der Familie seit drei Generationen, so wünschte sie sich doch, Theresa würde sich auch mit ebenso großer Leidenschaft in das Leben und die Liebe stürzen, ohne ständig von dieser Last eines vermeintlichen Versagens erdrückt zu werden.

Die Verzweiflung bäumte sich vor Inga auf wie ein Ungetüm, das seinen Schlund aufriss und Inga zu verschlingen drohte. Vielleicht weil ihr einziges Kind ihr so nah war wie niemand zuvor. Nicht einmal – und da war er wieder, der jähe Schmerz, der mit dem Namen und der Erinnerung einherging. Ein Schmerz, unter dem sie sich krümmen wollte.

Mit Martha hatte sie nie über damals gesprochen, aber sie glaubte, dass Martha sich nicht mehr erinnerte. Vielleicht war sie einfach noch zu klein gewesen und die Erinnerungen waren von neuen überlagert. Oder aber das Trauma – und das glaubte Inga eher – saß so tief, dass ihr Unterbewusstsein die Erinnerungen an einem Ort verbarg, der Marthas Bewusstsein nicht zugänglich war.

Und doch war ein Teil davon präsent. Martha wurde beim Geruch von Milchreis schlecht, und sie aß nichts, worin gekochte Karotten waren. Rohe Möhren konnte sie jedoch essen. »Marthas Marotten« nannte man es in der Familie. Einmal – ihre kleine Schwester musste schon im Teenager-Alter gewesen sein – waren sie zum Essen eingeladen gewesen, und die Gastgeberin war der Meinung, dass Martha sich diese Abneigungen einbildete. Also verschwieg sie die Karotten im Essen. Als Martha das erste Stück Pastete gegessen hatte und schließlich das Innere sah mit den kleinen Möhrenstücken, war sie aufgesprungen und hatte es gerade noch ins Bad geschafft, wo sie sich übergab.

»Inga!« Die Stimme riss sie aus ihren Gedanken, und sie blickte auf. Hannelore Hansen, eine ehemalige Schulkameradin, winkte ihr zu und kam rasch über die Straße gelaufen.

»Hallo.« Inga war nicht nach einem Plausch, aber sie konnte sich ja nun nicht einfach wegdrehen.

»Wer war denn dieser schmucke junge Kerl, mit dem Theresa am Tisch im Laden gesessen hat?« Hannelore redete nie lange um den heißen Brei herum. »Während der Mittagszeit vorhin.«

Inga hatte keine Ahnung, von wem die Frau sprach, sie selbst hatte das Haus bereits kurz vor der Mittagszeit verlassen und die Pause über Gebühr ausgedehnt. »Vielleicht jemand Geschäftliches.« War an diesem Tag nicht der Termin mit dem Journalisten? Aber doch erst abends, oder? Allerdings ging das Hannelore ohnehin nichts an. »Oder ein Freund.«

»Na, das ging ja schnell. Also ich meine, der Lukas ist ja noch nicht mal kalt.«

»Er ist in München, nicht tot.«

Diesen Einwand wischte Hannelore mit einer Handbewegung beiseite. »Hab ihr sogar zugewunken, aber sie war so vertieft, dass sie es nicht einmal bemerkt hat.«

Inga wünschte sich, es wäre wirklich so, dass Theresa jemand Neuen kennengelernt hätte und nicht lange dieser vergangenen Beziehung nachtrauerte. Weil sie keine Lust auf ein längeres Gespräch und weitere neugierige Fragen hatte, wechselte sie noch ein paar belanglose Höflichkeiten und sagte dann, sie müsse sich beeilen und zurück in den Laden.

Als sie die Tür zur Teestube öffnete, stand zu ihrem Erstaunen Martha im Geschäft. »Wolltest du heute nicht zum Friseur?«

Martha winkte ab. »Hab ich verschoben.«

»Wo ist denn Theresa?«

»Oben in meiner Wohnung. Sie sucht irgendwelche Unterlagen für den Journalisten und hat mich darum gebeten, hier die Stellung zu halten. Der Kerl ist wohl früher gekommen als verabredet.«

»Und was für Unterlagen sucht sie oben? Die Geschäftsberichte sind doch alle hier im Büro.«

»Keine Ahnung, hat sie nicht gesagt.«

Inga brachte ihre Handtasche ins Büro und warf kurz einen Blick in den Spiegel. Sie strich sich durch das zu einem Bob geschnittene graue Haar und ging in den Verkaufsraum, wo Martha gerade mit einer Kundin sprach und eine Dose mit grünem Tee aus dem Regal nahm. Als sie diese öffnete, breitete sich der Duft von japanischem Jasmin-Tee im Raum aus. Die Nasenflügel der Frau blähten sich, als sie sich leicht vorbeugte und einatmete.

»Ein bisschen mulmig ist mir ja schon dabei, dass Theresa mit einem Journalisten über unser Geschäft spricht. Man weiß nie, was diese Leute so schreiben«, sagte Martha, nachdem die Kundin gegangen war. »Man kennt das ja mit der Presse.«

»Wann hattest du denn je mit der Presse zu tun?«

»Ach, man hört doch das eine oder andere. Jeder weiß, dass bei Pressevertretern Vorsicht geboten ist.«

Inga musste lächeln. »Wir reden hier aber schon noch über einen Artikel zu unserem Laden, oder? Nicht über Nachrichten zu Prominenten oder dem Weltgeschehen.«

Martha tat das Argument mit einer knappen Handbewegung ab. »Gerade einem Geschäft wie unserem kann schlechte Presse schaden.«

Inga runzelte die Stirn, während sie eine Kekspackung aufrichtete, die im Regal zur Seite gekippt war. »Warum sollte es schlechte Presse sein, wenn jemand über das Unternehmen schreibt?«

Aus dem Augenwinkel sah sie ihre Schwester mit den Schultern zucken. »Ach, was weiß denn ich. Das war ja Fenjas Idee. Wenn du sie fragst, ist die Presse die Lösung für alles.«

»Du übertreibst. Es ist doch schön, dass sie helfen möchte,

und Theresa tut es gut, sich einzubringen. Wenn es ihr Spaß macht, mit der Presse zu sprechen, dann soll sie das tun.«

»Spaß! Na, also nach Spaß sah mir ihre Leichenbittermiene vorhin aber nicht aus.« Martha schob noch ein trockenes Lachen und ein Kopfschütteln hinterher.

Inga sah zur Tür, die ins Treppenhaus führte. »Ich spreche gleich mal mit ihr.«

•

»Ich meine, er hat ja noch nicht mal geleugnet, dass ihn das nicht interessiert.« Theresa saß auf dem Boden in Marthas Wohnzimmer und hatte Fotoalben vor sich ausgebreitet. Neben ihr lag ihr Smartphone, an dem sie gerade Fenja auf Lautsprecher gestellt hatte.

»Ich wusste nicht, dass Behnke dir von Bergen geschickt hat. Mit dem hatte ich nur selten zu tun, aber er ist einer von denen, die immer auf eine große Story hoffen und Karriere machen möchten.«

Na, großartig. Ein senationsgeiler Journalist, der hoffte, aus einem Artikel über ihr Geschäft eine große Story zu machen.

»Er ist ziemlich gut.« Fenja klang versöhnlich. »Was hat er denn genau gesagt?«

Theresa rekapitulierte das gesamte Gespräch. »Und dann meinte er, wenn mir seine Arbeitsweise nicht passt, könne ich mir jemand anderen suchen.«

»Er weiß natürlich, dass das nicht so einfach ist, da jemand anderen aufzutreiben.« Fenja schwieg kurz. »Aber ganz unrecht hat er nicht, muss ich sagen. Also: Er hätte sein Desinteresse an Tee vielleicht weniger offensichtlich werden lassen können, aber seine Herangehensweise ist vermutlich genau richtig. Warte es doch erst einmal ab. Ich meine, ihr habt doch keine Leichen im Keller oder so. Dann macht er halt im ersten Teil eine spannende Familiengeschichte daraus. Schadet doch nichts. Dann habt ihr die Leserschaft zumindest schon einmal an der Angel.«

Theresa seufzte. »Apropos an der Angel. Wie war es eigentlich jetzt mit dir und diesem Typen, diesem Felix?«

»Erzähle ich dir in allen pikanten Details, wenn du mich nicht auf Lautsprecher hast.« Das klang verlockend, und kurz war Theresa sogar versucht, ihre Fotorecherche für einen ausgedehnten Plausch mit Fenja zu unterbrechen. Doch dann klingelte es bei ihrer Freundin an der Tür, und sie einigten sich darauf, das Gespräch zu vertagen.

Nachdem sie sich verabschiedet hatten, widmete sich Theresa wieder den Alben. Die Vergangenheit des Unternehmens hatte Theresa als Kind fasziniert, und sie hatte sich gerne die Familienalben angeschaut mit den sepiafarbenen Fotografien. Irgendwann hatte ihr Interesse daran abgenommen, und sie hatte die Alben seltener und schließlich gar nicht mehr zur Hand genommen. Die Gegenwart war spannender, die erste Liebe zu Lukas, die Sommer an der Nordsee, der erste Kuss, der erste gemeinsame Winter, in dem sie eng umschlungen vor dem Kamin … Sie rief sich zur Ordnung, wollte nicht wieder in Erinnerungen versinken. Lieber widmete sie sich dem Hier und Jetzt, in dem die Erinnerungen aus sehr früher Zeit ein paar Tupfer waren, die der Geschichte etwas Farbe und Glanz gaben.

Theresa ließ den Blick durch das Wohnzimmer ihrer Tante schweifen. Früher war das hier das Büro ihres Großvaters gewesen, wie sie nicht nur aus Erzählungen wusste. Auch in dem Familienalbum ist auf einem Bild, auf dem er geschäftig am Schreibtisch sitzt, der kleine Kachelofen im Hintergrund zu erkennen, vor dem Martha im Winter so gerne mit einem Buch saß. Die einstmals zusammenhängende Wohnung über zwei Etagen war beim Tod ihres Großvaters geteilt worden, und nun wohnte Inga im ersten und Martha im zweiten Stock. Hier war Theresa aufgewachsen, und genau auf diesem Teppich hier hatte sie schon als Kind hin und wieder gesessen und sich alte Alben angeschaut. Was für eine Geschichte wollte von Bergen daraus wohl basteln? Hoffte er gar auf eine brisante Geschichte aus der Nazi-Zeit?

Gedankenverloren strich Theresa über eine sepiafarbene Aufnahme, die das verklinkerte Teehaus von außen zeigte. Über die vielen Jahre hatte sich an dieser Ansicht kaum etwas verändert. Jedoch war hier noch nichts von den Efeuranken zu sehen, die sich mittlerweile bereits bis zum Dachstuhl hinaufschlängelten. Ihr Urgroßvater hatte das Teehaus gegründet, das hier zwischen den urigen Emder Backsteinbauten lag. Er war nach Indien gereist und nach Sri Lanka, das damals noch Ceylon hieß, zu einer Zeit, als eine Reise dorthin auf dem Schiff Tage und Wochen dauern konnte. Den Emder Teebaron hatte man ihn genannt, als es ihm gelungen war, einen glanzvollen Aufstieg hinzulegen, vom Arbeiterjungen, der vom großen Abenteuer träumte, zum Mitglied dessen, das man heute die *Upper Class* nannte. Den Ersten Weltkrieg hatte er überlebt, weil ihn eine Kugel ins Bein, der er ein lebenslanges Hinken verdankte, schon im ersten Jahr untauglich für die Front hatte werden lassen. Seinen Blutzoll für das Land hatte er Jahre später gezahlt, als ihm von seinen vier Söhnen nur der blieb, der noch zu jung für den Krieg gewesen war – Inga und Marthas Großvater.

Früher hatte Theresa sich oft gefragt, wie ihr Urgroß-vater es mit den Nationalsozialisten gehalten hatte. Laut ihrer Mutter war das Thema in ihrer Kindheit stets ver-drängt worden, auch gesellschaftlich. Und später, als sie es gerne gewusst hätte, war er bereits gestorben. Konnte man so erfolgreich bleiben, wenn man sich in den Dreißigern den Nationalsozialisten nicht irgendwie angedient hatte? Vielleicht hätte er es nicht zugegeben, wenn es so gewesen wäre. Oder er hätte felsenfest behauptet, trotzdem keiner *von denen* gewesen zu sein. Zeit seines Lebens hatte Inga – das hatte sie Theresa versichert – jedenfalls nie gehört, dass er sich abfällig über Einwanderer, Juden oder Sinti ge-äußert hätte. Aber vielleicht hatten ihn auch der Krieg und der Verlust der eigenen Kinder geläutert.

Theresas Großvater war zu Kriegsbeginn erst neun Jahre alt gewesen und wusste nicht mehr, wie sein eigener Vater zu den Nazis gestanden hatte. Vehementen Widerspruch hatte er nicht gehört, aber angesichts dessen, dass Erwachsene befürchten mussten, ihre in der Schule und der HJ beeinflussten Kinder könnten unwillentlich zu Verrätern werden, war das wohl auch nicht verwunderlich. Es hatte Zeiten gegeben, da hatte Theresa dieses ganze Nichtwissen als geradezu unerträglich empfunden, Zeiten, in denen sie selbst politisch aktiv gewesen war und gegen soziale Ungerechtigkeit und das Erstarken der neuen Rechte demonstriert hatte. Mehrmals hatte sie sich die alten Bilder genauer angesehen, Hinweise auf die Vergangenheit ihres Urgroßvaters gesucht, kleine Spuren, die ihn verrieten, wie ein Hakenkreuz oder ein Anstecker der NSDAP, aber da war nichts gewesen.

Theresa blätterte ein weiteres Album durch. Hier war ihre Mutter vielleicht fünf Jahre alt gewesen, und das kleine Mädchen mit dem in Zöpfe gebändigten Blondhaar, aus dem sich viele krause Strähnen hervorstahlen, war vermutlich Martha. Wobei sie als Kind eine etwas breitere Nase gehabt zu haben schien. Es war doch immer wieder beachtlich, wie sich ein Gesicht über das Heranwachsen hinweg noch formen konnte. Theresa wollte gerade weiter blättern als sie die Wohnungstür hörte.

•

Inga betrat das Wohnzimmer und betrachtete irritiert die Alben, die um Theresa herum ausgebreitet waren. »Wonach suchst du denn?«

Theresa sah auf, legte das Album auf ihrem Schoß behutsam vor sich ab und strich sich eine Strähne hinter das Ohr. Sie war ein wenig blass, fand Inga, und die kleinen Sommersprossen um die Nase wirkten wie losgelöst von der Haut. Vermutlich schlief sie einfach zu wenig. »Ach, nur alte Fotos und so.«

Inga ließ sich neben ihr nieder und blätterte nachdenklich ein paar Seiten um, während sie den Blick über die Fotografien wandern ließ. »Wofür brauchst du die denn?«

»Dieser von Bergen möchte das irgendwie anders aufziehen. Erst einmal mehr Vergangenheit. Die Familiengeschichte, Urgroßvater, Großvater, Kindheitserinnerungen von dir und Martha, so was halt.«

»Was will er denn mit unseren Kindheitserinnerungen?« Angesichts des ruppigen Tonfalls wirkte Theresa befremdet. »Er meinte, mit der Geschichte des Teehauses zu beginnen, wäre gut, um das Interesse der Leute zu wecken.«

»Sicher. Was eignet sich besser für die Presse, als die Neugierde der Leute zu befriedigen, die ihre Nasen in die Angelegenheiten anderer Leute stecken.«

Theresa zog die Brauen zusammen. »Was ist denn mit dir los?«

»Ein Fremder wühlt in unserer Familiengeschichte. Was denkst du wohl?« Da tat sie alles, um die Vergangenheit zu verdrängen, kämpfte und haderte damit, und dann kam dieser Mann und wollte alles ans Tageslicht zerren?

»Er wühlt überhaupt nicht, sondern ich gebe ihm Informationen, die für den Artikel geeignet sind. Geschichten von früher.«

»Ich dachte, es geht hier darum, Tee zu verkaufen.« Inga erhob sich. »Darüber soll er schreiben.«

»Das hatte ich auch gesagt, aber er meinte, es sei besser, wenn wir bei den Anfängen beginnen.« Auch Theresa stand nun auf, und in ihrem Blick erkannte Inga nur zu gut diesen Ausdruck, der stets darin lag, wenn etwas ihr Interesse geweckt hatte. Sie war aufmerksamer geworden, hatte die Sinne geschärft. »Du bist doch sonst immer so stolz auf die Familiengeschichte, auf Urgroßvater.«

»Ja, das bin ich. Ich bin stolz darauf, weil er den Grundstein dafür gelegt hat, was wir heute sind. Und ich finde das viel wichtiger. Das Heute, nicht das Gestern.« Die Erklärung war lahm, das merkte sie, auch ohne dass Theresa etwas dazu sagen musste. Ihre Tochter hatte den Kopf leicht schräg gelegt, die Augen kaum merklich verengt, konzentriert und fokussiert.

Inga wandte sich ab, hob eines der Alben auf und nieste, als Staub aufwirbelte. Martha sah es grundsätzlich nicht ein, mit einem Staubwedel durch die Schränke zu gehen.

»Wir werden nicht jünger«, hatte Martha erst letztens gesagt. »Stell dir vor, ich kippe tot um, und das Letzte, was ich im Leben getan habe, war, einen Schrank zu entstauben.«

Als Inga nach einem weiteren Album griff, kam Bewegung in Theresa. »Warum räumst du denn jetzt alles weg? Ich war noch nicht fertig.«

»Ich möchte diese Art von Geschichte nicht, und ich habe ja wohl mitzuentscheiden, wenn es um meine Familiengeschichte geht.« Sie drehte sich zum Schrank, um die Alben wieder ins Regal zu stellen.

»Was ist denn auf einmal mit dir los?«

Statt einer Antwort zog Inga die Schranktüren auf.

»Weißt du, ich habe mir früher nichts dabei gedacht«, hörte sie Theresa sagen und drehte sich wieder zu ihr um, sah, wie ihre Tochter ein weiteres Fotoalbum aufhob. »Aber vielleicht kannst du mir sagen, warum auf einigen Seiten Fotos fehlen?«

Mit kalten Händen nahm Inga das Album entgegen, und eine kleine Karte segelte zu Boden. Mit einem leisen Ächzen – ihr Rücken machte sich mal wieder bemerkbar – wollte sie sich bücken, aber Theresa war schneller. Sie sah darauf, drehte sie um, runzelte kurz die Stirn und gab ihr die Karte. Auf einer Seite war eine in Nebel gehüllte Landschaft, auf der anderen ein zweistrophiges Gedicht. *Weißes Schloss in weißer Einsamkeit.* Inga schnappte nach Luft. Mit vielem hatte sie gerechnet, aber nicht damit, diese Karte jemals wieder in den Händen zu halten. Ihr Blick fiel auf den letzten Satz der ersten Strophe. *Und alle Wege weltwärts sind verschneit.*

•

Eigentlich war es schon zu spät für Kaffee, aber bei Fenjas Besuchen war er obligatorisch, und Theresa tat es vielleicht ganz gut, wenn ihr Kreislauf ein bisschen auf Touren kam. Den ganzen Tag schon fühlte sie sich so abgeschlagen. Hoffentlich brütete sie keine Erkältung aus. Sie saßen an dem kleinen Tisch im Erker, der Laden war bereits geschlossen. Freitag hatten sie immer nur bis vier geöffnet, und so schlecht, wie es an diesem Tag gelaufen war, hätten sie sich das Öffnen morgens sparen können.

»Wo trefft ihr euch eigentlich gleich?«, fragte Fenja.

»Ich habe im Arbeitszimmer alles vorbereitet.«

»Bist du nervös? Du wirkst angespannt.«

Theresa zuckte die Schultern, dann schüttelte sie den Kopf. »Ach, ich weiß nicht so recht. Es ist einfach alles ein bisschen viel in letzter Zeit. Der Verkauf der Wohnung, die Sorge um den Laden. Außerdem weiß ich nicht, ob diese ganze Sache mit dem Zeitungsartikel überhaupt etwas bringt.«

Darüber hinaus – aber das erwähnte sie nicht – verstand sie nicht, warum ihre Mutter auf einmal so wortkarg und distanziert wirkte. Theresa kannte das nicht von ihr, sie hatten immer ein ausnehmend gutes Verhältnis gehabt. So war ihre Mutter nur damals gewesen, als ihr Vater gestorben war, und sie sich in ihre Trauer eingekapselt hatte. Aber jetzt ging es doch nur um so ein läppisches Interview. Theresa tat das alles, um den Laden zu retten. Es war ja nicht so, als sei ihr dieser Journalist sympathisch, sie hatte sich das auch anders vorgestellt. Aber anstatt ihre Bemühungen honoriert zu sehen, bekam sie nun das Gefühl, als hätte sie etwas falsch gemacht.

Fenja streckte die Hand aus und berührte ihren Arm. »Das wird schon. Von Bergen ist ein echter Profi, wenn der was macht, wird es in der Regel richtig gut.«

»Warten wir es ab.« Theresa war nicht ganz so überzeugt, aber da dieser Artikel nun einmal ein Rettungsanker war und sie hoffte, dass ihre Präsenz in der Presse dafür sorgte, dass der Laden wieder lief, wollte sie da so engagiert wie nur möglich rangehen. »Meine Mutter ist offenbar nicht so überzeugt davon, weil es um die Familiengeschichte gehen soll.«

Erstaunt hob Fenja die Brauen. »Das verstehe ich nicht. Sie ist so stolz darauf.«

»Ja, das dachte ich auch. Aber sie war richtig sauer, und jetzt ist sie irgendwie, hm, seltsam. Sehr unterkühlt mir gegenüber. Dabei mache ich das alles extra für das Geschäft, an dem ihr doch auch was liegt.«

»Und sie hat keinen Grund dafür genannt, warum ihr das so gegen den Strich geht?«

»Nein, sie meinte nur, dass der Journalist seine Nase in Dinge stecke, die ihn nichts angingen.«

»Du liebe Zeit. Es ist ein Artikel über eine Familie im Teegeschäft.« Fenja pustete sich eine blondgelockte Strähne aus der Stirn, was vergeblich war, denn sie fiel direkt wieder zurück. »Was erzählst du ihm?«

»Ein bisschen über die Gründungszeit, Nachkriegskindheit zwischen Kolonialwaren und Tee – so was halt.«

»Klingt doch interessant. Ich glaube, er hat da einen ziemlich guten Ansatz. Glaub mir, so etwas lieben die Leser. Und du willst sie ja an der Angel haben.«

Theresa nickte nur und fuhr mit dem Finger am Rand des Kaffeebechers entlang, der schon etwas aufgeweicht war. Nachhaltig waren diese Wegwerf-Dinger nicht gerade – für ihren Laden musste sie sich da noch etwas einfallen lassen. Im Kopf machte sie sich eine Notiz, beizeiten mal dieses Becher-Pfandsystem zu recherchieren, das sie schon in einigen Kaffeeläden gesehen hatte. Warum hatte sie sich da bisher eigentlich keine Gedanken drüber gemacht? Bequemlichkeit vermutlich. Dieselbe Bequemlichkeit, die wohl auch dazu geführt hatte, dass der Teeladen den Anschluss an die Moderne verpasst hatte. Lag offenbar in der Familie, nicht so richtig mit der Zeit zu gehen.

»Es liegt ja in deiner Hand, was er alles erfährt.« Fenja sah auf ihre Uhr und erhob sich. »Daher verstehe ich deine Mutter nicht so richtig. Selbst wenn ihr irgendwelche Leichen im Keller hättet – und welche Familie hat die nicht? –, musst du ihm das ja nicht auf die Nase binden.« Sie nahm die beiden leeren Becher vom Tisch, drückte sie zusammen und beförderte sie in den Müll. »Ich lasse dich dann mal weiter deine Vorbereitunten treffen. Erzähl mir später, wie es war.«

»Hey, warte mal. Was ist jetzt eigentlich mit dir und Felix?«

»Er war von gestern auf heute bei mir, und ich sage dir …« Fenja verdrehte gespielt genießerisch die Augen, als ihr Handy zu klingeln begann. Fenja warf einen Blick aufs Display und verdrehte erneut die Augen. Dieses Mal allerdings genervt. »Oh je, mein Chef drängelt schon. Ein Termin wurde vorverlegt. Lass uns später die Details in aller Ruhe austauschen, ja?«

»Meine sind sicher weniger pikant.«

»Na, das will ich doch hoffen.« Fenja lachte, warf ihr eine Kusshand zu und verließ den Raum.

Als Theresa hinter ihr abschloss, konnte sie draußen Fenja hören, wie sie ihren Chef besänftigte, während sie schnellen Schrittes zu ihrem Auto lief. Schmunzelnd schaute sie ihrer Freundin nach, dann ging sie ins Arbeitszimmer hinter der Verkaufstheke. Es war ein hübscher Raum, den Martha vor zwei Jahren neu eingerichtet hatte. Die altbackenen Möbel in Eiche rustikal waren weißen Regalen und einem dazu passenden Schreibtisch gewichen. Fotografien an den Wänden bildeten einen bunten Kontrast, ebenso wie die Teedosen und Bücher über Tee sowie Bildbände. Durch das fein ziselierte Gitter vor dem Fenster fiel fahles Licht in den Raum und malte ein Spitzenmuster auf den Dielenboden.

Theresa überlegte, ob es nicht zu geschäftsmäßig wirkte, wenn sie am Schreibtisch saßen. War es für das Interview nicht förderlicher, wenn sie es in einer etwas lockeren Atmosphäre führten? Aber nun gut, daran konnte sie jetzt nichts ändern, sie hatte gerade keinen anderen Raum zur

Verfügung. Natürlich hätte sie Martha oder ihre Mutter fragen können, aber sie hatte den Eindruck, dass keine von beiden so richtig begeistert von der Sache war, daher war das wohl keine gute Idee. Sie selbst war auf jeden Fall sehr gespannt auf das Treffen und dachte gar nicht daran, sich von ihrer Mutter und ihrer Tante in die Parade fahren zu lassen.

Wieder dachte sie – wie so oft in den letzten beiden Tagen – an die Auseinandersetzung mit ihrer Mutter. Wie abwehrend sie darauf reagiert hatte, so ruppig und fast schon feindselig. Fenja hatte ja recht, Inga und Martha waren immer stolz gewesen auf die Geschichte der Teebarone. Was sollte das jetzt also? Und diese seltsame Reaktion auf das Rilke-Gedicht. Ganz blass war sie geworden. Ja, die Zeilen waren unheimlich gewesen, das hatte Theresa auch gedacht. So licht und weiß war alles darin und doch gleichzeitig so düster.

Aber rechtfertigte das diese Reaktion? Auf Theresas Frage nach den fehlenden Bildern hatte sie dann komplett dichtgemacht. Theresa löste ihren Zopf, fuhr sich durch das Haar und band ihn neu. Ihre Mutter würde sich schon wieder beruhigen, aber der Konflikt belastete sie trotzdem. Und nun fiel ihr in der ganzen Grübelei auch wieder alles andere ein: Das verkaufte Haus, ihre gescheiterte Ehe … Theresa setzte sich auf den Schreibtischstuhl, lehnte mit geschlossenen Augen den Kopf zurück, atmete tief ein und stieß die Luft in einem langen Seufzer wieder aus.

Dann richtete sie sich auf. Es reichte, die Dinge waren nun einmal, wie sie waren – herumsitzen und grübeln brachte da gar nichts. Vieles in ihrem vergangenen Leben hatte sie nicht beeinflussen können, vielleicht hätte die eine oder andere Entscheidung das Ruder herumgerissen, aber was brachte es, ständig darüber nachzudenken? Hier hatte sie die Möglichkeit, etwas zu tun, etwas voranzubringen und das würde sie machen. Die Vergangenheit war nicht nur die Familiengeschichte ihrer Mutter, sondern auch Theresas, und sie konnte ebenso darüber entscheiden. Vergraben in Alben und Erinnerungen nützte sie niemandem. Und wenn es einen Jonas von Bergen und den Unmut ihrer Mutter brauchte, um die Dinge wieder ins Rollen zu bringen, dann war es eben so.

·

»Du könntest hier wirklich mal Ordnung schaffen.« Inga wusste selbst nicht, warum sie sich überhaupt darum kümmerte. Aber den Gewohnheiten der großen Schwester entwuchs man offenbar nie.

Martha blickte nur kurz von ihrem Buch auf. »Mir liegt nicht viel daran, dass die Leute nach meinem Tod sagen: ›Bei ihr war es stets aufgeräumt‹.«

»Sollen sie lieber sagen: ›Sie lebte im Chaos‹?«

»Und hat hunderte Bücher gelesen«, ergänzte Martha. »Überdies war sie Liebhaberin vieler Männer.«

»So viele waren es nun auch wieder nicht.«

»Weil ich die unspektakulären ausgelassen habe.« Martha senkte den Blick wieder auf ihren Roman, und Inga bückte sich, um die Hefte, die auf dem Couchtisch verteilt lagen, ordentlich zu stapeln. Abrupt hielt sie inne. *Was tue ich hier eigentlich?*

»Du weißt, dass ich auch nicht sicher bin, ob das alles so das Richtige ist, was Theresa da treibt«, sagte Martha, ohne aufzublicken. »Aber gerade du warst doch in dieser Sache auf ihrer Seite, und nun bist du so komisch seit vorgestern.«

Inga verschränkte die Arme vor der Brust. Auf diese Weise kam sie auch nicht mehr in die Verlegenheit, Martha hinterher zu räumen. »Würdest du dich nicht gegen jede Neuerung stellen, wäre das Interview vielleicht gar nicht notwendig.« Das war ungerecht, aber sie konnte nicht anders.

Wieder blickte Martha auf, entschied jedoch offenbar, dass ihr das keine Antwort wert war. Inga wandte sich ab und ging in die Küche. Auch hier herrschte Unordnung. Alles war sauber, aber es lag viel herum. Kochbücher, Zeitschriften, ein Brotkorb, ein paar Briefe auf der Anrichte, Reste der Weihnachtsdeko. Es ging sie nichts an, dies war Marthas Reich. Doch Inga musste sich beschäftigen, durfte nicht ins Grübeln geraten.

Dieses Gedicht, das verdammte Gedicht. Hätte sie es nicht gelesen, hätte sie nicht diesen Traum gehabt, der schlimmer gewesen war als die Alpträume in den Nächten zuvor. Warum musste Theresa auch unbedingt in der Vergangenheit herumwühlen? Warum hörte sie nicht auf sie und ließ die alten Geschichten ruhen, konzentrierte sich aufs Hier und Jetzt?

Während Inga den Wasserkocher auffüllte, rief sie sich zur Ordnung. Es war nicht Theresas Schuld, sie hatte nichts falsch gemacht. Dieser Journalist mit seiner Neugierde trug die Schuld daran, dass Inga die Nächte verleidet wurden. Als reichten die Sorgen und Alpträume nicht, die sie ohnehin schon hatte, da packte er noch welche oben drauf. Aber auch das war Unsinn, das wusste der rationale Teil in ihr. Der Mann machte seinen Job, mehr nicht. Theresa wiederum wusste von nichts, sie hatte arglos in den Alben geblättert. Es gab keinen Grund, ihr zu grollen.

Nachdem Inga einen feinen Darjeeling aufgegossen hatte, stellte sie die Eieruhr und ging zu Martha ins Wohnzimmer. *Erinnerst du dich?* Es war kurz vor Marthas sechstem Geburtstag gewesen, und wenn Inga sich zurückerinnerte und überlegte, was sie noch alles aus der Zeit wusste, als sie fünf oder sechs gewesen war, so war das nicht allzu viel. Aber gewisse prägende Dinge waren doch vorhanden in ihrer Erinnerung. Dezember 1962, als sie anhand der Schuhe erkannt hatte, dass der Nikolaus Hans Groohe von nebenan war. Weihnachten im Jahr darauf, als sie mit ihrer Mutter ganz allein gebacken hatte, weil der Vater mit den kleinen Schwestern in den Wald gefahren war, um eine Tanne zu schlagen. Kleine Schwestern. Eigentlich vermied

72

Inga es, im Plural zu denken, es war zu schmerzhaft. Clara. Kleines Lämmchen hatte ihr Vater sie immer genannt. »Das ist ein blöder Name«, hatte Martha einmal gesagt. »Lämmer führt man zur Schlachtbank.«

Wieder sah Inga ihre Schwester an. Ob sie sich daran wohl noch erinnerte? Das Schrillen der Eieruhr riss sie aus den Gedanken, und auch Martha fuhr auf.

»Das Ding weckt Tote auf!«

Ach, dachte Inga, als sie in die Küche eilte, wenn es doch nur so wäre.

•

»Ich sehe, die Hausaufgaben wurden gemacht.« Jonas von Bergen wirkte deutlich besser gelaunt als beim letzten Mal.

»Wie vom Oberlehrer gewünscht.« Theresa ging auf seinen scherzenden Tonfall ein.

»Mein Vater hat nie ganz verschmerzt, dass ich mich nach dem Studium gegen den Lehrerberuf entschieden habe. Offenbar zeige ich da doch gewisse Talente.«

»Sie haben auf Lehramt studiert?«

Er zeigte ein schräges Lächeln, indem er einen Mundwinkel hob, was ihn ausnehmend attraktiv wirken ließ. »Wir alle haben so unsere Geheimnisse, nicht wahr?«

Theresa musste lachen. »Und Sie sind Journalist geworden, weil Sie lieber Geheimnisse ans Licht bringen, als längst Bekanntes wieder und wieder durchzukauen?«

»So ungefähr kann man das sagen. Ich dachte mir schon als Schüler, wie furchtbar langweilig es sein muss, dasselbe wieder und wieder vor jeder neuen Generation zu erzählen.« Er stellte seine Ledertasche ab und zog seinen Laptop hervor, um ihn auf den Schreibtisch im Arbeitszimmer zu legen. »Also, gehen wir es an. Darf ich hoffen, dass Sie mit einem großen Geheimnis aufwarten?«

»Ich befürchte, Sie müssen sich mit einem simplen, alteingesessenen Familienunternehmen begnügen, dessen Geschichte ein offenes Buch ist.« Sie hatte ein paar Fotos herausgesucht und auf ihrem Schreibtisch bereitgelegt. Außerdem alte Prospekte des Teehauses, die zweifelsohne Nostalgiegefühle bei den Leuten aus der Region hervorrufen würden. Sie wäre es zwar gerne anders angegangen, aber vielleicht funktionierte es ja wirklich, und der Artikel lockte die Leute in den Laden.

»Wie gesagt, wir alle haben unsere Geheimnisse. Man muss sie nur ans Licht bringen.« Er zwinkerte ihr kaum merklich zu.

Theresa dachte an Fenjas Worte. *Er ist einer von denen, die immer auf eine große Story hoffen und Karriere machen möchten.* »Geht es hier noch um Werbung für unseren Laden?«

»Natürlich. Können Sie sich etwas Aufregenderes vorstellen als ein großes Geheimnis, das gelüftet wird?«

»Kommt auf die Natur des Geheimnisses an, würde ich sagen.« Theresa deutete auf einen der Besucherstühle. »Setzen Sie sich doch. Möchten Sie einen Tee? Vielleicht Roibos, falls Sie abends kein Tein mehr vertragen? Oder Früchtetee? Kräutertee?«

Keine der angebotenen Möglichkeiten schien Begeisterung auszulösen, aber Jonas von Bergen hatte heute offenbar vor, sich ganz und gar in den Dienst des Themas zu stellen und so nickte er. »Suchen Sie gerne etwas aus. Bei dieser, ähm, interessanten Auswahl fällt die Entscheidung schwer.« Diese kleine Spitze konnte er sich offenbar nicht verkneifen.

Theresa ging in die Teeküche und setzte Wasser auf. Sie suchte eine schöne Ayurvedische Gewürzkräutermischung heraus, belebend mit leichter Schärfe, und goss sie auf. Als sie kurz darauf mit dem Tablett, auf dem die Teekanne, Tassen und Zuckerdose standen, zurückkehrte, hörte sie Marthas Stimme aus dem Arbeitszimmer und glaubte, ihren Ohren nicht zu trauen.

»Sie sind ja wirklich ein stattliches Kerlchen. Aber das hören Sie bestimmt öfter.«

»Zuletzt von meinem Großvater, als ich sieben war.«

Martha lachte ihr tiefes Lachen. »Wissen Sie, ich traue der Presse ja nicht über den Weg, aber Sie machen einen ganz anständigen Eindruck.«

»Das will ich hoffen.« Er klang belustigt.

»Natürlich kann das alles nur vorgetäuscht sein.«

»Und das würden Sie nicht sofort durchschauen?«

»Wenn ich Sie lange genug kenne, schon. Aber dann ist das Kind möglicherweise schon in den Brunnen gefallen.«

Theresa stieß die Tür auf und bemerkte, dass sich Martha auf dem zweiten Besucherstuhl niedergelassen hatte. Jonas von Bergen wirkte angetan, aber das war nicht ungewöhnlich, Martha hatte diese Wirkung auf Männer – gleich welchen Alters.

»Sie wollen also mehr über unser Teehaus erfahren?«, fragte Martha jetzt und schlug ein Bein über das andere. Das krause Haar hatte sich rund um den Scheitel aus der Frisur befreit und umrahmte ihren Kopf wie einen Heiligenschein.

»Mit dem Teehaus ist ja eine Familiengeschichte verbunden. Das eine geht nicht ohne das andere«, antwortete Jonas von Bergen. »Und ich denke, das könnte man sehr spannend aufbereiten.«

»Oh, davon bin ich überzeugt. Wir haben wirklich spannende und sehr gegensätzliche Charaktere in der Familie. Mein Großvater war ein Abenteurer, mein Vater eher konservativ. Meine Schwester kommt nach unserem Vater, sehr zurückhaltend, fast schon spröde, aber mit Charme. Und unsere Theresa – na, das werden Sie ja selbst erfahren.«

Jonas von Bergen lächelte. »Und wie sind Sie?«

Martha zwinkerte ihm zu. »Unberechenbar, mein Lieber.« Sie stand auf und streichelte Theresas Arm. »Ich lasse euch jetzt allein.«

Jonas von Bergen sah Martha nach, bis diese die Tür hinter sich zuzog, dann wandte er sich an Theresa. »Nun, dann leuchten wir die finsteren Winkel der Familiengeschichte mal aus.«

»Es gibt keine finsteren Winkel, so leid mir das tut.« Theresa schenkte ihm eine Tasse Tee ein, dann sich selbst und stellte die Kanne auf das Stövchen. Durch das Fenster tupfte ein verirrter Sonnenstrahl einen Lichtfleck auf die honigfarbenen Dielen, ehe er wieder von den Wolken geschluckt wurde.

Jonas von Bergen nippte an dem Tee, und Theresa konnte ihm ansehen, wie sehr er sich darum bemühte, einen neutralen Gesichtsausdruck zu wahren. »Wo fangen wir an?«

»Ich habe Ihnen ein paar Familienfotos mitgebracht und alte Prospekte.« Theresa beugte sich vor. »Das ist mein Großvater am Tag vor seiner ersten großen Reise nach Indien. Er hat für das Foto extra einen Fotografen kommen lassen, hat mir meine Mutter mal erzählt.« Sie reichte Jonas von Bergen die Fotografie, und er besah sie sich aufmerksam. »Möchten Sie den Artikel chronologisch aufziehen?«

»Ich möchte ihn vor allem spannend aufziehen. Eine Familienchronik findet in der Regel nur die Familie selbst spannend.«

Irritiert richtete Theresa sich auf und sah dem Journalisten geradewegs in die Augen. »Sie wollten doch etwas zur Geschichte der Familie erfahren.«

»Zu den interessanten Eckpunkten. Aber gut, fangen wir mit dem Großvater an, der ins Ungewisse aufbricht.« Wieder schaute er auf das Bild in seiner Hand.

»Na ja, ganz so war es nicht, er wusste …« Sie verstummte, als er sie ansah, eine Braue hochgezogen. »Also wir wollen ja schon bei der Wahrheit bleiben, oder?«

Von Bergen legte das Bild auf den Tisch und nahm sich den kleinen Stapel mit den anderen Fotografien, die Theresa bereitgelegt hatte. »Sicher«, murmelte er. Bild für Bild wanderte durch seine Hände, dann legte er den Stapel ab und wandte sich den Prospekten zu, die sie bereitgelegt hatte. Theresa schluckte und merkte überrascht, dass sie nervös war. Irgendwie kam ihr das Material jetzt selbst etwas spärlich vor, sie hätte die Fotoalben einfach alle mit herunterbringen sollen. Aber die Reaktion ihrer Mutter hatte sie davon abgehalten.

Plötzlich hielt Jonas von Bergen inne. Sein Blick war noch einmal am Fotostapel hängengeblieben. Das oberste Bild schien ihn zu interessieren. Behutsam nahm er es in die Hand. Theresa beugte sich vor, konnte aber nicht erkennen, was auf dem Foto zu sehen war. »Na, was ist denn das?« Er wirkte verblüfft.

»Was haben Sie denn da?«

Von Bergen zeigte ihr das Foto ihres Großvaters als junger Mann in Badehose am Strand, das Haar feucht, als wäre er gerade aus dem Meer gestiegen. Auf seinem Arm ein Kleinkind, an seiner Hand ein kleines Mädchen im Badeanzug. Alle drei lachten in die Kamera.

Theresa sah sich die Fotografie an. »Das sind wohl meine Mutter und Martha.« Das Bild hatte lose hinten im Album gesteckt, und sie fand, es war ein wunderschönes Urlaubsbild.

»Wenn man es mit den anderen Fotos vergleicht, müsste das ältere Kind Martha sein.«

Das stimmte, wenngleich die beiden als Kinder eine gewisse Ähnlichkeit gehabt hatten. Aber Marthas Haar war schon als Kind kraus und widerspenstig gewesen, was sich auch hier zeigte, wo sich Strähnen aus dem Zopf gelöst hatten und in winzigen Löckchen vom Kopf abstanden. »Aber das passt nicht. Wie Sie wissen, ist Martha die Jüngere von beiden. Ich weiß nicht, wer das andere Kind ist.«

»Vielleicht eine Freundin oder Verwandte?«

»Ja, möglich. Wobei meine Mutter einmal sagte, ihren Eltern wäre im Sommerurlaub wichtig gewesen, dass die Familie Zeit für sich allein hatte, und die Kinder ihre Eltern mit niemandem teilen mussten.«

Theresa nahm dem Journalisten das Bild aus der Hand, besah es sich noch einmal genauer und drehte es dann um. Auf der Rückseite stand *Norderney, Juli 1962.* »Ah, ich erinnere mich daran, dass meine Mutter mir von dem Urlaub erzählt hat. Das ist auf jeden Fall Martha, meine Mutter war da schon älter. In dem Urlaub hat sie sich in den Sohn des Eisverkäufers verguckt. Eine erste unschuldige Kinderliebe.« Theresa schmunzelte bei dem Gedanken daran, wie ihre Mutter hatte jeden Tag Eis essen wollen. Sie fand es schön, dass Inga auch solche kleinen Geschichten mit ihr teilte.

»Dann bleibt die Frage, wer das Kleinkind ist.« Von Bergens Gesicht zeigte keine Spur der Rührung. Offenbar beeindruckten ihn die nostalgischen Urlaubsgeschichten ihrer Mutter nicht sonderlich.

Theresa wurde wieder ernst und zuckte die Schultern. »Ich kann mal fragen. Aber vermutlich nichts Spektakuläres. Vielleicht ist es doch das Kind von Freunden oder so.«

»Die Szene hat etwas sehr Familiäres.« Er nahm das Foto zurück. »Und das Kind, das da im Hintergrund spielt?« Mit leicht verengten Augen betrachtete er es und kramte schließlich seufzend seine Brille hervor. Offenbar immer noch nicht zufrieden nahm er das Handy zur Hilfe und zoomte den Ausschnitt mit der Kamera heran. »Das ist Ihre Mutter, oder?« Er machte eine Aufnahme und reichte ihr das Smartphone.

»Hm, ja, kann sein. Es ist nicht so richtig deutlich.« Sie gab es ihm zurück und sah ihm stirnrunzelnd dabei zu, wie er das Foto abermals fast schon Millimeter für Millimeter untersuchte. Warum bohrte er denn so nach? War es für den Artikel über ihr Teegeschäft wirklich relevant, mit welchen Kindern ihre Mutter und Tante im Urlaub gespielt hatten?

»Warum sollte Ihr Großvater mit seiner Tochter und einem fremden Kind ein Foto machen, während sein eigenes direkt hinter ihm ist?«

»Ich kann meine Mutter nachher mal fragen. Oder Martha. Dann hat die liebe Seele Ruh.« Sie blinzelte ihm zu, und er lachte.

»Das hat meine Oma immer gesagt.«

»Ja, ich sehe es so richtig vor mir, wie Sie auf jede Antwort penetrant immer weiter nachgebohrt haben.«

»Mein Lebensweg zeichnete sich offenbar schon früh ab.« Er schenkte ihr ein kurzes Lächeln, dann wandte er sich wieder den Bildern zu. Sein Blick hatte sich verändert, wirkte fokussierter, als hätte er Witterung aufgenommen und sei nun auf Spurensuche.

»Das ist ein harmloses Urlaubsfoto«, sagte Theresa. »Hier, schauen Sie mal, das ist doch viel interessanter. Es zeigt meinen Großvater als jungen Mann mit seinem Vater vor einem alten Windjammer.«

»Fuhren die zu der Zeit überhaupt noch?«

Theresa sog die Unterlippe zwischen die Zähne und überlegte. »Ich glaube, die fuhren noch bis in die Fünfziger, aber da müsste ich selbst nachschauen. Vielleicht war es auch ein Museumsschiff. Ich weiß, dass mein Großvater noch mit Schonern auf den Meeren unterwegs war.«

»Spannend«, murmelte Jonas von Bergen, schien aber nicht so recht bei der Sache, während er die Bilder weiter durchging.

»Wir sprechen hier aber schon noch über die Rolle von Tee in meiner Familiengeschichte, oder?« Fast ärgerte sich Theresa nun, dass sie überhaupt Urlaubsbilder ihrer Familie herausgesucht hatte. Sie hätte von Bergen doch einfach nur Fotos vom Laden und ihrem Urgroßvater bei der Arbeit zur Verfügung stellen sollen. Nun schien es, als hätte sich sein Fokus endgültig verschoben. Und das gefiel ihr nicht.

»Ja, sicher.« Er schob die Bilder zusammen. »Also gut, für den Anfang würde ich sagen, ist das doch schon ein guter Grundstock. Kolonialwaren, Teetransporte auf alten Frachtschiffen – so etwas mögen die Leute.«

»Ich habe auch noch ein paar Infos herausgesucht über die Anfänge.« Theresa hatte sich Notizen gemacht, die sie nun vortrug, damit Jonas von Bergen mitschreiben konnte, was er auch pflichtschuldigst tat. So richtig zufrieden wirkte er nicht, aber sie konnte ja schlecht einen Skandal aus dem Hut zaubern.

»Das formuliere ich noch ein bisschen spannender«, antwortete er.

»Solange Sie bei der Wahrheit bleiben.«

Das war ihm nur ein kurzes Brummen wert. Schließlich packte er zusammen, schloss den Laptop und erhob sich. »Das war ja schon sehr ergiebig für den Anfang. Wann sprechen wir uns wieder?«

»Morgen habe ich den ganzen Tag Termine, aber vielleicht Freitag nach Geschäftsschluss? Oder stürzen Sie sich da ins Nachtleben?«

»Um zwei Uhr nachmittags? Wohl kaum.« Von Bergen bedachte sie mit einem amüsierten Blick und warf sich seine Jacke über den Arm.

Theresa überging seine Spitze und setzte ein distanziertes Lächeln auf. »Dann sagen wir direkt um zwei?«

»Ich habe noch einen Termin, weiß aber gerade nicht, wann genau, da muss ich mit meiner Assistentin sprechen. Aber ich melde mich später und kann Ihnen dann eine verbindliche Antwort geben.«

Sie brachte ihn zur Tür und verabschiedete sich von ihm. Dann räumte sie alles zusammen, spülte die Tassen ab und ging nach oben. Dabei rekapitulierte sie die letzten Minuten ihres Gesprächs und musste in sich hineinlächeln.

1964

Der Haferbrei zum Frühstück war klumpig und viel zu süß,
aber irgendwie bekam Inga ihn herunter. Clara, die alles
Süße mochte, aß anstandslos, während Martha nach der
Hälfte aufgeben wollte, aber schließlich alles hineinlöffelte,
weil die Frau, die das Essen beaufsichtigte – Schwester Brigitte – ihr gesagt hatte, vorher dürfe sie nicht aufstehen.
»Und wenn du hier bis mittags sitzt, während alle durch
den Wald gehen.«

Die Aussicht auf einen Spaziergang im Schnee war das
Einzige, was Martha einigermaßen bei Laune hielt, denn sie
hatte Inga morgens schon angefleht, bei nächster Gelegenheit Mama zu schreiben, dass sie sie abholen solle. Vorher
hatte sie die ganze Zeit geschwiegen, während sie ihre Betten gemacht und die Laken glatt gezogen hatten. Das kannten sie schon von zu Hause, und sogar Clara konnte es. Nur
waren die Matratzen zu Hause nicht so hart und sperrig, so
dass es schwer gewesen war, die Laken vernünftig darunter
zu stopfen.

»Wo warst du gestern eigentlich?«, hatte Inga daraufhin

gefragt, aber Martha hatte geschwiegen und die Lippen zusammengepresst.

»Bevor wir jetzt aufbrechen, geht ihr alle auf die Toilette«, sagte Tante Martina, die den Speisesaal in diesem Moment betrat.

»Aber ich muss gar nicht«, murrte ein Junge.

»Ihr geht jetzt. Die nächste Toilettenzeit ist erst am Mittag.«

»Das ist doch dumm, wenn man geht, obwohl man nicht muss. Und dann nicht darf, wenn man muss«, sagte ein Mädchen mit roten Zöpfen und Sommersprossen. Sie war hochgewachsen und reichte Tante Martina bis ans Kinn. Die ließ sich davon nicht beeindrucken.

»Wer jetzt nicht geht, geht erst mittags.«

Murrend machten sich die Kinder auf den Weg. Inga hatte wieder Bauchschmerzen, denn vor Angst, jemand könne die Tür aufreißen, hatte sie morgens nicht gehen können. Danach mussten sie sich warm anziehen, und dann ging es in Gruppen von vierundzwanzig Kindern hinaus. Die garstige Tante Martina ging mit ihnen, außerdem eine Frau mit kurzem grauen Haar, die sich als Tante Anette vorstellte. Draußen im Wald war es wunderschön, sie durften rennen, Schnee aufwirbeln, und Clara stieß ihr glucksendes Lachen aus, als sie ein Schneeball traf. Martha spielte Fangen mit zwei Jungs, und Inga kletterte mit einem anderen Mädchen auf einem der Felsen herum, während sich die Tanten unterhielten und sogar dabei lachten. Von hier aus warfen die beiden Mädchen Schneebälle hinunter und trafen andere Kinder, die Schneebälle zurückwarfen. Schließlich klatschte Tante Martina in die Hände, und ihr Gesicht wurde wieder hart und unfreundlich.

»Genug für heute. Wir müssen zurück.«

Nur widerwillig rutschte Inga von dem Felsen. Sie wäre so gerne noch länger draußen geblieben, aber vielleicht durften sie ja später noch im Garten spielen. Der war nämlich riesengroß, das hatte sie vom Fenster des Schlafsaals aus gesehen. Die Kinder stellten sich zu zweit auf, und Inga wollte Clara an die Hand nehmen, aber die sträubte sich, weil sie weiter spielen wollte. Erst, als Tante Anette sie ganz böse anschaute, ließ sich Clara an die Hand nehmen. Inga erschöpfte das alles. Sie war es nicht gewöhnt, sich immerfort um ihre Schwester kümmern zu müssen, und sie wäre lieber mit Gleichaltrigen zusammen gewesen. Aber hier fühlte sie sich nun einmal für Clara verantwortlich. Und für Martha. Suchend sah sie sich nach ihrer Schwester um und fand sie an der Seite eines etwas größeren Jungen. Beruhigt schaute sie wieder nach vorne. Graue Wolken schoben sich vor die Sonne, und der Himmel hing so tief, dass es vermutlich bald wieder schneien würde. Inga schmeckte den Schnee in der Luft, und sie hoffte so sehr, dass sie später noch einmal raus durften.

Als sie im Haus ankamen, mussten sie in ihre Schlafsäle gehen und sich trockene Kleidung anziehen. Danach wurden die Kinder, die gestern neu angekommen waren, von

Schwester Juliane abgeholt, während die anderen ins Spielzimmer durften.

»Wir gehen zur Eingangsuntersuchung«, sagte Schwester Juliane. »Bei Dr. Berger.«

Sie wurden in einen Raum geführt, der aussah wie das Wartezimmer einer Arztpraxis. Dort stand eine streng aussehende Frau in weißem Kittel, die sich als Schwester Hannelore vorstellte. Die Kinder mussten sich auf die Stühle setzen und wurden der Reihe nach aufgerufen.

»Mir ist langweilig«, murrte Clara leise, die nur ungern lange stillsaß. Sie hampelte auf ihrem Stuhl herum und ging schließlich zum Fenster, wo sie sich auf die Fußballen stellte, um hinausblicken zu können. Schließlich wurde Inga aufgerufen und von Schwester Hannelore in ein Behandlungszimmer gebracht. Hinter einem Schreibtisch saß ein Mann, der fast so alt war wie ihr Großvater – bestimmt schon über fünfzig – und sie durch seine dicken Brillengläser hindurch streng musterte.

»Zieh deine Kleidung aus und leg sie hierhin«, sagte die Frau.

Inga zog sich bis auf die Unterwäsche aus.

»Alles.« Schwester Hannelore wirkte ungeduldig. »Du musst dich auf die Waage stellen, und Kleidung verfälscht das Ergebnis.«

Inga genierte sich vor dem Blick des Arztes, als sie die Unterwäsche auch auf die Untersuchungsliege legte. Danach musste sie auf Waage und warten, bis Schwester Hannelore ihr Gewicht notiert hatte. Es folgte die Messung ihrer Größe, und dann zückte die Frau ein Fieberthermometer.

»Ich bin aber nicht krank«, protestierte Inga. Mama maß nie Fieber, wenn sie gesund war.

»Umdrehen.«

Sie gehorchte, und das Thermometer wurde unsanft in ihren Po geschoben. Es tat weh, und Inga zuckte zusammen. »Au!«

»Stell dich nicht so an.«

Schließlich war auch das geschafft, und sie musste sich auf die Liege legen, wo der Arzt, der bisher schweigend zugeschaut hatte, zu ihr kam, ihre Gelenke bewegte, auf ihren Bauch klopfte und ihr sagte, sie solle sich hinsetzen, damit er Herz und Lunge abhören konnte. Danach durfte sie sich endlich wieder anziehen und wurde zurück in das Wartezimmer gebracht.

»Darf ich meinen Eltern einen Brief schreiben?«, fragte sie Schwester Juliane.

Die lächelte. »Später darfst du das gewiss.«

Nach den Untersuchungen ging es zu Ingas Enttäuschung nicht ins Spielzimmer, sondern direkt in den Speisesaal. Inga hasste diesen Ort bereits jetzt. Bisher hatte es kein einziges Mal etwas Leckeres gegeben, und immer mussten sie trotzdem aufessen. Immerhin war es nicht ganz so kalt wie gestern Abend und zum Frühstück. Vom Spielen im Freien war sie hungrig.

»Hoffentlich schmeckt das nicht so eklig wie der Frühstücksbrei«, sagte Martha.

Das Essen wurde aufgetragen, und schon als die erste Schöpfkelle auf Ingas Teller landete, verzog diese das Gesicht. Sie hasste Milchsuppe, und in dieser waren noch dazu völlig zerkochte Nudeln.

»Das reicht«, sagte sie, aber es wurde eine weitere Kelle aufgegeben, bis der Teller voll war.

»Wer Kraft schöpfen will, muss essen«, sagte Schwester Brigitte und ging weiter die Reihe entlang.

Als der Gong angeschlagen wurde, durften sie anfangen zu essen, und Inga nahm erst einmal einen halb vollen Löffel. Es schmeckte ekelhaft, als wäre die Milch sauer geworden. Zuhause mochte sie dieses Gericht auch nicht, aber da schmeckte die Suppe zumindest süß und war mit Vanille gewürzt. Außerdem waren die Nudeln da nicht so labbrig. Als sie aufblickte, bemerkte sie, dass nicht nur sie das Essen nicht mochte. Das Mädchen mit langen roten Zöpfen ihr gegenüber zog angeekelt die Mundwinkel runter, der Junge neben ihr rührte lustlos in dem Teller herum. Die Kinder jedoch, die schon länger hier waren, aßen anstandslos, wenngleich sie das Gesicht verzogen.

»Du sollst essen«, hörte sie die kalte Stimme von Tante Martina hinter sich, und Inga fuhr zusammen. Ohne Widerrede führte sie einen weiteren Löffel zum Mund.

»Ich mag das nicht«, sagte Clara und ließ den Löffel in der Suppe liegen, um dann unruhig auf dem Stuhl herumzurutschen. Wenn sie fertig gegessen hatte, wollte sie am liebsten immer gleich aufstehen, aber das durfte sie auch zu Hause nicht.

»Essen«, befahl Tante Martina. Sie nahm den Löffel und wollte ihn Clara in den Mund schieben, aber die drehte den Kopf weg und presste die Lippen zusammen. Tante Martina packte sie an den Haaren, drehte ihr den Kopf nach vorne, und als Clara protestierend aufschrie, schob sie ihr den Löffel in den offenen Mund. Clara würgte, aber da wurde schon der nächste Löffel hinterher geschoben.

»Sie kann nicht mehr«, sagte Inga.

»Iss weiter, sonst binde ich dich für den Rest des Tages am Stuhl fest!«, entgegnete Schwester Brigitte, die nun auch dazugekommen war.

Einige Kinder, die auch nicht mehr hatten essen wollen, griffen nun, da sie sahen, wie mit Clara verfahren wurde, zu ihren Löffeln. Inga hörte Clara schreien und würgen.

»Sie kriegt das doch in den Hals.« Das zumindest wusste sie – man schrie und weinte nicht mit vollem Mund, das war gefährlich.

»Noch ein Wort, und du kommst in den Raum der Besinnung!«

Inga sah, wie Martha nach Luft schnappte und stumm anfing, zu weinen. Als ein weiterer Löffel in Claras Mund landete, sagte Inga nichts mehr. Clara spuckte einen Teil aus, die zerkauten Nudeln hingen ihr am Kinn, die Suppe rann aus ihrem Mundwinkel und tropfte auf ihr Kleid. »Iss jetzt!«, schrie Tante Martina sie an. Inga weinte nun auch, weil ihr die Szene Angst machte.

Dann geschah das, womit Inga bereits gerechnet hatte – Clara übergab sich auf ihren Teller. Augenblicklich roch es nach Erbrochenem, was mit dem Geruch der Milchsuppe eine Mischung ergab, die nun auch Inga würgen ließ. Jetzt würden sie Clara doch sicher in Ruhe lassen, oder? Aber Tante Martina löffelte ihr nun stoisch das Erbrochene in den Mund. Inga würgte erneut.

Sie wandte den Blick von ihrer kleinen Schwester ab, da sie den Anblick nicht mehr ertrug, und aß, kaute und zwang das Essen hinunter. Irgendwann schluckte sie die labbrigen Nudeln einfach ganz, um sie nicht so lange im Mund zu behalten. In ihrem Bauch grummelte es, während sie Claras ersticktes Weinen auszublenden versuchte, nur auf ihren leerer werdenden Teller starrte. Doch auch dieser Anblick bereitete ihr Übelkeit, weswegen sie sich letztlich dazu entschied, die Augen zuzukneifen. Sie ertrug es hier nicht länger. Gleich nach dem Essen wollte sie Mama alles schreiben. Und dann würden sie und Papa mit dem Auto kommen und sie abholen!

»Für die Tische, an denen aufgegessen wurde, gibt es Nachtisch, danach ist es Zeit für den Mittagsschlaf«, sagte Schwester Brigitte. »Ihr«, sie sah zu den Kindern an Ingas Tisch, »bleibt hier, bis alle fertig sind. Nachtisch gibt es nicht.«

Gemurre setzte ein, und böse Blicke trafen Clara, die sich

ein weiteres Mal erbrach. Als Inga aufgegessen hatte, legte sie den Löffel hin und saß einfach nur da, während Clara weiteressen musste. Irgendwann klatschte Tante Martina in die Hände. »Alle dürfen jetzt gehen. Nur Clara bleibt hier, bis sie fertig ist.«

»Nein.« Clara weinte, und ihre Tränen mischten sich in den Brei aus halb zerkauten Nudeln und Erbrochenen auf ihrem Gesicht. »Ich will nicht mehr!«

»Das erzähle ich meiner Mama!«, rief Inga.

»Raus mit euch!« Schwester Brigitte trieb sie aus dem Saal, und Inga hörte, wie Clara erst sie und dann Martha rief. Unwillkürlich presste Inga die Lippen aufeinander, als könnte sie auf diesen Weise auch ihre Ohren verschließen. Sie ging weiter, ohne sich umzudrehen.

»Ich hasse diese bösen Tanten«, sagte Martha plötzlich, als sie die Treppe hinaufliefen.

»Pscht, Martha!« Erschrocken wandte Inga sich zu allen Seiten um, doch es war keine Tante in Sicht. Im Schlafsaal verpasste ein hochgewachsenes blondes Mädchen Inga einen Schubs. »Wegen deiner blöden Schwester haben wir jetzt keinen Nachtisch bekommen.«

Inga schubste zurück. »Das ist doch nicht Claras Schuld. Sie hat sich erbrochen.«

Wieder versetzte das Mädchen Inga einen Stoß, und nun gesellten sich zwei weitere Mädchen dazu. Eines von ihnen, ein älteres mit krausem braunem Haar, sagte: »Lasst sie doch. Wir wollen raus.«

»Was ist hier los?«, kam Tante Martinas schneidende Stimme von der Tür her. Alle fuhren sie herum.

Das blonde Mädchen zeigte auf Inga: »Sie hat mich geschubst. Die anderen wollten mir nur helfen.«

»Das stimmt gar nicht«, protestierte Inga. »Du hast mich zuerst geschubst.«

»Ja, hat sie«, bestätigte das Mädchen mit dem krausen Haar.

»Dann kommt mal her, ihr zwei.«

Sofort fing Ingas Herz wie wild an zu schlagen, als sie mit dem Mädchen zu ihr trat. Tante Martina ergriff beide bei den Ohren und zog sie aus dem Saal.

»Das tut weh!«, schrie das Mädchen.

»Soll es auch.«

»Sie hat mich geschubst.« Inga wollte sich befreien, während sie hinter Tante Martina her stolperte, aber die Frau griff noch fester zu. Kann ein Ohr abreißen?, fragte Inga sich, und Angst fuhr mit dem Schmerz durch sie hindurch. In der Eingangshalle angekommen, wurden sie jede auf einen Stuhl in einer Ecke gesetzt. »So, hier könnt ihr darüber nachdenken, ob man sich schubst und petzt.«

Inga war den Tränen nahe. »Ich hab doch gar nichts gemacht. Sie hat angefangen.«

»Mich interessiert das nicht.« Tante Martina verließ die Halle, während das Mädchen Inga böse ansah.

»Das ist alles deine Schuld! Erst kein Nachtisch, und jetzt muss ich hier sitzen.«

»Stimmt doch gar nicht.« Sie mussten rufen, da sie in den Ecken saßen, die am weitesten voneinander entfernt waren.

Inga schlenkerte mit den Beinen und fror. Die Halle war nicht geheizt, und sie war noch nicht dazu gekommen, sich warm anzuziehen. Ob sie kurz aufstehen durfte, um ihre Jacke zu holen? Schnell nach oben flitzen und wieder runter? Aber das wagte sie nicht.

Wie lange mussten sie hier sitzen? Inga kam es ewig vor. Sie hörte Stimmen von Kindern, dann Schritte auf den Holzdielen, und kurz hatte sie die Hoffnung, dass sie nun jemand holen würde. Die Schritte jedoch verklangen wieder, als sei die Person rasch vorbeigeeilt. Sie fror erbärmlich und zitterte, während sie ihren Oberkörper umklammerte, um sich ein bisschen warm zu halten. Auch dem anderen Mädchen war sichtlich kalt.

»Haben die uns vergessen?«, fragte Inga.

»Ja, glaub schon.«

»Sollen wir hingehen?«

»Geh du.«

Das wollte Inga nun auch wieder nicht, denn sie befürchtete, dass sie dann eine noch schlimmere Strafe bekam. Durch das hohe Bogenfenster sah sie, dass es wieder schneite. Sie dachte an die Bilder, die ihre Mutter ihr gezeigt hatte in dem Prospekt. »So ein schönes Haus«, hatte sie gesagt. »Das war früher mal ein Sanatorium für reiche Leute. Sieh mal, das Kaminfeuer, die Holzböden und wie glücklich die Kinder aussehen.«

Inga hatte seit ihrer Ankunft niemanden gesehen, der hier glücklich aussah. Und die Böden waren auch nicht alle aus Holz, sondern sahen in den Sälen aus wie in einem Krankenhaus. Sie blickte zum Fenster, sah, wie sich der Himmel langsam rosa verfärbte.

»Wie heißt du eigentlich?«, fragte sie und wandte den Kopf. Doch das Mädchen ihr gegenüber saß leicht eingesunken in dem Stuhl, als sei es eingeschlafen. Dann eben nicht.

Auch Inga musste gähnen. Sie zog die Knie an die Brust und legte die Wange darauf. Langsam wurde es dunkel, und Inga rutschte unruhig auf dem Stuhl herum. Sie weinte ein bisschen, dann stand sie auf, streckte sich, und als sie im nächsten Moment Schritte hörte, fuhr sie zusammen und setzte sich mit wild klopfendem Herzen wieder aufrecht hin.

»Es ist Zeit für das Abendessen. Luise!« Tante Martina betrat die Halle, und das Mädchen in dem anderen Stuhl fuhr auf. So richtig konnte Inga sie in der dämmrigen Halle nicht mehr sehen, aber sie wirkte schlaftrunken, als sie auf die Beine kam.

»Au«, sagte Luise und rieb sich den Nacken. Ihr Kopf hatte ganz schief gelegen beim Schlafen.

Schweigend folgten sie Tante Martina in den Speisesaal, wobei sie an den Toiletten vorbeikamen.

»Ich muss aufs Klo«, sagte Luise.

»Toilettenzeit war schon. Warte bis nach dem Essen.«

»Aber ich konnte vorhin doch nicht gehen.«

»Gut.« Tante Martina hielt ihr die Kabinentür auf, und Inga merkte, dass sie auch musste.

Hinter ihnen kamen die anderen Kinder den Gang hinauf, und im nächsten Moment öffnete Tante Martina die Tür zur Toilettenkabine, so dass jeder, der vorbeikam, Luise sehen konnte. Die schrie empört auf, sprang auf die Füße und wollte die Tür schließen, aber Tante Martina hielt sie fest. Einige der Kinder kicherten, während das Mädchen hochrot anlief und sich beschämt zurück auf den Toilettensitz sinken ließ.

Inga war froh, nicht auch gefragt zu haben. Sie würde nach dem Essen auf die Toilette gehen und beeilte sich nun, mit den anderen Kindern in den Speisesaal zu gelangen. Erleichtert atmete Inga auf, als sie Martha bereits am Tisch sitzen sah, neben sich eine träge wirkende Clara. Rasch lief Inga zu ihnen, und Martha sah sie neugierig an.

»Wo warst du?«

»Ich musste in der Halle sitzen.«

Marthas Augen wurden groß. »Die ganze Zeit?«

»Ja. Und ihr?«

»Wir mussten Mittagsschlaf machen, aber ich war überhaupt nicht müde.«

Clara blinzelte Inga mit trübem Blick an. »Ich hab eine Spritze gekriegt.«

»Was? Warum?«

Martha verdrehte die Augen. »Sie hat wie ein Baby geweint und wollte nicht still liegen. Ich hab ihr gesagt, sie soll so tun, als ob sie schläft. Hat sie aber nicht. Da kam Schwester Juliane mit diesem Arzt, und der hat ihr eine Spritze gegeben. Dann hat sie geschlafen, und dann mussten sie sie richtig rütteln, damit sie wach wird. Wir waren dann im Spielzimmer und durften da lesen und bauen.«

An diesem Abend gab es wieder labbriges Brot, aber das war weitaus besser als das Mittagessen. Auch Clara aß, wirkte jedoch immer noch so seltsam, ganz still, als wäre sie gerade erst aufgewacht. Inga hatte Bauchgrimmen, und sie wollte zur Toilette, wusste aber, sie musste es bis zum kommenden Morgen einhalten. Wieder dachte sie an die lange Zeit, die sie hierbleiben mussten. Eine ganze Sommerferienlänge. Ihr verschwamm der Blick, und sie hoffte, dass sie am nächsten Tag endlich einen Brief an Mama schreiben durfte.

Wie am Vortag mussten sie sich nach dem Abendessen umziehen und in die Waschräume und zur Toilette gehen. Aber abends durften sie nur das kleine Geschäft machen, und Inga traute sich nicht, sich dieser Anweisung zu widersetzen. Danach fanden sie sich in ihrem Schlafsaal ein. Es war halb sieben, und von zu Hause waren Inga und ihre Schwestern es nicht gewöhnt, so früh schlafen zu gehen. Wie am Vortag las ihnen Tante Martina noch eine Geschichte vor. Sie hatte dabei eine so schnarrende Stimme, dass es überhaupt keinen Spaß machte, aber die Geschichte war ganz schön. Um sieben löschte sie das Licht und ging hinaus. Inga hörte zwei Mädchen miteinander sprechen. Sie hießen Ursula und Marianne, wie Inga sich schon aus vorherigen Gesprächen erschlossen hatte, und waren bestimmt schon elf Jahre alt. Sie selbst war zwar müde, aber zu aufgedreht zum Schlafen. Irgendwann wurde die Tür geöffnet, und Tante Martina kam herein. Sie hatte eine Taschenlampe in der Hand und leuchtete in jedes Bett. Rasch schloss Inga die Augen.

»Was ist das denn?«

Inga blinzelte und sah, wie Tante Martina zu dem Bett ging, auf dem die zwei Mädchen saßen, die sich unterhalten hatten.

»Rüber in dein Bett, aber ein bisschen plötzlich.« Sie drehte sich um. »Schwester Juliane, holen Sie bitte Dr. Rath. Hier haben zwei Kinder Schwierigkeiten beim Einschlafen.«

Mit wild klopfendem Herzen lauschte Inga. Sie hörte Schritte, dann eine Männerstimme. Eines der Mädchen fing an zu weinen.

»Pscht, das wird dir helfen.« Die Stimme des Mannes klang ganz tief und sanft. Aber Ingas Herzschlag beruhigte sich nicht.

»Aua.«

»Das ist nur eine Spritze, stell dich nicht so an«, kam es von Tante Martina.

Kurz darauf verließen die beiden den Saal, und die Tür wurde geschlossen. Inga schlug das Herz so laut, dass es ihr in den Ohren dröhnte, und ihr Bauch tat schlimmer weh als vorher. Sie musste so unbedingt zur Toilette. Lange Zeit lag sie einfach nur da. Schließlich hielt sie es nicht mehr aus, und schlich barfuß zur Tür, öffnete sie einen Spalt und lauschte in den finsteren Flur. Niemand war zu sehen, aber sie hörte leise Atemzüge, als schlafe jemand. In dem Stuhl im Korridor saß eine leichte eingesunkene Gestalt, vermutlich Schwester Brigitte, die hier heute die Aufpasserin war. Fast lautlos schloss Inga die Tür und huschte barfuß über den kalten Linoleumboden. Die ganze Zeit über hatte sie Angst, eine Stimme zu hören, die sie zurückrief, aber sie schaffte es ungesehen zu den Waschräumen. Dort schlich sie im Dunkeln zu einer der Toilettenkabinen.

Abschließen konnte man nicht von innen, und so hielt sie die Tür mit ausgestrecktem Arm zu, auch wenn sie wusste, dass es vermutlich nichts brachte. Die Angst, diese garstige Tante mit ihrer Taschenlampe könnte zusammen mit Dr. Rath und seiner Spritze hier stehen und sie ansehen, während sie auf dem Klo war, verschlimmerte ihre Bauchschmerzen, aber es kam niemand.

Als sie schließlich den Waschraum verließ und es ungesehen zum Saal schaffte, konnte sie kaum glauben, dass es ihr geglückt war. Sie legte sich ins Bett und schloss die Augen. Noch während sie wegdämmerte, kam ihr der Gedanke, dass sie in aller Eile womöglich vergessen hatte, die Toilettenspülung zu betätigen. Was würde ihr dafür wohl am kommenden Morgen blühen? Und was, wenn sie gespült hatte? Wäre das Geräusch der Spülung nicht viel zu laut gewesen? Sie wusste es einfach nicht mehr, und sie konnte ja nicht hingehen und nachschauen.

Ihre Lider flatterten, und sie fing an zu weinen, erstickte das Schniefen in ihrer Decke, weil sie Angst hatte, dass es die Tante im Flur hörte.

GEGENWART

»Ist das schnuckelige Kerlchen schon weg?«, begrüßte Martha Theresa bei deren Eintreten.

Inga schüttelte den Kopf. Es war so typisch für ihre Schwester, und ein klein wenig belustigte es sie auch. »Man könnte glauben, du wärst neunzehn.«

»Schön wäre es.«

Sie saßen in Ingas Wohnzimmer, und Martha hatte sich zur Abwechslung aufs Stricken verlegt, während in ihrem rechten Ohr ein Stöpsel steckte, über den sie ihr Hörbuch hörte.

»Wie war es?« Inga stellte einen Teller mit Plätzchen auf dem Tisch vor Theresa ab.

»Ganz gut.« Theresa ließ sich neben Martha nieder. Sie sog die Unterlippe zwischen die Zähne und wirkte nachdenklich.

»Hat er seine Neugierde auf unsere Familie gestillt?«

Theresa zuckte die Schultern, und eine winzige Falte erschien zwischen ihren Brauen. Sie griff nach einem Plätzchen, biss hinein und wischte ein paar Krümel, die auf den

Tisch gefallen waren, auf. »Weißt du, man könnte glauben, er hätte gefragt, wo wir das Familiensilber verwahren. Er möchte ein bisschen was über Opa schreiben und vielleicht über Uropa. Nichts, was ihr nicht selbst immer voller Stolz erzählt.«

»Ich finde einfach, er sollte sich auf das Wesentliche konzentrieren, anstatt in der Vergangenheit herumzuforschen.« Theresa verdrehte die Augen. »Wir drehen uns im Kreis.«

»Da hat sie recht.« Martha blickte nicht auf von ihrem Strickstrumpf. »Ich bin ja auch nicht dafür, aber jetzt ist die Sache nun einmal ins Rollen gekommen, dann warten wir eben ab, wohin sich alles entwickelt.«

Inga war nicht überzeugt, aber sie wollte auch nicht klingen, als sei sie altersstarrsinnig. Im Grunde genommen hatte Theresa doch recht. Was sollte schon passieren? Sie entspannte sich, goss sich noch Tee nach und lehnte sich zurück, die Tasse in der Hand.

»Da war so ein Foto, da haben wir uns gefragt, wer das ist. Also Martha habe ich erkannt, und dich auch.« Theresa sah sie an. »Aber das Kleinkind auf Opas Arm nicht. Wart ihr da mit Freunden unterwegs?« Sie reichte Inga ein Foto, und diese beugte sich nach vorn und nahm es entgegen, starrte es an. Vor ihren Augen tanzten weiße Flecken, und ihr war, als verengte sich ihr Blickfeld, zerfaserte am Rand zu einem Flimmern.

»Mama!« Wie durch Watte drang Theresas Stimme zu ihr.

Inga blinzelte, schloss die Augen, blinzelte wieder. Die Teetasse war auf den Teppich gefallen, und wie durch ein Wunder war das feine Porzellan nicht zerbrochen. Dafür erstreckte sich nun ein dunkler Fleck über das ausgeblichene Muster. Nur schemenhaft nahm Inga wahr, wie Martha sich mit einem Schnaufen erhob und in die Küche eilte.

»Woher hast du das Foto?« Ingas Stimme klang, als würde sie in einen rostigen Blecheimer sprechen.

»Mama, was war denn los?« Theresa beugte sich vor und hob die Tasse auf, stellte sie vorsichtig auf dem Tisch ab.

»Ich habe mich erschrocken.« Langsam wurde ihre Sicht wieder klar.

»Woher hast du das Foto?« Martha kam zurück, warf ein Geschirrtuch auf den Fleck und nahm ihr dann das Bild aus der erschlafften Hand. Eine ganze Weile sah sie es an, ehe sie es sehr sanft auf den Tisch legte.

»Es steckte hinten im Album mit anderen Bildern von euch. Du hast doch gesehen, dass ich mir einige Fotos ausgesucht habe.« Theresa hatte sich auf den Boden gekniet und tupfte nun auf dem Fleck herum. Inga sah ihr mit unbewegter Miene dabei zu.

»Und für den Artikel war es notwendig, dass der Teebaron in Badehose dasteht?«

»Es ist ein Urlaubsfoto von meinem Großvater mit seiner Familie, nicht mehr und nicht weniger. Du sagst es gerade so, als sei daran etwas Anstößiges.« Ihre Tochter erhob sich und wischte sich ungeduldig ihr neuerdings kurz geschnittenes Haar aus der Stirn, bevor sie das Geschirrtuch achtlos in die Zimmerecke warf.

»Ich weiß nur nicht, was das mit der Geschichte unseres Geschäfts zu tun haben soll.« Inga mied es, das Foto anzusehen. Stattdessen schaute sie weiter auf den Fleck am Boden, der nun gute Chancen hatte, rückstandslos zu trocknen. Dieses Lächeln. Dieses süße, herzzerreißende Lächeln. Es zog ihr die Brust zusammen, machte ihr das Atmen schwer. Sie bemerkte, wie Martha und Theresa einen Blick tauschten, und Theresa beugte sich vor, um noch ein Plätzchen zu nehmen. Dann ließ sie sich wieder neben Martha auf das Sofa sinken.

»Es tut mir leid, ich wusste nicht, dass es so ein Problem ist. Er bringt das Bild ja nicht in der Zeitung. Warum reagierst du gleich so über?«

Inga schwieg.

»Und wer ist das Kind nun?«

»Es ist ewig her, wie soll ich noch wissen, mit wem wir damals zusammen waren?« Inga klang barscher als beabsichtigt.

»Es wirkt so familiär.«

Martha legte ihrer Nichte beschwichtigend eine Hand auf das Bein. »Lass es gut sein für heute.«

Irritation flackerte in Theresas Augen auf, gepaart mit einem Ausdruck, den Inga nicht so recht einzuordnen wusste. Sie schluckte und bemerkte, dass ihre Hand leicht zitterte, als sie nach der Teetasse griff. Erst da bemerkte sie, dass sie ja nun leer war, und stellte die Tasse mit einem leisen Klirren wieder ab. »Ich möchte das nicht mehr. Wenn er keinen Artikel über den Teeladen schreibt, sondern anfängt, persönliche Geschichten auszugraben, dann soll er es bleiben lassen.«

An Theresas Blick bemerkte sie, dass diese Abwehr genau die falsche Reaktion war. Ihr Interesse war geweckt. Inga senkte den Blick, gähnte. »Es war ein langer Tag, ich würde mich gerne hinlegen.«

»Es ist noch nicht einmal sieben Uhr«, entgegnete Theresa.

»Ich wusste nicht, dass ich mich an feste Bettzeiten zu halten habe.«

»Für heute reicht es, denke ich«, sagte Martha rasch, noch ehe Theresa antworten konnte, und gab ihr zwei kurze Klapse auf den Schenkel, bevor sie sich erhob. »Lass uns morgen weiterreden.«

Zögernd nickte Theresa. »Ist gut.« Auch sie stand auf. »Ich mache mich dann auf den Weg nach Hause. Gute Nacht.« Ihre Stimme hatte sich um wenige Nuancen abgekühlt, und es war unverkennbar, dass Ingas Reaktion sie ärgerte. Normalerweise trennten sie sich nicht, während noch Unstimmigkeiten zwischen ihnen schwelten, aber Inga konnte es nun einmal nicht ändern. Sie wünschte Theresa eine gute Nacht und sah ihr nach, wie sie das Wohnzimmer verließ. Dann glitt ihr Blick zu dem Bild, das Martha auf den Couchtisch gelegt hatte. So lange schon hatte sie es nicht mehr gesehen, dieses liebe, süße Gesicht, dieses herz-zerreißend glückliche Lächeln. Augenblicklich hatte Inga im Ohr, wie ihr Lachen geklungen hatte, dieses glucksende Herausperlen, wie nur kleine Kinder lachen können.

»Inga?«

Sie blickte auf, bemerkte Marthas drängenden Tonfall, als hätte sie sie bereits mehrmals angesprochen.

»Inga. Es ist gut. Das hat Papa doch immer gesagt. Es ist schon gut. Es war nicht deine Schuld.«

Die Brust wurde ihr eng, und Inga versuchte sich an jener längst vergessenen Atemtechnik, zu der ihr die Kinderärztin seinerzeit geraten hatte, wenn die Traurigkeit ihr wieder die Luft nahm. Rote Flecken tanzten vor ihren Augen, und sie schloss die Lider, atmete langsam ein und wieder aus.

»Sie war so wunderschön«, sagte sie schließlich.

»Ja, das war sie.« Marthas Stimme klang sanft. »Und du musst sie endlich loslassen, Inga.«

•

»Du siehst müde aus.« Fenja ließ sich Theresa gegenüber am Café-Tisch nieder. »Ich kann nicht lange bleiben, ich hab einen Termin reinbekommen, daher muss ich die Mittagspause abkürzen.«

»Ich hab wenig geschlafen.«

»Aber nicht wegen Lukas, oder?«

»Nein, das ist durch.« Na ja, so mehr oder weniger wenigstens. »Diese ganze Interview-Sache macht irgendwas mit meiner Mutter, und ich verstehe nicht, was genau eigentlich los ist.«

Fenja krauste die Stirn und sah sie aufmerksam an. Deshalb war sie so gut in ihrem Job, weil sie so fokussiert war, weil sie einer der wenigen Menschen war – vielleicht sogar der einzige, den Theresa kannte –, der wirklich zuhören konnte.

»Sie hat ja von Anfang an so abwehrend reagiert, als wollte ich unser Privatleben in der Öffentlichkeit ausbreiten.«

»Das ist vermutlich die Generation. Während wir uns in Social Media darstellen und mit unserem Leben sehr offen umgehen, galt es früher noch, dass privat bleibt, was privat ist.«

»Das verstehe ich. Aber es geht ja hier um die Familien- und damit verbunden die Firmengeschichte. Und gestern habe ich sie nach einem Foto gefragt, da wurde sie richtig seltsam, ganz blass, und danach hat sie dichtgemacht.«

Jetzt war auch Fenjas journalistisch geschulte Neugierde geweckt, das war unübersehbar. »Was war denn das für ein Foto?«

»Ach, nichts Besonderes, nur eine Urlaubsaufnahme. Ihr Vater mit Martha und einem Kleinkind auf dem Arm. Jonas von Bergen hatte wissen wollen, was das für eine Aufnahme ist. Keine Ahnung, warum ihn das so fasziniert hat. Er meinte, es sei ein familiäres Bild mit einem Kind, das da irgendwie nicht hingehört.« Theresa schenkte ihrer Freundin Kaffee aus dem Kännchen ein.

»Und was hat deine Mutter gesagt?«

»Na, eben nichts. Sie meinte, es reiche jetzt, und was der Teebaron in Badehose in so einem Artikel verloren hätte.« Fenja lachte und verschluckte sich dabei fast an ihrem Kaffee. Jetzt, da sie es ausgesprochen hatte, konnte auch Theresa eine gewisse Komik nicht leugnen und musste selbst lachen. »Und weißt du jetzt, was es mit dem Foto auf sich hatte?«

»Nein. Eigentlich hat es mich auch nicht besonders interessiert, aber jetzt wüsste ich es schon gerne. Mama wird ganz seltsam, wenn ich sie auf die Vergangenheit anspreche, das war früher nicht so. Aus den Alben sind Fotos entfernt worden, aber dabei habe ich mir früher nichts gedacht. Es war halt vor der Zeit der Smartphone-Fotografie, und wenn man keine Negative mehr hatte, hat man die Bilder eben so genommen oder verschenkt. Das Bild klemmte einfach lose im Album, also das mit dem Teebaron in Badehose.« Wieder prusteten sie beide los.

»Und sie hat dir nicht erzählt, wer das Kind war?«

»Sie meinte, irgendeine Bekannte. Es ist ja ewig her, ich würde mich da auch nicht dran erinnern. Das allein finde ich nicht ungewöhnlich. Aber ihre Reaktion war so seltsam.« Theresa hob die Hand, machte die Kellnerin auf sich aufmerksam und bestellte noch einen Kaffee. »Sie hätte ja einfach sagen können, dass sie sich nicht erinnert.«

»Vielleicht ist mit der Sache ja auch etwas Schmerzhaftes verbunden.«

»Aber das kann sie doch sagen.«

Fenjas Finger fuhr am Rand der Kaffeetasse entlang, während sie Theresa mit nachdenklicher Miene musterte. »Früher war die Kindersterblichkeit höher als heute. Vielleicht war das Kind ja mit ihr verwandt, und sie möchte einfach nicht darüber sprechen.«

»Finde ich trotzdem nicht plausibel. Außerdem wäre das doch schon sehr seltsam, dieses Kind so komplett aus dem Leben zu tilgen. Kein Foto, keine Erinnerung.«

»Jeder geht anders mit so etwas um.«

»Das könnte ich verstehen, wenn es die Mutter wäre, aber selbst wenn das Kind mit ihr verwandt war, muss sie doch noch klein gewesen sein, als es gestorben ist.«

Fenja schien etwas sagen zu wollen, wartete jedoch, bis die Kellnerin, die den Kaffee vor Theresa abgestellt hatte, gegangen war. »Geh doch einfach mal alle Bilder durch und schau, ob das Kind irgendwo noch mal auftaucht. Und wenn ja, fragst du deine Mutter noch einmal. Das Kind wäre ja auch irgendwo beerdigt, das hättest du doch auf dem Friedhof gesehen bei eurem Familiengrab.«

»Gerade weil es ein Familiengrab für mehrere Generationen ist, steht dort nur *Familie Drees* und nicht jeder einzelne mit Geburts- und Sterbetag.« Theresa nippte an ihrem Kaffee. Ihr Handy klingelte, und sie zog es weit genug hervor, um draufzuschauen. Lukas. Sie schaltete den Anruf auf Stumm und ließ es wieder in die Tasche gleiten. Obwohl sie mit diesem Kapitel ihres Lebens abgeschlossen hatte, regte sich immer noch Traurigkeit in ihr, wenn er sich meldete. Vermutlich hatte er noch Fragen wegen der Wohnung, aber das konnten sie später besprechen. Jetzt war sie nicht in Stimmung, mit ihm zu reden. »Diese Reportage muss auf jeden Fall etwas werden, ich habe da jetzt schon so viel Zeit rein investiert, und wir brauchen diese Werbung. Wenn wir wieder mehr Leute anlocken, sie sich für uns interessieren, dann könnte ich vielleicht auch endlich das Café durchsetzen, gegen das sich vor allem Martha immer noch so sträubt.«

»Dann mach es. An einem Kinderfoto wird es nicht scheitern.«

Theresa nickte. Aber sie hatte insgesamt einfach kein gutes Gefühl dabei, wenn es ihrer Mutter so zusetzte. Andererseits sollte sie dann Klartext reden und sagen, was los war, dann konnte man darüber sprechen. So jedoch legte sie ihr einfach nur Steine in den Weg, und damit wollte sich Theresa nicht abfinden. Immerhin war sie diejenige, die gerade versuchte, das Traditionshaus aus der Misere zu führen. Mit einem »weiter so« würden sie es nicht mehr lange halten können. Doch allein der Online-Auftritt war schon ein Kampf gewesen, vom geplanten Handel ganz zu schweigen.

»Lass uns abends mal wieder rausgehen«, sagte Fenja mit Blick auf die Uhr. »Ich muss jetzt los, aber wir telefonieren, ja?« Sie winkte die Kellnerin heran und zahlte.

»Was ist jetzt eigentlich mit Felix?«

Fenja grinste vielsagend und zwinkerte ihr zu. Dann verließ sie das Café, während Theresa noch einen Moment sitzen blieb und schließlich das Handy hervorzog, um Lukas zurückzurufen. Wie erwartet ging es um Formalitäten, er brauchte einige Kopien, und sie versprach, sie ihm abends zu mailen. Ehe sie auflegte, zögerte er kurz, als läge ihm noch eine Frage auf der Zunge, und auch für Theresa war es schwierig, das Gespräch mit ihm ganz sachlich zu beenden, die Stimme nicht in jenen zärtlichen Klang fallen zu lassen, mit dem sie sich in all den Jahren ihrer Beziehung bei Telefongesprächen verabschiedet hatten. Doch dann schafften sie es irgendwie, nach ein paar nichtssagenden Floskeln aufzulegen. Als sie das Handy wieder eingesteckt hatte, sah sie einen Moment lang sinnierend durchs Fenster auf die Straße, wo rege Geschäftigkeit herrschte. Die Sonne kam raus, tastete sich zögerlich über den regenglänzenden Asphalt, und offenbar trieb dies die Leute hinaus, dieser kurze Anflug eines nahen Sommers.

Eine Stunde später saß Theresa in der Wohnung ihrer Mutter und hatte zwei große Schachteln mit Fotos vor sich, die sie aufmerksam durchging. Für die Reportage hatte sie sich an die Bilder aus den Alben gehalten, weil ihr das für den Zweck, eine Art Familiengeschichte zu erstellen, ausreichend erschien. Jetzt jedoch war sie neugierig geworden. Es war ein wildes Durcheinander an Fotos, ganz alte, die vergilbt und schon etwas brüchig waren, aber auch welche neueren Datums, bis hin zu Theresas Babyzeit. Sie sortierte sie, versuchte, eine Ordnung hineinzubringen. Einige der alten Bilder waren sicher noch ganz interessant für den Artikel. Dieser Teeklipper im Hintergrund musste doch schon zu Zeiten ihres Großvaters überholt gewesen sein. Sie musste die Bilder mal in ein Album kleben – die alten zumindest.

Ein Foto erweckte ihre Aufmerksamkeit – drei Mädchen nebeneinander in Sommerkleidchen auf einer Bank. Das mittlere mit dem zahnlückigen Lächeln war zweifellos Martha und das größere daneben erkannte Theresa als ihre Mutter. Aber wer war das andere Kind? War es dasselbe wie auf dem Urlaubsfoto? Während Theresa das Bild betrachtete, schlug ihr Herz etwas schneller. Sie suchte weiter, und ja, da war wieder eines, dieses Mal ihre Großmutter als junge Frau mit einem kleinen Mädchen an der Hand, während Inga und Martha neben ihr standen. Es wirkte wie eine Momentaufnahme bei einem Spaziergang durch die Stadt. Theresa wusste, dass ihr Großvater ein begeisterter Hobby-Fotograf gewesen war. Irgendwo hatten sie seine alte Leica, die sogar noch funktionierte.

Nun, da Theresa wusste, wonach sie suchte, ging sie die Fotos rascher durch. Da war es wieder, dieses Kind, dieses Mal kaum dem Babyalter entwachsen auf dem Schoß einer stolz dreinblickenden Inga. Eigentlich konnte sie das Suchen aufgeben, denn sie hatte ihre Antwort und musste jetzt erst einmal sehen, wie sie damit umging. Es hatte ganz offensichtlich ein drittes Kind in dieser Familie gegeben, ein kleines Mädchen. Eines, von dem niemand sprach. Theresa wusste nicht, was sie davon halten sollte, wusste nicht, wie sie das Thema überhaupt zur Sprache bringen konnte. Was bedeutete das? Sie räumte die Schachteln weg, behielt nur die drei Bilder, die sie sich in die Gesäßtasche ihrer Jeans schob. Irgendwo musste es Unterlagen dazu geben, das Kind hatte ja höchstwahrscheinlich hier gelebt.

Jetzt musste sie allerdings hinunter in den Laden, sonst würden Inga und Martha sich fragen, wo sie so lange blieb. Sie hatte gesagt, dass sie noch einiges für den Artikel zusammensuchen wollte, woraufhin der Mund ihrer Mutter ganz schmal geworden war. Angesichts dessen, was Theresa gerade entdeckt hatte, fragte sie sich, was wirklich hinter dieser Ablehnung steckte. Sie dachte an Fenjas scherzhaften Kommentar mit den Leichen im Keller. Aber das glaubte sie wiederum nicht, denn wäre eine Tochter des traditionellen Hauses Drees einem Verbrechen zum Opfer gefallen, hätte diese Geschichte sicher bis heute überdauert.

Um vier Uhr würde sie sich mit Jonas von Bergen treffen, allerdings war sie viel zu aufgewühlt von ihrer Entdeckung, und sie überlegte, ihm abzusagen. Als sie hinunter in den Verkaufsraum kam, war dieser – wie so oft – leer, und ihre Mutter stand hinter dem Tresen, während Martha im Arbeitszimmer saß und sich etwas notierte. Die Tür stand auf, so dass sich die beiden unterhalten konnten, und

Theresa hörte noch, wie sich Martha über die schlechten Zahlen beklagte.

»Wenn wir hier das Café eröffnen und alles über den Zeitungsartikel bekannter wird«, sagte Theresa, »dann werden die Zahlen hoffentlich auch wieder besser.«

»Müssen wir wieder darüber sprechen?«, fragte ihre Mutter. »Wenn du unbedingt diesen Artikel möchtest, kann ich dich wohl nicht davon abhalten. Aber ich möchte auch nicht weiter darin eingebunden sein.«

»Zum Thema Café hatten wir doch gesagt, dass wir das überdenken müssen«, kam es von Martha.

»Wir können auch einfach so weitermachen wie immer. Und am Ende bleibt uns nur noch der Verkaufsraum, den wir vermieten oder verkaufen können, denn den Teehandel wird es dann bald nicht mehr geben.« Es ärgerte Theresa, dass sie immerzu gegen diese Widerstände ankämpfen musste. Als hätte es in ihrem Leben in den letzten Jahren nicht Kämpfe genug gegeben.

»Was hast du oben überhaupt gemacht?«, fragte Inga.

»Ein bisschen was vorbereitet, weil ich doch gleich Herrn von Bergen treffe.« Wieder zuckte es im Gesicht ihrer Mutter, und Theresa wollte so gerne wissen, was der eigentliche Grund war, sich so gegen diesen Artikel zu sperren. Anfangs war sie noch auf ihrer Seite gewesen und hatte ihre Bemühungen um Innovationen unterstützt. Und nun war alles gekippt, weil der Fokus auf der Familiengeschichte lag, auf die sie sonst so stolz gewesen war. Da Theresa eigentlich ein sehr gutes Verhältnis zu ihrer Mutter hatte, tat es ihr leid, dass sich nun so eine Missstimmung zwischen sie geschlichen hatte. Allerdings war sie nicht mehr gewillt, sich fortwährend ausbremsen zu lassen.

»Wie es aussieht, kommt ihr hier ganz gut allein zurecht. Dann würde ich noch ein bisschen was erledigen«, sagte Theresa.

»Ja, geh nur«, kam es aus dem Arbeitszimmer, während Inga knapp nickte.

Theresa wandte sich ab und ging zurück in die Wohnung ihrer Mutter. Alte Unterlagen fand sie hier eher als bei Martha. Ihre Mutter war so penibel, selbst die Schachteln mit den Fotos waren mit »Lose Fotos« beschriftet. In einem Schrank im Wohnzimmer befanden sich Ordner mit persönlichen Dokumenten wie Theresas Geburtsurkunde und das Familienstammbuch. Die Ordner waren akkurat beschriftet mit Unterlagen zum Haus, in dem sich vermutlich sogar Urkunden aus der Zeit ihres Urgroßvaters befanden. Theresa fand das Ehesakrament ihrer Großeltern, eine Mappe mit Feldpost, eine weitere mit alten Briefen und schließlich ein ledernes Buch mit Einlegeseiten. »Stammbuch der Familie« stand in verblassten goldenen Lettern darauf. Theresa schlug es auf, fand als Erstes die Heiratsurkunde ihrer Großeltern, dann deren Sterbeurkunden. Danach die Geburtsurkunde von Inga, die von Martha und schließlich die von Clara, geboren am 20. Oktober 1960. Wieder schlug Theresas Herz schneller. Das Kind, von dem niemand sprach. Sie blätterte weiter und fand die Sterbeurkunde. Clara. Sie war noch so herzzerreißend klein gewesen, als sie gestorben war. Rasch zog Theresa ihr Smartphone hervor und machte je ein Foto von beiden Urkunden. Hinten ragten zusammengefaltete vergilbte Blätter hervor, und sie zog sie hinaus. Es waren die Totenscheine ihrer Großeltern und der von Clara, letzterer nicht in Emden ausgestellt. Auch diesen fotografierte Theresa, dann faltete sie die Blätter wieder, schob sie zurück und räumte das Buch in den Schrank. Sie hatte die Tür gerade geschlossen und drehte sich um, als sie ihre Mutter hörte.

»Was suchst du denn?«

Ertappt fuhr Theresa zusammen, als sei sie bei etwas Verbotenem erwischt worden. »Ach nichts.« War an ihrer Atmung zu hören, wie schnell ihr das Herz ging? »Ich wollte nur schauen, ob es noch Unterlagen zu der Zeit gibt, als dein Großvater das Geschäft noch geführt hat.«

»Das habe ich dir doch schon alles gegeben.«

»Ja, habe ich gemerkt.« Theresa bemühte sich um ein Lächeln, das an der starren Miene ihrer Mutter zerbrach.

Das war doch absurd, ein Mensch verschwand nicht einfach so. Und ihre Großeltern hatten die Dokumente mit allen anderen verwahrt. Wer war es also, der die Erinnerung an die Kleine hatte tilgen wollen? Nun gut, das war vielleicht ein wenig zu drastisch ausgedrückt, die Fotos waren ja nicht vernichtet worden. Vermutlich hatte Theresa Clara schon mehrmals auf Bildern gesehen, aber sie hatte keine Verbindung zu ihrer Mutter hergestellt, denn diese hatte ja nur eine Schwester – das zumindest hatten sie und Martha ihr immer erzählt. Na ja, wobei das so ja auch nicht stimmte. Inga und Martha waren Schwestern, und die Frage, ob da in der Vergangenheit noch jemand gewesen war, hatte sich nie gestellt. Hätte Jonas von Bergen nicht nach diesem Foto gefragt, und hätte ihre Mutter nicht so seltsam reagiert, wäre Theresa nicht auf die Idee gekommen, man könnte ihr etwas verschwiegen haben.

Ihre Entdeckung ließ sie nicht los, und als Theresa Jonas von Bergen um vier Uhr im Arbeitszimmer des Teehauses traf, war sie nicht so recht bei der Sache. Am liebsten hätte sie ihm tatsächlich abgesagt, aber sie wollte die Sache mit dem Artikel hinter sich bringen. Danach konnte sie sich immer noch auf die Suche nach der verlorenen Schwester machen. Um die Atmosphäre etwas entspannter zu machen, hatte sie Shortbread auf den Tisch gestellt sowie schottisches Buttergebäck.

»Ich habe Tee gekocht, aber ich vermute, Sie hätten lieber einen Kaffee?«

»Wenn es keine Umstände macht?«

Theresa ging in die Küche, während er seine lederne Tasche abstellte und den Laptop auspackte. Kaffee zu kochen war eine willkommene Ablenkung, ehe sich wieder dem forschenden Blick dieses Mannes stellte, dem sie vorgaukeln musste, in ihrer Familie sei das einzige Geheimnis das, wie man einen wirklich guten Tee zubereitete. Tief durchatmend ging sie zurück in das Arbeitszimmer, während die Kaffeemaschine gurgelnd arbeitete.

»Möchten Sie lesen, was ich bisher zusammengefasst habe?«, fragte er.

Sie nickte, und er schob ihr den Laptop zu. Es war nicht schlecht, das musste sie zugeben. Er verstand etwas davon, aus dem, was sie ihm bisher geliefert hatte, einen spannenden Abriss zu schreiben. Ausformuliert zu einem Artikel würde es vermutlich ziemlich gut werden. »Gefällt mir«, konstatierte sie und stand auf. »Ich hole Ihnen den Kaffee, dann können wir anfangen.

Kurz darauf saßen sie zusammen auf den Besucherstühlen, und Theresa ging ein wenig fahrig die Fotos durch, um ihre Hände zu beschäftigen. Sie fieberte dem Moment entgegen, wenn sie diesen Termin hinter sich gebracht hatte und ihre Gedanken sammeln konnte.

»Haben Sie inzwischen etwas über das Kind herausbekommen?«, fragte Jonas von Bergen, ein Bein entspannt über das andere geschlagen, während er an seinem Kaffee nippte.

Innerlich verkrampfte sich Theresa, doch sie versuchte, ihre Antwort umso beiläufiger klingen zu lassen. »Hm, bisher nicht.«

»Tatsächlich?« Er blickte auf und sah sie interessiert an. »Haben Sie gar nicht gefragt?«

»Meine Mutter kannte das Kind nicht«, sagte sie obenhin

und nahm einen Schluck Tee, der noch etwas zu heiß war, so dass sie sich die Zunge verbrannte.

»Interessant.«

Theresa platzierte die Tasse wieder auf dem kleinen Teller und stellte erleichtert fest, dass ihre Hand nicht zitterte. »Könnten wir nicht wieder zum eigentlichen Thema kommen? Das mit dem alten Urlaubsporträt ist doch nun wirklich kein so großes Thema.«

»Das nicht, aber«, er machte eine kurze Pause, »wenn Ihre Mutter sagt, sie erinnere sich nicht, dann finde ich das durchaus wert, hinterfragt zu werden.«

»Warum?«

»Weil das Kind doch zweifelsohne ihre kleine Schwester ist.«

Theresa erstarrte. »Wie bitte?«

Sein Blick hatte sich verändert, war aufmerksam, und er wirkte, als hätte er gerade eine Witterung aufgenommen. »Wussten Sie wirklich nichts von der Schwester? Oder wollten Sie nur nichts sagen?«

»Ich …« Theresa war aus dem Konzept gebracht.

»Denn die Tatsache an sich ist ja nichts Besonderes. Wenn man weiß, wonach man suchen muss, findet man bei einer so bekannten Familie durchaus recht schnell Antworten. Alte Artikel, wo die ganze Familie mit drei Töchtern auf einer feierlichen Eröffnung war, zum Beispiel. Aber wenn Sie nichts von dem Kind wussten – oder behaupten, nicht gewusst zu haben –, dann wird es ungewöhnlich. Erst recht, wenn Sie wirklich nichts wussten, und Ihre Mutter der Frage auch noch ausgewichen ist.«

Langsam wurde Theresa ärgerlich. »Was wollen Sie eigentlich?«

»Meinen Job machen.« Von Bergen ließ sie nicht aus den Augen. Er schien nun jede ihrer Regungen genau zu studieren. Theresa kam nicht umhin zu bemerken, dass seine Augen einen ungewöhnlichen Grünton aufwiesen.

»Ihr Job ist es, einen Artikel über unser Teehaus zu schreiben, damit ich den Laden hier wieder zum Laufen bringe.«

»Mein Job ist es vor allem, eine gute Story zu schreiben. Und ein Kind, das totgeschwiegen wird, scheint mir doch eine zu sein.«

Die ganze Situation überforderte sie, und Theresa war in derart direkter Konfrontation noch nie besonders gut gewesen. Ihre Hände zitterten nun doch leicht, während sie sich eine Strähne hinter das Ohr strich und nach einer Antwort suchte, die ihn in die Schranken wies. »Ich dachte, wir schreiben diesen Artikel zur Geschichte des Teehauses zusammen.« Das Beben hatte sich nun auch in ihre Stimme geschlichen.

»Ich wollte Sie nicht angreifen, falls ich diesen Eindruck erweckt habe. Und ja, natürlich schreiben wir den Artikel. Aber sind Sie denn gar nicht neugierig?« Er beugte sich leicht vor und sah sie ganz direkt an, was ein irritierendes Flattern in ihrem Bauch auslöste. Seine Augen hatten wirklich eine besondere Farbe. Warum war ihr das vorher noch nicht aufgefallen? Dann rief sie sich innerlich zur Räson. Die Sache war ernst, da brauchte sie keine Gefühlsverwirrungen.

»Selbst wenn, geht Sie das nichts an. Das ist eine Familienangelegenheit.«

»Das alles«, er lehnte sich wieder etwas zurück und hob ein paar Fotos hoch, »ist eine Familienangelegenheit. Und wenn ein Kind auf einmal keine Erwähnung mehr findet, dann hat das in der Regel einen sehr konkreten Grund.«

Theresa rieb sich die Nasenwurzel. Hinter der Stirn kündigte ein leichter Druck aufkeimende Kopfschmerzen an. »Sie sagten doch, dass das Kind in Zeitungsartikeln Erwähnung gefunden hat. Wäre es einem Verbrechen zum Opfer gefallen, hätten die Zeitungen damals doch darüber berichtet.«

»Wenn es ein offensichtliches Verbrechen gegeben hätte, dann ja, natürlich.«

»Denken Sie, in meiner Familie hätte ihr jemand etwas angetan?« Die Schärfe in ihrer Stimme entglitt Theresa. »Das ist absurd.«

»Sie lesen doch die Nachrichten und wissen, wie oft so etwas vorkommt.«

Das lief alles vollkommen aus dem Ruder. »Man will ein Verbrechen vertuschen und tilgt das Kind aus den Erinnerungen? Damit würde man den Blick doch erst recht auf die Tat lenken.«

Jonas von Bergen zuckte die Schultern. »Dafür kann es alle möglichen Gründe geben.«

»Aber warum sollte meine Mutter dann so seltsam reagieren? Sie war damals doch erst neun Jahre alt.«

Seine Augen verengten sich kaum merklich. »Sie wissen, wie alt Ihre Mutter zum Todeszeitpunkt des Kindes war?«

Ach Mist, dachte Theresa und schloss kurz die Augen. Dann sah sie ihn an. »Also gut, es spielt jetzt ja auch keine Rolle mehr. Ich war selbst neugierig und habe angefangen zu suchen. Dabei habe ich die Geburts- und die Sterbeurkunde des Mädchens gefunden. Es hieß Clara Drees, aber das wissen Sie sicherlich schon. Die Unterlagen waren sorgsam weggeheftet und auch nicht versteckt. Und als ich wusste, wonach ich suchen musste, habe ich in den Fotoschachteln gesucht und Bilder von Clara gefunden. Nur in den Alben fehlten sie.«

Jetzt wirkte der Journalist wie ein Jagdhund, der eine Fährte aufgenommen hatte. Er war zugewandt, interessiert und hatte einen Blick, dem vermutlich keine Nuance im Verhalten des Gegenübers entging. »Haben Sie Ihre Mutter jemals zuvor danach gefragt, warum sie einige Fotos in einer Schachtel aufbewahrt?«

»Ja, aber sie meinte nur, das wären wohl Bilder, die sie mal verschenken wollte.«

»Und Ihre Tante?«

»Die habe ich danach nicht gefragt.«

»Und als Sie nach dem Kind auf dem Foto gefragt haben, da waren beide ausweichend?«

Theresa überlegte. »Nein, meine Mutter. Meine Tante hat überhaupt nichts gesagt, sondern schien eher besorgt.« Sie schenkte sich eine weitere Tasse Tee ein. »Möchten Sie noch einen Kaffee?«

Er schüttelte den Kopf, als sei der Gedanke, sich jetzt mit etwas so Profanem zu befassen, vollkommen unangebracht. »Also ist es eher Ihre Mutter, die dieser Erinnerung ausweicht?«

»Den Eindruck macht es. Aber wie gesagt, sie war erst neun Jahre alt.«

»Das heißt ja erst einmal nichts.«

Jetzt reichte es ihr. »Sie wollen doch wohl nicht behaupten, sie würde die Schuld am Tod ihrer Schwester tragen!«

»Ich behaupte gar nichts, sondern stelle lediglich Fragen.« Er ließ sich nicht aus der Ruhe bringen.

»Ich weiß gar nicht, warum ich Ihnen überhaupt noch antworte. Diese Details gehen Sie gar nichts an.« Es kam schroffer heraus, als beabsichtigt. Ihre Tasse ließ sie unangetastet. Die Lust nach Tee war ihr vergangen.

»Sie antworten mir, weil Sie wissen, dass ich es ohnehin herausbekomme und Sie auf diese Art wenigstens die Kontrolle behalten.«

Wut stieg in Theresa auf. »Vermutlich hatte Martha doch recht, und Sie wollen einfach nur irgendwelchen Dreck aufwühlen, in der Hoffnung, eine Geschichte zu schreiben, die Sie der sensationsheischenden Öffentlichkeit präsentieren können. Und wenn unser Laden dann den Bach runtergeht, es ist Ihnen auch egal.«

Von Bergen schienen ihre Worte nicht zu treffen. Er machte nur eine wegwerfende Handbewegung. »So arbeite ich nicht. Und ich stelle auch keine Behauptungen auf. Und nein, ich denke nicht, dass Ihre Mutter die Schuld am Tod ihrer Schwester trug, wenngleich das nicht gänzlich abwegig ist. Aber es reicht ja, wenn sie *glaubt*, die Schuld zu tragen. Ein Verbrechen ist ja auch nur einer der möglichen Gründe, die Existenz des Kindes zu verdrängen.«

»Und was wäre ein anderer?«

Offenbar war der Kaffee kalt, als Jonas von Bergen den letzten Schluck nahm, denn er verzog das Gesicht. »Möglicherweise ein Trauma.«

1964

Nach fünf Tagen durften sie endlich ihren Eltern schreiben. Während Clara mit den kleineren Kindern in das Spielzimmer ging, setzte sich Inga mit anderen Kindern, die auch schreiben wollten, an einen der Tische im Speisezimmer und nahm sich einen Bleistift und ein Blatt. Martha, die gerade erst in die Schule gekommen war, konnte noch nicht so gut schreiben und verkündete, sie wolle ein Bild malen.

»Das ist eine ganz wunderbare Idee«, sagte Schwester Juliane und lächelte ihr liebes Lächeln.

Liebe Mama, lieber Papa!
Es ist überhaupt nicht schön hier. Wir dürfen nicht auf die
Toilette, und wir müssen alles essen, auch, wenn es uns nicht
schmeckt und wir keinen Hunger haben. Können wir wieder
nach Hause kommen? Die Tanten schimpfen immer, und es
ist oft sehr kalt in den Zimmern. In den Schnee durften wir
auch nur ein Mal. Bitte, bitte holt uns ab.
Ich habe euch lieb!
Eure Inga

Sie falteten den Brief und ging zu Tante Martina, um nach einem Umschlag zu fragen.

»Zeig mal her, was du geschrieben hast.«

Inga erschrak. »Das ist für meine Eltern«, sagte sie schnell.

»Genau, und wir wollen doch, dass sie sich ganz sicher über den Brief freuen, nicht wahr?«

Das Herz klopfte Inga so schnell, dass es ihr das Atmen schwermachte. »Aber man darf keine Briefe von anderen lesen.«

Nun machte Tante Martina ein ganz böses Gesicht. »Gib schon her.«

Als Inga den Brief weiterhin nicht herausgab, umfasste Tante Martina ihren Arm so fest, dass es wehtat, und entwand ihr den Brief, der jetzt ganz zerknittert war. Dann ließ sie ihren Arm los, und Inga rieb sich die schmerzende Stelle, während ihr die Tränen in die Augen stiegen. Tante Martina entfaltete den Brief und las. Dabei zog sie die Brauen zusammen und wirkte noch grimmiger.

»Na, wir wollen das so lieber nicht wegschicken. Du willst doch nicht, dass deine lieben Eltern sich Sorgen machen, oder? Setz dich wieder hin.«

Inga schlich zu ihrem Stuhl, die Schultern hochgezogen, als könne sie sich so vor der Frau verstecken. Sie ließ sich nieder, und Tante Martina senkte den Brief, dann zerriss sie ihn in viele Teile und diktierte ihr, was sie stattdessen schreiben sollte. Inga lief eine Träne aus dem Augenwinkel, die auf das Papier tropfte und auf dem Wort »essen« zerplatzte. Schließlich war der Brief fertig.

Liebe Mama, lieber Papa!
Ich bin sehr glücklich hier. Wir dürfen oft ins Spielzimmer,
und wir kriegen viel zu essen. Uns schmeckt es sehr gut, und
von der frischen Luft haben wir oft Hunger. Ich habe nur noch
ein bisschen Heimweh. Die Tanten trösten uns dann, und
wir haben nette Gesellschaft in den Zimmern. In den Schnee
durften wir auch schon. Bitte macht Euch keine Sorgen, uns
geht es sehr gut. Wie geht es Euch?
Ich habe Euch lieb!
Eure Inga

Darunter schrieb Tante Martina:

Die Kinder essen mit gutem Appetit und sind viel an der
frischen Luft. Das Heimweh vergessen sie schnell, weil hier
immer etwas los ist.
Mit freundlichen Grüßen,
Martina Bentheim

»Martha, hast du ein schönes Bild gemalt?« Tante Martinas Stimme hatte nun wieder einen freundlicheren Ton angenommen.

Inga wischte sich über die Augen und sah Martha an, die mit einem Blatt in der Hand zu ihnen kam. Darauf war ein

Haus abgebildet, neben dem Bäume standen. Davor spielten Kinder auf Schlitten. Die großen Figuren waren sicher die Tanten, die mit offenen, blutroten Mündern lachten. Die Gesichter der Kinder waren Strichmännchengesichter. So ein Babybild, dachte Inga.

»Ach, wie nett.« Tante Martina machte ein richtiges Lieb-Gesicht, was Inga noch nie bei ihr gesehen hatte. »So, das stecken wir zusammen in den Briefumschlag, dann geht es morgen mit der Post raus. Ihr könnt jetzt auch ins Spielzimmer. Später dürfen die Großen dann in den Garten mit Tante Anette und Schwester Juliane.«

Inga blinzelte, weil sie Angst hatte, dass Tante Martina schimpfte, wenn sie nun anfing, zu weinen. Sie waren noch nicht einmal eine Woche hier, was bedeutete, sie mussten noch mehr als fünf Wochen bleiben. Im Gehen wischte sie sich über die Augen. Martha sagte gar nichts, sondern lief voran und war vor Inga im Spielzimmer.

Das war der einzige Raum, den Inga hier mochte. Auf dem Holzboden lagen weiche Teppiche, und es roch nach Holzrauch, als wäre der Kamin angefacht worden. Inga warf einen Blick hin und sah dunkel verkohlte Scheite. Immerhin war es wärmer als im Speisesaal, wo sie wieder arg gefroren hatte. Sie setzte sich vor eine Kiste mit bunten Klötzen und nahm lustlos welche heraus, um damit zu bauen. Ob es möglich war, einen Brief zu schreiben, und ihn heimlich aus dem Haus zu schmuggeln? Sie selbst kam ja nicht hier weg, aber vielleicht konnte ihn jemand mitnehmen? Sollte sie ihn einem Kind geben, wenn das nach Haus fuhr, und sagen, es solle ihn in den Briefkasten werfen? Nein, lieber nicht. Sie hatte schon mitbekommen, dass manchen Mädchen und Jungen nicht zu trauen war. Manchmal sagten die Tanten den Großen, sie sollten die Strafe für die Kleinen aussuchen, und Inga wollte nicht, dass der Brief dann bei Tante Martina landete. Und wenn sie Schwester Juliane fragte? Aber das traute sie sich nicht.

»Hey, ich hatte den blauen Brücken-Klotz zuerst«, sagte ein blonder Junge mit schiefen Vorderzähnen und wollte danach greifen, aber Inga zog ihn zurück.

»Der lag doch in der Kiste«, sagte sie.

»Da hab ich ihn nur kurz hingelegt. Aber ich hatte den zuerst.«

»Stimmt gar nicht.«

»Doch, stimmt wohl«, sagte nun ein anderes Mädchen. »Mein Bruder hatte den.«

Nach der Sache mit dem Brief war Inga ohnehin wütend, und jetzt wollte sie am liebsten auf das Mädchen losgehen. Sie warf den Klotz auf deren Fuß, und das Mädchen schrie auf. Dann hob sie den Klotz vom Boden und warf ihn auf Inga. Die schaffte es nicht, sich schnell genug zu ducken und bekam ihn an die Stirn.

»Aua!«, schrie sie und hob die Hand an die Stirn. Es war feucht unter ihren Finger, und als sie auf ihre Hand sah, bemerkte sie das Blut. Im selben Moment kam auch schon Tante Anette auf sie zugelaufen.

»Was ist hier los? Wer war das?«

»Sie hat einen großen Klotz nach mir geworfen!«, rief Inga.

»Sie hat ihn zuerst geworfen«, verteidigte sich das Mädchen.

»Ja, hat sie«, sprang ihr der Junge bei. »Und vorher hat sie ihn mir weggenommen.«

»Das stimmt nicht.« Inga hielt die Hand an die Stirn gepresst. »Er lag in der Kiste.«

»Und du hast ihn dann nach mir geworfen.«

»Wo hat sie dich getroffen?«, fragte Tante Anette.

»Am Fuß.«

»Das kann jetzt ja jeder sagen«, schimpfte Tante Anette und sah Inga an. »Hast du angefangen?«

Inga spürte, wie sie rot wurde und schüttelte den Kopf.

»Hat jemand etwas gesehen?«, fragte sie in die Runde, aber niemand antwortete.

Schwester Brigitte kam zu ihnen und sah sich Ingas Stirn an. »Komm«, sagte sie und bedeutete ihr mit einer knappen Handbewegung, ihr zu folgen.

Mit einem unguten Gefühl verließ Inga mit ihr das Spielzimmer, und sie gingen in einen langen Korridor, den Inga noch nicht kannte. Sie kamen in ein Treppenhaus und stiegen hoch in die zweite Etage. Angst erfasste sie. Sollte sie nun bestraft werden? Schwester Brigitte öffnete eine Tür und wies Inga an, einzutreten. Hier stand eine Liege, wie beim Arzt.

»Setz dich da hin und warte, ich bin gleich wieder da.«
Damit verließ sie den Raum und schloss die Tür hinter sich.

Inga kletterte auf die Liege, presste wieder eine Hand gegen ihre Stirn und ließ die Beine baumeln, während sie sich in den Raum umsah. Es gab einen Schreibtisch mit einem Stuhl, ansonsten hatte der Raum keine Möbel. An der Wand hing ein weißer Metallschrank mit einem roten Kreuz darauf. Auch hier war der graue Linoleumboden, wie in einem Krankenhaus. Durch ein quadratisches Fenster fiel graues Licht, und Inga sah die schneeschweren Zweige eines Baums, und eine heftige Sehnsucht erfasste sie. Sie stellte sich vor, wie sie aus dem Fenster kletterte und auf den Baum stieg. Dann würde sie sich flink am Stamm hinunterlassen und durch den Wald zum Bahnhof laufen. Dort gab es gewiss einen Briefkasten, wo man Post einwerfen konnte.

Die Tür wurde wieder geöffnet, und Schwester Brigitte kam in Begleitung eines fremden Mannes in einem weißen Arztkittel hinein. Er trug eine Brille mit dickem Rand und hatte eine Halbglatze. Obwohl der andere mehr Haare gehabt hatte, sah dieser Mann hier ein wenig jünger aus als der Arzt, der sie am zweiten Tag untersucht hatte. Er lächelte, aber trotzdem mochte Inga ihn nicht.

»Ah, da haben wir ja unsere kleine Patientin. Ich habe gehört, jemand hat dich angegriffen?«

Inga nickte und ließ langsam die Hand sinken. Die tiefe Stimme kannte sie schon. Der Mann war neulich Abend in ihrem Schlafsaal gewesen und hatte zweien der Mädchen eine Spritze gegeben.

»Antworte vernünftig, wenn Dr. Rath mit dir spricht!«, schimpfte Schwester Brigitte.

»Ja«, sagte Inga rasch.

»Wie heißt du?«

»Inga Drees.«

Der Arzt nickte. »Dann lass mal sehen.« Er roch nach einem scharfen Desinfektionsmittel und Zigaretten. »Es ist nur eine kleine Platzwunde. Das nähe ich dir in drei Stichen.«

Nähen? Inga sah ihn erschrocken an.

»Na, wer wird denn so dreinschauen?« Dr. Rath ging zu dem weißen Schrank und öffnete ihn. Er entnahm ihm ein kleines Fläschchen und eine Spritze mit der längsten Nadel, die Inga je gesehen hatte. »Damit spürst du gleich überhaupt nichts.«

»Aber ich will keine Spritze.« Inga fing an zu weinen, und als sich der Arzt näherte, wich sie zurück, hob die Hände.

»Also das ist doch albern!«, rief Schwester Brigitte. »Sofort hältst du still.«

»Am besten ist, sie legt sich hin.«

Schwester Brigitte zog ihr die Hausschuhe aus und drückte die widerstrebende Inga auf die Liege. »Jetzt hör mit dem Unsinn auf! Oder möchtest du, dass es immer weiter blutet, und morgen bist du dann verblutet und tot in deinem Bett? Na, also.«

Inga jagte die Vorstellung einen Schauder über den Rücken, und ihr kamen die Tränen. Im nächsten Moment spürte sie einen nasskalten Tupfer an der Stirn, der heftig brannte, und sie kniff die Augen zusammen, als der Arzt sich mit der Spritze näherte. Dann spürte sie den Pieks und schluchzte laut auf.

»Ja, so ist es gut. Lass die Augen einfach geschlossen«, hörte sie seine tiefe Stimme.

Sie merkte, dass er mit einer Nadel in die Wunde stach, aber es war ein dumpfes Gefühl, das nur unangenehm war und nicht mehr schmerzte. Dafür ziepte es, als er den Faden zusammenzog. Schließlich klebte Schwester Brigitte mit einem Schnalzen ein Pflaster darüber.

»So, das war es schon.« Die Stimme der Schwester klang nun ganz beschwingt.

Inga öffnete die Augen und setzte sich zögernd auf. Vorsichtig blickte sie zu Schwester Brigitte, die nett dreinschaute und nicht so mürrisch wie sonst. »Dann komm, ich bringe dich wieder zu den anderen. Sag danke zu Dr. Rath.«

»Danke, Dr. Rath.« Sie rieb sich die Augen und folgte Schwester Brigitte zurück in das Spielzimmer. Inga setzte sich wieder neben die Spielkiste und bemerkte, dass Martha sie kurz ansah, ehe sie sich wieder einem Puzzle widmete. Das Mädchen und ihr Bruder waren weg. Auch ihre Namen wusste Inga nicht, wie ihr nun auffiel. Aber sie wollte ganz sicher nicht danach fragen. Irgendwie war es doch auch total egal, wie man hieß.

Inga hatte eigentlich keine Lust mehr zu bauen, aber sie fing wieder von vorne an, weil ihr sonst nichts anderes einfiel. Als ihr das langweilig wurde, packte sie die Steine weg, nahm sich ein Buch aus dem Regal und ließ sich auf einem Sitzkissen nieder, um zu lesen. Sie hatte wieder Bauchschmerzen und presste die Hand auf den Magen.

Als es Zeit wurde, zum Abendessen zu gehen, schickte Tante Anette sie alle zum Händewaschen. Gerade kam eine Gruppe mit größeren Kindern von einem Ausflug in den Schnee zurück, und Inga war ein bisschen neidisch. Sie hoffte, dass sie auch endlich mal wieder nach draußen in den Wald gingen, aber bisher durften sie nicht einmal in den Garten. Inga wusch sich die Hände und half Clara, die immer noch Seifenreste an den Fingern hatte. Dann gingen sie zusammen in den Speisesaal. Es gab Milchreis, der viel zu klumpig war, und in den Bechern war warme Milch, auf der sich bereits eine Haut gebildet hatte. Inga schüttelte sich und kippte sie mit angehaltenem Atem hinunter.

»Ist das ekelhaft«, hörte sie ein Kind an einem der Tische hinter ihr sagen.

Jemand würgte, und Inga hoffte, dass sie sich nicht übergeben musste. Bisher war das Essen immer dringeblieben. Andere hatten nicht so viel Glück, und als sie gerade die Hälfte gegessen hatte, hörte sie, wie sich hinter ihr jemand übergab. Martha wirkte ebenfalls, als würde sie das Essen am liebsten ausspucken, aber sie aß tapfer weiter. Eigentlich mochten sie alle drei Milchreis, aber zu Hause schmeckte er süß und cremig. Clara war die Einzige von ihnen drei, die anstandslos aß.

Als sie später bettfertig waren, las Schwester Juliane zunächst noch keine Geschichte vor, stattdessen kam Tante Martina in den Raum und sah die Kinder an. »Wir haben hier ein Mädchen, das sich heute schlecht benommen und mit Bauklötzen geworfen hat.«

Inga wurde ganz kalt vor Schreck.

»Ich habe mit ihr gesprochen, und sie denkt, damit ist die Sache erledigt. Aber sie muss wissen, dass ihr alle das schlimm findet. Wenn sie reinkommt und hier schlafen will, dann sagt ihr alle ›Nein, wir wollen dich hier nicht‹. Habt ihr das verstanden?«

»Ja, Tante Martina«, kam es im Chor, und auch Inga machte mit. Sie fand das gemein, aber sie hatte viel zu viel Angst, dass sie sonst auch bestraft wurde. Gleichzeitig war sie auch erleichtert, weil sie offenbar verschont blieb.

Schwester Juliane begann vorzulesen, und Tante Martina verließ den Raum. Als sie gerade an der spannendsten Stelle war, kam ein Mädchen im Schlafanzug in den Saal, eine Decke im Arm. Es wirkte verheult.

»Kann ich hier schlafen?«, fragte es. »Ich lege mich einfach auf den Boden.«

»Nein!«, riefen alle. »Wir wollen dich hier nicht!«

Inga schrie auch mit, und ihr Blick traf den des Mädchens, das wieder anfing, zu weinen. »Es tut mir leid«, sagte es direkt zu ihr. »Kann ich nicht hier schlafen?«

»Nein«, riefen wieder alle, und Inga fühlte sich ganz schlecht, als sie mitmachte, aber sie hatte zu viel Angst. »Wir wollen dich hier nicht.«

Schluchzend verließ das Mädchen den Saal.

»Schläft sie jetzt im Flur?«, fragte jemand leise in die plötzliche Stille.

»Niemand schläft hier auf dem Flur. Wenn Kinder ein Kind nicht bei sich haben wollen, schläft es im Isolierzimmer, damit es lernt, über sein Verhalten nachzudenken«, antwortete Schwester Juliane mit sanftem Lächeln. »Und jetzt zuhören, Kinder. Wir lesen weiter.«

Inga konnte nicht mehr so richtig zuhören, sie hatte ein schlechtes Gewissen. Vorsichtig berührte sie das Pflaster an der Stirn, drückte leicht dagegen. Es tat ein bisschen weh.

In dieser Nacht schlief sie schnell ein und wachte erst morgens auf, als das Licht eingeschaltet wurde und Schwester Juliane rief: »Aufstehen, Kinder!«

Nach dem Zähneputzen zogen sie sich an, und Inga half Clara, die müde und schlapp wirkte. »Hast du eine Schnupfennase?«, fragte sie.

Clara schüttelte den Kopf und lief zu ihrem Teddy, drückte das Gesicht hinein. Als sie zum Frühstück gehen mussten, wollte sie sich erst gar nicht lösen, aber Inga hatte Angst, dass Tante Martina kam und mit ihnen schimpfte, daher nahm sie ihn Clara vorsichtig aus dem Arm.

»Komm, wir setzen ihn so hin, dann kann er vom Bett aus zum Fenster gucken, ja?«

Wieder nickte Clara nur, dann ließ sie sich von ihr an die Hand nehmen, und sie verließen mit den anderen Mädchen den Saal. Gegenüber waren die Schlafräume der Jungen, und Inga sah einen Jungen mit dunklen Locken im Flur stehen, hinter dem eine Matratze lehnte, die einen großen nassen Fleck hatte. Um seinen Hals hing ein Schild, auf dem stand: »Bettnässer«. Der Junge war vielleicht in Marthas Alter, und er biss sich auf seine zitternde Unterlippe, während seine Augen überliefen. In ihrem Saal hatte auch einmal ein Mädchen nachts ins Bett gemacht, aber sie hatte nicht draußen stehen müssen, sondern musste ihre Matratze saubermachen, zum Trocknen hinstellen und später alles neu beziehen. Danach war sie unter eine kalte Dusche gestellt worden, während alle anderen sich die Zähne geputzt hatten. Inga hatte seither Angst, ihr könne das auch passieren, aber sie hatte es schon zweimal geschafft, nachts ungesehen aufs Klo zu gehen.

Das Frühstück bestand aus lauwarmem Haferschleim, dunklem Brot mit Schinken, dessen Schwarte speckig glänzte, und warmer Milch. Der Schinken schmeckte ranzig, aber Inga zwang ihn hinunter. Clara weigerte sich, aber natürlich war es sinnlos, und sie wurde gezwungen, alles zu essen, während sie weinte und würgte.

»Sonst weint dein Teddy und ist ganz traurig«, sagte Tante Martina. »Er weiß, dass er im Ofen verbrannt wird, wenn du dein Essen nicht aufisst.«

An diesem Morgen musste sich eine Gruppe von Kin-

137

dern, zu denen auch Inga gehörte, in eine Reihe stellen. Unter der Aufsicht von Frau Wengertz gingen Tante Martina und eine rundliche Frau mit strengem Gesicht, die sich als Tante Monika vorstellte, die Reihe entlang und verabreichtem jedem einen Löffel Lebertran. Inga hätte fast gebrochen. Ein Junge neben ihr konnte es offenbar nicht zurückhalten und spuckte alles auf den Boden. Von dem musste er das Erbrochene dann essen, erklärte Tante Monika mit bösem Gesicht und gab ihm eine Ohrfeige, als er sich zuerst weigerte. Schließlich hockte er heulend auf dem Boden, und Inga wandte den Blick ab, während sie durch den Mund atmete, um sich nicht auch zu erbrechen.

»So, Kinder. Heute geht es zu den Abhärtungsbädern. Ihr seid hier, weil ihr zu schmächtig seid, und wer zu dünn ist, hat weniger Widerstand gegen Krankheiten. Dem wollen wir nun Abhilfe schaffen«, erklärte Frau Wengertz. »Danach werdet ihr alle gewogen, damit wir sehen, ob ihr zugenommen habt.«

Als sie durch die Halle gingen, sah Inga, dass eine Gruppe von Kindern mit Tante Anette und Schwester Hannelore sich gerade aufmachte, das Haus zu verlassen. Die Kinder standen in Zweierreihen und hatten ihre dicken Winterjacken an. Inga wünschte sich so sehnlichst, sie dürfte auch mit. Warum mussten sie denn immerfort hierbleiben?

»Die Mädchen kommen mit mir«, befahl Schwester Brigitte und ging voran durch die Halle. Sie folgten ihr in einen großen Raum mit einem gekachelten Boden und zehn Badewannen, je fünf auf einer Seite. Durch die Fenster fiel Sonnenlicht in den Raum, was Ingas Sehnsucht nach Spielen im Schnee verstärkte. Schwester Juliane und Schwester Brigitte gingen zu den Wasserhähnen und drehten sie auf.

»Mädchen. Ihr zieht euch aus und legt eure Sachen ordentlich gefaltet auf die Hocker am Fußende der Wannen. Dann geht jede von euch in eine Badewanne.«

Das erschien Inga nicht gar zu schlimm, und sie zog sich aus, ging zu einer Wanne und wollte hineinsteigen, als ein Mädchen schrie: »Das Wasser ist eiskalt!«

»Pst!« Schwester Brigitte hob den Finger an den Mund. »Das ist eine Abhärtung für eine bessere Gesundheit. Steigt in die Wanne, und dann reibt ihr euch mit den Waschlappen ab. Das fördert die Durchblutung und sorgt dafür, dass ihr gesund bleibt.« Sie sah in die Runde, bemerkte das Zögern. »Wer nicht freiwillig reingeht, den setzen wir rein.«

Inga setzte einen Fuß in die Wanne und erschauderte. Ein Mädchen weinte, wurde aber rüde angeherrscht, es setze gleich was, wenn nicht sofort Ruhe sei. Einmal klatschte es, als würde wirklich jemand einen derben Schlag auf den Po bekommen. Inga starrte nur vor sich ins Wasser. Es war so kalt, dass sie zitterte und eine Gänsehaut bekam. Das Wasser ging ihr bis Mitte der Waden. Inga tauchte den Waschlappen hinein und rieb sich den Körper mit dem kalten Wasser ab. Sie schrubbelte richtig, bis ihre Haut krebsrot war, weil sie hoffte, dass ihr dadurch etwas wärmer wurde. Die Füße schmerzten ihr in der Kälte.

»Meine Füße tun weh«, sagte sie, weil sie es nicht mehr aushielt.

Aber außer einem »Pst« kam keine Reaktion. Dann endlich sagte Schwester Brigitte, sie dürften nun die Wannen verlassen und sich in die Handtücher wickeln. Inga beeilte sich, aus der Wanne zu kommen, und wäre dabei fast ausgeglitten. Im letzten Moment fing sie sich noch und tat sich dabei an der Hand weh. Sie wickelte sich in ein Handtuch, das erstaunlich weich war, und klapperte mit den Zähnen. Dann mussten sie der Reihe nach auf die Waage, ehe sie sich anziehen durften. Als Inga in ihre wollenen Strumpfhosen stieg, ihren Rock anzog und ihren Pullover, wurde ihr endlich wieder warm.

»Ihr dürft euch jetzt eure Jacken und Stiefel holen und dann hinaus in den Garten.«

Die Kinder jubelten, und dieses Mal wurden sie nicht zur Ruhe ermahnt.

GEGENWART

Die Angelegenheit mit dem dritten Kind ließ Theresa das ganze Wochenende keine Ruhe. Nicht nur, dass sie wissen wollte, was es mit Clara auf sich hatte, ihr machte auch die Distanz, auf die ihre Mutter gegangen war, zu schaffen. Um sich abzulenken, packte sie die letzten beiden Kisten mit dem Kleinkram aus, die noch herumstanden, und hängte ein paar Bilder auf. Es war eine schöne Wohnung, zwei Zimmer, die zwar recht klein waren, aber für eine Person reichte es. Alles in allem war es mittlerweile schon sehr gemütlich geworden.

Theresa setzte sich im Wohnzimmer auf ihr Sofa und holte noch einmal die Unterlagen hervor, die sie mitgenommen hatte, als könnten diese ihr eine Wahrheit enthüllen, die ihr vorher entgangen war. Jonas von Bergen würde weiterforschen, und sie wollte ihm zuvorkommen. Wenn es etwas zu enthüllen gab, wollte sie nicht von ihm damit überrascht werden. Nach einer Stunde packte sie alles wieder weg und stand auf, um einen Spaziergang zu machen. Fenja war das ganze Wochenende über auf beruflichen Terminen, und auf ihre loseren Kontakte, die sie hin und wieder auf einen Kaffee traf, hatte Theresa keine Lust. Die gemeinsamen Freunde von ihr und Lukas mied sie derzeit ohnehin, weil sie weder die Fragen, noch die mitleidigen Blicke ertrug.

Draußen war es angenehm, weder zu warm noch zu kalt mit einem gläsern wirkenden, bedeckten Himmel, durch den das Sonnenlicht schimmerte. Theresa spazierte am Hafen entlang, sah einige Ausflügler, die das Wetter nutzten, um mit ihren Kindern Zeit zu verbringen, und verspürte den mittlerweile so vertrauten Stich beim Anblick dieser glücklich wirkenden Familien. Sie hatte sich das so sehr gewünscht. Anfangs hatte sie es noch nicht ernstgenommen, als sie nicht direkt schwanger wurde. Das konnte schon mal dauern, wie man überall lesen konnte. Und unter ihren Freundinnen hatte es eine breite Spanne gegeben zwischen sofort schwanger und mehreren Jahren Wartezeit. Der Sex mit Lukas war schön gewesen, und so hatten sie es anfangs sogar mit Humor genommen und gesagt, dann wären sie ja praktisch gezwungen, ständig zu üben.

Irgendwann hatte sich in den Spaß eine Verbissenheit geschlichen, und schließlich war aus dem spontanen Sex einer geworden, der sich Ovulationstests unterwarf, immer begleitet von einem »jetzt muss es doch endlich mal klappen«. Obwohl Theresa wusste, dass es irrational war, war sie sich wie eine Versagerin vorgekommen. Jede Frau schien schwanger werden zu können, nur sie nicht. Und wenn sie dann las, wie einige Frauen ein Kind nach dem anderen in die Welt setzten und vernachlässigten, dann packte sie die Wut – auf sich selbst, auf Lukas, auf diese Ungerechtigkeit. Es waren Kinderwunschbehandlungen gefolgt, die viel Geld gekostet hatten. Aus dem Freundeskreis hatte es viele »gute Ratschläge« gegeben, obwohl Theresa immer wieder gesagt hatte, dass sie dergleichen nicht wollte. Google konnte sie gerade noch selbst bedienen, und auf Tipps wie »du musst entspannter sein, dann klappt es von selbst« oder Geschichten wie »ich habe eine Freundin, die ist zehn Jahre nicht schwanger geworden, und dann …« konnte sie gut und gerne verzichten. Das ermutigte nicht, sondern machte sie nur noch wütender. Dann kamen Ratschläge wie »adoptiert doch einfach« oder »muss es denn unbedingt ein eigenes Kind sein?«. Irgendwann hatte ihre Beziehung diesem Druck einfach nicht mehr standgehalten.

Wann immer Theresa glaubte, sie hätte sich mit ihrem Schicksal arrangiert, kam die Bitterkeit wieder hoch. So, wie in diesem Moment, als sie ein vor Vergnügen jauchzendes Kind sah, das in einem Tretboot von einer einschwappenden Welle nass geworden war. Sie wandte sich ab. Das konnte sie sich jetzt nicht auch noch geben. Während sie weiterspazierte, musste sie wieder an ihre Mutter denken, an das Kind, von dem niemand sprach. Ob sie Martha fragen sollte? Aber die hätte ja was sagen können, als sie nach dem Foto gefragt hatte. Stattdessen hatte sie einen Blick mit Inga getauscht und ebenso geschwiegen wie sie.

»Man könnte es beinahe schon eine schicksalhafte Fügung nennen«, hörte sie eine Männerstimme sagen und blickte auf. Jonas von Bergen saß auf einer Bank, einen Kaffeebecher in der Hand, und lächelte schief, indem er nur den rechten Mundwinkel hob. »Ich habe gerade an Sie gedacht.«

Theresa ging zu ihm. »An mich oder an eine mögliche gute Story?«, ging sie auf seinen scherzenden Tonfall ein.

»Geht das eine nicht mit dem anderen einher?«

»Für Sie ist es eine gute Story, für mich ist es existenziell.« Sie war wieder ernst geworden.

»Oh, für mich auch. Immerhin verdiene ich damit meinen Lebensunterhalt. Wir brauchen uns in gewisser Weise also gegenseitig.«

Nach kurzem Zögern ließ sich Theresa neben ihm nieder. »Ich weiß nicht, ob das, was Sie erzählen wollen, mir wirklich hilft.«

»Aber Ihre Neugierde ist geweckt?« Er lächelte sie an.

»Hm, schon, ja.«

»Haben Sie weiter geforscht?«

»Nein.«

»Und wenn, werden Sie es mir nicht sagen?«

Theresa schwieg und sah aufs Wasser.

»Sie trauen mir nicht«, stellte er fest, und sie musste lachen.

»Natürlich nicht. Sie sind Journalist.«

»Das ist eine sehr desillusionierende Aussage.«

Wieder musste sie lachen.

»Ich verspreche, ich stelle weder Sie noch Ihr Geschäft bloß.« Er legte in einer altmodisch anmutenden Geste die Hand aufs Herz.

»Wenn Sie eine alte Geschichte ausgraben, in der es womöglich um ein Verbrechen geht, wird sich das doch gar nicht vermeiden lassen.«

Er stellte den Becher beiseite und zog Zigaretten hervor. »Stört es Sie?«

In all der Zeit, als sie schwanger hatte werden wollen, hätte sich Theresa das augenblicklich verbeten, aber jetzt zuckte sie nur mit den Schultern, und er steckte sich eine an.

»Also«, sagte er, nachdem er die erste Rauchwolke ausgeatmet hatte, »es ist ja nun so: Ihre Mutter und Ihre Tante waren Kinder, als das Mädchen gestorben ist. Selbst, wenn sie in irgendeiner Weise Schuld am Tod der kleinen Schwester hätten, wäre es doch allenfalls eine tragische Geschichte.«

»Und wenn die Eltern die Schuld tragen?« Theresa schluckte.

»Dann käme die Wahrheit ans Licht.«

»Und wir können nach einem solchen Skandal unser Geschäft schließen.«

Jetzt lachte er. »Vermutlich ganz im Gegenteil. Die Menschen ticken so, dass sie den Laden gerade dann stürmen, wenn er Mittelpunkt eines Verbrechens war, das eine Generation zuvor verübt worden ist. True Crime und so, Sie wissen schon. Und die heutigen Betreiber waren noch Kinder und somit ebenfalls Opfer – das haben wir doch bei unserem letzten Gespräch bereits festgestellt.«

»Sie werden keine Ruhe geben, oder?«

»Nein, vermutlich nicht, aber das wissen Sie doch bereits.« Er wirkte belustigt.

Theresa sog die Unterlippe ein und schaute wieder aufs Wasser. »Dann suche ich lieber selbst nach der Wahrheit.«

»Und kommen mir zuvor? Denken Sie, dann schreibe ich nicht darüber?« Auch er hatte seinen Blick dem Hafenbecken zugewandt.

»Nein, aber dann weiß ich, worauf ich mich vorbereiten muss.«

Er schwieg, aber aus dem Augenwinkel konnte sie sehen, dass er lächelte. »Meine Worte – Sie erinnern sich? Also kommen wir zurück zu der Sterbeurkunde. Wo ist sie ausgestellt?«

»In Emden. Der Totenschein jedoch nicht.«

Er wandte den Kopf, sah sie überrascht an. »Ach was? Und wo dann?«

Widerstrebend löste sie den Blick vom Wasser, zögerte, dann holte sie das Handy hervor und zeigte ihm das Bild. Mit leicht gekrausten Brauen vergrößerte er das Foto, schob es hin und her, so dass er alles lesen konnte. »Hier steht nichts von Fremdeinwirkung«, sagte er schließlich. »Aber wir wissen beide, dass man Ärzte auch bestechen kann. Und da es keiner hier aus Emden ist, ist der Schluss gar nicht mal unwahrscheinlich.«

Theresa sog die Luft ein und stieß sie dann in einem langen Seufzer wieder aus. »Ja, das ist mir bewusst.«

»Schicken Sie mir den Totenschein?«

»Nein.« Sicherheitshalber nahm sie ihm das Handy aus der Hand, wobei sich ihre Finger kurz berührten.

»Darf ich wenigstens den Namen des Arztes aufschreiben? Vielleicht bekomme ich etwas über ihn heraus.«

Sie las ihm den Namen vor, und er tippte ihn in die Notizfunktion seines Smartphones, dann steckte er es ein. Danach herrschte Schweigen zwischen ihnen, währenddessen sie beide aufs Wasser blickten, eine angenehme Stille, in der jeder seinen Gedanken nachhing. Theresa beobachtete die Boote, die vertäut am Kai schaukelten, und dachte unwillkürlich an jenes, das Lukas besessen hatte. Das war eine Leidenschaft, die sie nicht miteinander geteilt hatten, denn Theresa wurde schnell seekrank und konnte nicht mal für längere Zeit Tretboot fahren, ohne dass ihr schlecht wurde.

»Und wie geht es nun weiter?«, fragte sie. »Also mit uns?« Ihr wurde bewusst, wie das klang, und sie setzte rasch hinzu: »Ich meinte, mit dem Artikel.«

»Habe ich mir fast gedacht.« Ein Lächeln umspielte seinen Mund. »Ich könnte meinem Chef sagen, dass wir den Termin nach hinten schieben, weil sich interessante Hintergrunddetails ergeben haben, die ich beleuchten möchte. Aber dann wird er womöglich neugierig.«

»Was heißt das nun?«

»Das heißt, ich muss mir eine andere Ausrede einfallen lassen, um den Artikel später abzugeben.«

Theresa merkte, wie sie wieder leicht ungehalten wurde. »Für uns zählt aber jeder Tag. Wir brauchen diese Werbung.«

»Ich gehe nicht davon aus, dass das Wochen dauern wird. Wie gesagt – die Spuren des Kindes wurden ja nicht besonders sorgsam verwischt, sondern nur aus der familiären Erinnerung getilgt.«

Theresa schloss kurz die Augen. Sie rutschte wirklich von einer Katastrophe in die nächste. »Wann sprechen wir uns wieder? Sie werden das ja nicht ohne mich durchziehen, oder?«

»Wenn ich mehr weiß, melde ich mich bei Ihnen.«

Theresa erhob sich. »Also gut, dann bin ich gespannt.«

•

»Kommt Theresa heute nicht?«, fragte Martha, als sie Montag den Laden aufgeschlossen hatten und eine Stunde später von Ingas Tochter immer noch nichts zu sehen war.

»Ich weiß es nicht.«

»Vielleicht hatte sie nächtliche Gesellschaft und möchte ausschlafen.« Martha räumte eine Teedose weg, die sie gerade aufgefüllt hatte und lächelte verschmitzt in sich hinein. »Möglicherweise diesen attraktiven Journalisten.«

Inga wünschte von ganzem Herzen, dieser Mann wäre nie in ihr Leben getreten. Erst wühlte er in der Vergangenheit, und mochte es auch nicht seine Absicht gewesen sein, Zwietracht zu sähen, so war zwischen ihr und ihrer Tochter mittlerweile doch unverkennbar eine distanzierte Kühle getreten. Theresa befremdete Ingas Verhalten, das war unübersehbar. Aber Inga konnte einfach nicht anders, sie musste sich selbst schützen, sonst wäre der Schmerz unerträglich – selbst nach all der Zeit. Inga hatte geglaubt, damit abgeschlossen zu haben, aber nun spürte sie, wie dicht die Erinnerungen unter der Oberfläche lauerten. Ein Haarriss reichte, um die Hülle – kaum mehr als eine Tünche – aufbrechen zu lassen, so dass die Vergangenheit hervorquoll, mitsamt der Reue und dem Gefühl der Ohnmacht. Neun Jahre, dachte Inga, sie war erst neun Jahre alt gewesen.

»Ich habe morgen einen Termin bei der Bank«, riss Martha sie aus den Gedanken. »Unsere Bilanzen sind miserabel, und ich befürchte, wir müssen eine Hypothek aufnehmen.«

Inga versteifte sich. »Das hat Vater nie gewollt.« Dieses Haus war seit so vielen Jahren im Besitz der Familie, und immer hatten sie es halten können. Sollten sie jetzt die Ersten sein, denen es nicht mehr gelang? War das das Erbe, das Inga ihrer Tochter hinterließ? Ein hypothekenbelastetes Haus, ein bankrotter Teeladen und die Erinnerung an ein kleines Mädchen, das es in den Geschichten ihrer Kindheit nicht gegeben hatte? Genau das, was nicht hätte passieren dürfen, war geschehen. Theresa wusste von Clara, und sie fing an, Fragen zu stellen.

Martha hätte es natürlich erzählen können, aber auch diese hatte geschwiegen. An Clara erinnerte sie sich noch, das wusste Inga. Konnte sie die Zeit im Teutoburger Wald dann wirklich vergessen haben? Oder lagen die Erinnerungen gut verschlossen in einem Winkel ihres Bewusstseins, verborgen vor ihrem Zugriff? Träumte sie möglicherweise hin und wieder von dieser Zeit und konnte die Bilder keinen Erlebnissen zuordnen? Inga hätte sie gerne gefragt, aber das hieße, darüber zu sprechen, und das hatte sie aus gutem Grund immer vermieden.

»Vermutlich macht es auch nichts mehr aus, ob sie kommt oder nicht«, sagte Martha und ließ Ingas Überlegung, was ihr Vater gewollt hätte, in der Luft hängen. »Die paar Kunden schaffen wir auch allein.«

»Es wäre ja vielleicht möglich, hier noch etwas zu retten, wenn du dich nicht so konsequent allen Neuerungen verweigern würdest«, entgegnete Inga bissiger als beabsichtigt.

Martha sah sie ungerührt an. »Du bist wütend auf dich selbst, weil du Theresa vergrätzt, und nun lässt du es an mir aus?«

Inga wandte sich ab. Das war ihr alles zu blöd. Mit leicht fahrigen Bewegungen rückte sie Teedosen zurecht und schob einige Flyer zu den Teesorten der Saison ordentlich in einen Stapel. »Sie hätte diese Sache mit dem Artikel vielleicht gar nicht begonnen, wenn du sie nicht ständig ausgebremst hättest. Ihr Wunsch war es, den Laden zu erneuern, sie wollte eine kleine Teestube machen, in der man sich für eine Tasse Tee und etwas Gebäck hinsetzen kann. Aber das hast du abgelehnt.«

»Weil es so viele Auflagen mit sich bringt.«

Inga drehte sich wieder ihrer Schwester zu. Diese hatte die Lippen geschürzt und eine Falte zwischen den Brauen. Ein richtiges Martha-Gesicht machte sie. »Das kannst du doch ihr überlassen, wenn sie es schon unbedingt will. Für eine Frau, die in Liebesdingen immer erstaunlich unkonventionell war, bist du in geschäftlicher Sicht kompromisslos konservativ.«

Martha zuckte die Schultern. »Ich gehe nur Risiken ein, die ich abschätzen kann.«

Langsam wurde Inga ärgerlich. »Wenn du nicht möchtest, dass dieses Teehaus mit uns endet, dann solltest du einfach aufhören, Theresa Steine in den Weg zu legen. Kann sein, dass du die Risiken nicht abschätzen kannst, aber Theresa ist dreißig und kann es offenbar.«

»Wir sind mit unserem bisherigen Konzept immer gut gefahren«, entgegnete Martha und stemmte die Hände in die Hüften.

Es war einfach zu viel, Theresas beharrliche Fragerei, die Erinnerungen, Marthas Sturheit ... Ehe sie so recht wusste, was sie da tat, fegte Inga eine Teekanne auf einem Stövchen vom Verkaufstresen, und das teure, handbemalte Porzellan zerschellte mit einem Klirren auf den Holzdielen. Martha stieß einen erstickten Schrei aus. In just diesem Moment betrat Theresa den Laden und hielt erschrocken inne. Ein Blick aus geweiteten Augen traf Inga, die sich abwandte und aus dem Laden ins Treppenhaus floh.

•

»Was ist denn hier los?« Theresa ging in die Hocke und wollte die größeren Scherben aufheben.

»Deiner Mutter gehen die Nerven durch, das ist los.« Martha holte mit schnellen Schritten einen Besen. »Lass mal, ich mache das.« Sie fegte alles zusammen mit eckigen, ruckartigen Bewegungen, die zeigten, dass auch sie emotional nicht unbeteiligt war.

»Es tut mir leid, ich habe verschlafen«, sagte Theresa.

»Ich hoffe, das heißt, du hattest einen netten Mann zu Besuch?«

»Nein, das heißt einfach nur, dass ich vergessen habe, den Wecker zu stellen.« Theresa holte das Kehrblech und half ihrer Tante, alles aufzufegen. »Ich wollte noch ein paar Unterlagen durchschauen, aber wenn Mama in dieser Stimmung ist, lasse ich das wohl besser.«

»Würde ich dir auch empfehlen.«

Nachdem sie die Scherben in den Müll gekippt hatte, ging Theresa an den Computer, um die Teekanne mit dem Stövchen aus dem Bestand zu nehmen. »Kannst du eigentlich irgendetwas zu diesem Kind sagen?«

Martha senkte den Blick und notierte irgendetwas auf einem Block, der auf einer Anrichte lag. »Warum fängst du schon wieder damit an? Es war ein altes Foto, mehr nicht. Was hat das mit dem Laden zu tun? Ich bin mit diesem Café, das du hier eröffnen willst, nicht einverstanden, und deine Mutter ist es mit dem Zeitungsartikel nicht. Du ziehst das alles trotzdem durch, was dein gutes Recht sein mag, wenngleich immer noch Inga und ich hier die Geschäfte leiten. Aber du musst wissen, was du mit deinem Erbe tun willst. Es wäre aber gut, wenn du nicht anfangen würdest, dabei auf Biegen und Brechen alte Geschichten aufzuwärmen und den Hebel da anzusetzen, wo es wehtut.«

Irritiert – und durchaus auch ein wenig gekränkt – sah Theresa sie an. »Warum sagst du das?«

Martha knallte den Stift auf die Anrichte. Sie hatte ein wütendes Funkeln in den Augen. »Weil du die ganze Sache immer weiterführst, obwohl du siehst, was sie anrichtet. Schreib deinen Artikel, wenn es dir so wichtig ist, aber lass deine Mutter einfach damit in Ruhe. Du siehst doch, dass es ihr nicht gutgeht.«

»Wegen eines Artikels über die Geschichte des Teehauses? Warum, um alles in der Welt, geht es einem deswegen nicht gut?« Theresas Stimme war unwillkürlich lauter geworden.

»Frag sie das am besten selbst.«

»Das tue ich doch schon die ganze Zeit, verdammt noch mal!«

153

In eben diesem Moment betrat eine Kundin den Laden, und Theresa zwang ein Lächeln auf die Lippen, überließ es aber Martha, die Frau zu bedienen. Sie selbst war zu aufgewühlt, und Marthas Vorwürfe hatten sie tief getroffen. Als würde sie egoistisch über Leichen gehen. Dass sie den Laden rettete, war doch etwas, das ihnen allen nützte. Und woher hätte sie denn wissen sollen, dass die Vergangenheit ein solches Minenfeld war? In ihre Enttäuschung mischte sich Ärger. Es war ungerecht, sie so anzugehen, nur, weil die beiden Frauen sich in einen Kokon der Schweigsamkeit eingehüllt hatten, von dem Theresa nichts gewusst hatte, und an dem sie nun rüttelte. Sie hatte keine Lust mehr, weiter mit Martha darüber zu streiten, und ihr stand auch nicht der Sinn danach, mit ihrer Mutter zu sprechen, die offenkundig nicht in Stimmung dazu war. Also verabschiedete sie sich und verließ den Laden wieder. So viel war nun nicht los, dass Martha es nicht ohne sie bewältigen konnte.

Sie war gerade um die erste Straßenecke gebogen, als ihr Handy klingelte. Martha. Theresa drückte den Anruf weg und ging weiter. Sie wollte nach Hause und sich in den Unterlagen für das geplante Café vergraben. Es gab organisatorisch so viel zu klären. Über kurz oder lang würde Martha sich überzeugen lassen, das hoffte sie zutiefst.

Den ganzen Vormittag verbrachte sie über Formularen und Anträgen, telefonierte zwischendurch mit Fenja, die sie auf den neuesten Stand brachte und die kaum glauben konnte, dass es eine dritte Schwester gab, von der Theresa jetzt erst erfahren hatte. Ihr journalistischer Spürsinn war erwacht, das war unüberhörbar.

»Kein Wunder, dass von Bergen so versessen auf die Story ist«, hatte sie gesagt. »Das klingt nach etwas Großem.« Sie verabredeten sich für den kommenden Tag, und während sich Theresa gerade einen Salat zum Mittagessen zubereitete, klingelte ihr Handy erneut. Da sich Jonas von Bergen mit der Suche nach diesem Arzt befassen wollte, hatte Theresa nicht damit gerechnet, an diesem Tag etwas von ihm zu hören, aber offenkundig war er schneller fündig geworden als erwartet.

»Wollen wir uns treffen?«, hatte er gefragt.

»Wenn Sie möchten, können Sie gerne vorbeikommen«, bot Theresa an, der nicht der Sinn danach stand, sich in ein Café zu setzen und dort vor den Ohren aller brisante Familiengeheimnisse zu erörtern. Und das Teehaus kam schlechterdings gerade nicht in Frage.

»Nicht im Teehaus?«, fragte er prompt.

»Vermintes Gelände«, entgegnete sie und gab Dressing über den Salat. »Wenn Sie allerdings Angst haben, kann ich Sie beruhigen – bisher hat noch jeder Mann meine Wohnung lebend verlassen.«

Er lachte schallend, und sie vereinbarten, dass er um zwei Uhr zu ihr kam. Nachdem sie ihm ihre Adresse gegeben hatte, legte sie auf. Ein kurzer Blick durch das Wohnzimmer zeigte ihr, dass es vorzeigbar war. Auf dem Couchtisch stapelten sich die Unterlagen für das Teehaus, aber sie würde sich ohnehin mit von Bergen an den Esstisch setzen, und der war groß genug. Es war das einzige Möbelstück, das sie aus der gemeinsamen Wohnung mit Lukas mitgenommen hatte, weil sie den massiven geölten Holztisch einfach wunderschön fand. Dazu hatte sie cremeweiße Stühle gekauft, die leicht wippten, wenn man sich darauf setzte. Der Tisch war mit sechs Plätzen groß genug, um eine Familie zu bewirten oder mit mehreren Freunden daran zu sitzen.

Theresa hatte noch Shortbread, das sie auf Teller gab, ehe sie Tee kochte. Kaffee kam aus dem Vollautomaten, den ihr ihre Freundinnen zum Einzug in die neue Wohnung gemeinsam geschenkt hatten.

»Wenn man so wenig Kaffee am Tag trinkt wie du«, hatte Fenja gesagt, »ist es umso wichtiger, dass die eine Tasse so gut wie nur möglich ist.«

Ein wenig nervös war Theresa schon, was ihr etwas unangemessen erschien. Immerhin war von Bergen ja kein Date oder so. Aber etwas hatte sich zwischen ihnen verändert. Oder war es nur ihr Blick auf ihn, der anders war?

Die Tee-Uhr piepste im selben Moment, in dem der Türgong erklang, und Theresa beschloss nach kurzem Zögern, dass von Bergen sich noch eben gedulden musste. Sie goss den Tee ab und stellte die Kanne auf das Stövchen, als die Türklingel ein weiteres Mal angeschlagen wurde. Rasch lief sie in den Flur und drückte den Türsummer, dann trat sie ins Treppenhaus, um ihren Besuch in Empfang zu nehmen.

»Ich dachte schon, ich hätte mich in der Zeit vertan«, sagte Jonas von Bergen.

»Tut mir leid, der Tee war zeitgleich fertig.«

»Und im Gegensatz zu mir wird der beim Warten ungenießbar«, fügte Jonas von Bergen mit einem Zwinkern hinzu.

»Korrekt«, ging Theresa auf seinen scherzenden Tonfall ein und trat zurück, um ihn einzulassen. »Geradeaus durch.«

Er ging durch den Flur ins Wohnzimmer, und Theresa, die ihm gefolgt war, deutete auf die Stühle beim Esstisch. »Nehmen Sie ruhig schon Platz, ich mache Ihnen schnell einen Kaffee.« Sie schaltete die Maschine an und brachte in der Zeit schon einmal den Tee ins Wohnzimmer. Gedeckt war der Tisch bereits, und so musste sie nur noch den Kaffee durchlaufen lassen. Als sie endlich am Tisch Platz nahm, hatte Jonas von Bergen schon seine Unterlagen auf den Tisch gelegt.

»Der Arzt, der den Totenschein ausgestellt hat, war erstaunlich leicht zu finden. Egon Fassberg. Er war in der NS-Zeit Kinderarzt und Partei-Mitglied bei der NSDAP. Nach dem Krieg stand er vor Gericht, durfte aber anschließend weiter praktizieren und brachte es wohl zu einigem Ansehen, obwohl seine Vergangenheit nicht unumstritten war. Über Tätigkeiten als Lagerarzt wurde gemunkelt, aber Nachweise ließen sich dafür nicht finden, daher konnte er dafür wohl nicht belangt werden. Er brachte es in den späten Fünfzigern zum Leiter eines Kinderkurheims im Teutoburger Wald mit dem Namen *Waldesglück*.«

»Klingt gruselig.«

»Wenn man sich die Berichte zu den Kinderkurheimen ansieht, war es das vermutlich auch.« Er kniff die Augen zusammen, als er weiterlas und setzte schließlich seine Brille auf. »Er hat das Heim bis Mitte der Siebziger geleitet und ist dann in den Ruhestand gegangen. Im Jahr 1987 ist er gestorben.«

»Wenn er in dieser Zeit nicht in einem Krankenhaus gearbeitet hat, muss das Mädchen ja in diesem Heim gestorben sein.«

»Das ist naheliegend. Es kann natürlich auch andere Gründe geben. Vielleicht war er ein Freund der Familie und hat den Totenschein sozusagen als Gefälligkeit ausgefüllt. Ich möchte nichts unterstellen, aber wir sollten in mehrere Richtungen denken und für alles offen sein. Die Kinderkurheim-Geschichte scheint mir jedoch am plausibelsten, das müsste sich ja schnell herausfinden lassen. Hat Ihre Mutter mal von einem Kuraufenthalt erzählt?«

»Nein, nie.«

Er nickte. »Ungewöhnlich ist das nicht. Haben Sie Reportagen dazu gesehen oder gelesen?«

»Nur am Rande.«

Von Bergen setzte sich aufrecht hin und legte die Hände gefaltet auf den Tisch. »Vor einigen Jahren, so um 2017, glaube ich, fing man an, über diese Kinderkuren zu berichten und sich kritisch damit auseinanderzusetzen. Ich habe mir mal die Kommentare in den sozialen Medien durchgelesen, da haben Hunderte unter die Beiträge geschrieben, dass sie solche Erfahrungen auch gemacht haben. Das waren also keine Einzelfälle, wie ich erst dachte, sondern offenbar wurde da eine breite Masse an Kindern systematisch mit schwärzester Pädagogik gequält. Vereinzelt gab es auch Kuren, die nicht so waren, wo die Kinder eine schöne Zeit hatten. Mein Vater erzählte mir, dass er nach einer schweren Grippe ans Meer geschickt worden war, damit er den Husten loswurde. Da war es wirklich schön, hat er gesagt. Andere hatten nicht so viel Glück.«

Theresa sah sich die Unterlagen an, die er ihr zuschob. In der kurzen Zeit hatte er wirklich erstaunlich viel herausbekommen. »Wenn das stimmt, dann erklärt das, warum meine Mutter so seltsam und abweisend reagiert.«

Der Journalist nickte und sah sie ernst an. »Vielfach haben die Erwachsenen den Kindern nicht geglaubt, wenn sie von ihren schlimmen Erlebnissen erzählt haben. Damals herrschte eine gewisse Obrigkeitshörigkeit, und wenn der Herr Doktor sagte, dass das alles seine Richtigkeit hatte, dann wurde das geglaubt. Die Kinder sollten sich mal nicht so anstellen. Vielleicht wollte man auch einfach nicht wahrhaben, dass man sein Kind da über Wochen Menschen überlassen hat, die es misshandelten.«

In einem langen Seufzer stieß Theresa den Atem aus. Das war ja furchtbar. »Gibt es Infos zu diesem Kurheim?«

»Ja, man kann im Internet noch einiges dazu finden. In den Neunzigern wurde das Kinderkurheim geschlossen, und aus dem Haus wurde ein Sanatorium, das sich auf bestimmte Lungenerkrankungen spezialisiert hat.«

»Können wir uns das mal anschauen?« Sie merkte, wie ihr Herz ein wenig schneller klopfte. Sie waren da etwas Großem und für ihre Familie Bedeutsamen auf der Spur, das spürte sie ganz genau.

»Sicher.« Von Bergen zog seinen Laptop hervor, und Theresa setzte sich neben ihn, um mit ihm auf den Monitor schauen zu können. Dabei atmete sie den Geruch von frisch gewaschener Kleidung und einem sehr dezenten Aftershave ein. »Also das ist die Website des Hauses«, erklärte er. »Man kann sich sogar anschauen, wie es von innen aussieht.«

Die Seite zeigte eine hübsche und idyllisch gelegene Jugendstilvilla, ausladend und mit säulenbestandenem Eingang. Innen war alles in hellen Farben eingerichtet, freundlich, einladend und geschmackvoll. Der Parkettboden glänzte im Licht der einfallenden Sonne, die Butzenfenster gaben der Szenerie ein nostalgisches Flair.

»Gibt es auch Fotos davon, wie es früher einmal ausgesehen hat?«

»Hier nicht, ich habe online ein paar Bilder gefunden, aber die zeigen das Haus nur von außen.«

»Vielleicht finden sich bei meiner Mutter noch Fotos, ich könnte morgen mal nachsehen.«

»Sie könnten sie auch fragen.«

Theresa schüttelte den Kopf. »Das Thema ist ziemlich kompliziert, meine Mutter blockt komplett ab. Heute hat sie … Ach, egal, spielt keine Rolle. Aber ich denke, ich versuche erst einmal, ohne ihre Hilfe etwas herauszufinden.« Theresa lehnte sich zurück und überlegte. »Das würde so vieles erklären. Und es wäre so schrecklich zugleich.« Dann hätte sie zumindest eine Antwort darauf, warum ihre Mutter sich so seltsam verhielt, so abweisend war und so wenig gewillt, über die Vergangenheit zu sprechen.

Jonas von Bergen schob den Laptop ein Stück von sich und nahm einen Schluck aus seiner Kaffeetasse. »Warten wir erst einmal ab, was die Recherchen ergeben. Diese Möglichkeit erscheint am vielversprechendsten, sehen wir mal, was dabei herumkommt.«

»Es ist allerdings eine ganz andere Story und hätte mit dem Teehaus nichts mehr zu tun.«

Zu ihrer Überraschung nicke von Bergen. »Das ist richtig. Daher würde ich das in dem Fall entkoppeln. Dann schreibe ich den Artikel zum Teehaus und würde das Schicksal der Drees-Schwestern als Aufhänger für die andere Geschichte nehmen.«

Dagegen hatte Theresa an und für sich keine Einwände, aber sie würde mit ihrer Mutter und Martha sprechen müssen, wie sie dazu standen.

1964

Inga sah auf den Kalender, der an der Wand des Speisesaals hing. Wie lange waren sie schon hier? Sie hatte das Zeitgefühl verloren, wusste gar nicht mehr, welcher Tag war. Aber es kam ihr ewig vor. Unendlich lange. Und nicht zu wissen, wie viele Tage sie noch vor sich hatte, war fast nicht zu ertragen. Martha, die sonst immer viel geredet hatte, sprach kaum mehr mit ihr und war immer grantig und schlecht gelaunt. Manchmal spielte sie für sich, hin und wieder mit einem Mädchen, das Greta hieß und das Haar immer in einen dicken dunkelbraunen Zopf geflochten hatte. Clara wirkte ständig müde, sprach gar nicht mehr und weinte dauernd, woraufhin Martha sie oft anfuhr, sie solle still sein. Die Kleine sah richtig krank aus mit ganz dunklen Ringen unter den Augen. Stumm war Clara geworden. Ein stummes Kind mit stummen Augen. Gestern musste sie zum Arzt, und als sie zurückgekommen war, hatte sie ein ganz rot geweintes Gesicht gehabt.

Immerhin durften sie jetzt täglich in den Garten, wenngleich Inga viel lieber in den Wald gegangen wäre. Tante

Anette hatte gesagt, die Eingewöhnungszeit sei vorbei, nun beginne die eigentlich Kur, mit der sie ihre Gesundheit stärken und viel an Gewicht zunehmen sollten. »Eure Eltern erwarten schließlich, dass sie gesunde, starke und gut genährte Kinder zurückbekommen.« Dies war auch die einzige Zeit, wo Clara nicht so teilnahmslos wirkte. Die Kälte zauberte rosige Flecken auf ihre Bäckchen, und obwohl sie nicht so wild tobte wie sonst, spielte sie mit einigen anderen Kindern.

»Für euch ist ein Paket angekommen«, sagte Tante Martina an diesem Tag nach dem Frühstück und reichte Inga eine in braunes Packpapier eingeschlagene Schachtel. Endlich eine Antwort! Inga war ganz aufgeregt, Martha stand auf und kam zu ihr, und auch Clara sah sie mit ihrem matten Blick erwartungsvoll an. Als Inga das Paket öffnete, fand sie eine Tafel Schokolade darin und eine Tüte Bonbons. Martha holte überrascht Luft.

»Na, das gebt ihr besser mir«, sagte Tante Martina und griff danach. »Damit verderbt ihr euch nur die Zähne. Außerdem ist es nicht gerecht den anderen Kindern gegenüber.«

»Denen können die Eltern doch auch was schicken«, antwortete Martha patzig und schürzte die Lippen.

»Möchtest du im Raum der Besinnung darüber nachdenken, wie du mit Erwachsenen zu reden hast?«

Martha wurde blass und schüttelte hastig den Kopf. »Da ist ein Brief«, sagte sie zu Inga, und diese zog den Umschlag hervor. Hoffentlich wollte die garstige Tante den nicht auch lesen? Aber sie ließ sie damit allein, und Inga riss den Umschlag auf, um den Brief vorzulesen.

Liebe Inga, liebe Martha, liebe Clara!
Danke für deinen lieben Brief, Inga. Wir waren ja doch
in Sorge. Unsere Mädchen zum ersten Mal so weit fort
von daheim. Aber wir sind glücklich, dass Ihr Euch so gut
eingelebt habt. Danke, liebe Martha, für das schöne Bild, über
das wir uns sehr gefreut haben. Gestern hat die Katze im
Schuppen Junge bekommen. Ihr werdet sie allerliebst finden.
Wir vermissen Euch sehr und hoffen, Ihr habt eine schöne
Zeit. Habt Ihr schon viele Freunde gefunden? Bestimmt seid
Ihr viel draußen und macht wilde Schneeballschlachten.
Schreibt uns bald wieder. Wir denken immerzu an Euch und
freuen uns auf Eure Heimkehr.
Es senden Euch Küsse und Umarmungen,
Mama und Papa

Inga blinzelte, weil ihr der Blick verschwamm. Sie vermisste Mama und Papa so sehr, dass es ihr tief in der Brust so furchtbar wehtat.

»Mama lügt«, sagte Martha.

Verblüfft wandte sich Inga zu ihr um. »Tut sie gar nicht.«

»Doch, tut sie wohl! Sie sagt, wir haben uns gut eingelebt.«

»Sie denkt das doch nur, weil ich ihr das schreiben

musste«, sagte Inga leise, damit die Tanten das nicht hörten.

Aber Martha antwortete nicht, sondern drehte sich weg. Claras Blick glitt nun wieder ins Leere, und sie kaute an ihrer Unterlippe.

Nachdem alle, die Post bekommen hatten, diese in ihren Schränken verstaut hatten, ging es zum Wiegen. Dort wurde notiert, welche Kinder mehr essen mussten, was bei allen drei Schwestern der Fall war. Dabei dachte Inga jetzt schon bei jeder Mahlzeit, dass sie platzte, wenn sie noch mehr reinstopfte. Erst einmal wurden sie jedoch nach draußen geschickt, wo sie im Schnee spielten, was die Lungen kräftigen sollte und die körperliche Abwehr stärkte, wie Schwester Brigitte immer sagte. Das war einerseits schön, andererseits durfte man auch nicht zurück ins Haus, wenn man fror.

»Bewegung, Bewegung, Bewegung«, rief Tante Martina dann stets.

Nach dem Spielen mussten sie sich umziehen und zum Mittagessen erscheinen. Inga saß am Tisch und starrte auf die weich gekochten Möhren, die Kartoffeln und Erbsen, auf die eine Soße gegeben worden war, deren Fett an den Rändern bereits erstarrte. Das Essen war lauwarm, und es schmeckte so ekelhaft, dass sie es nur mit Würgen herunterbekam. Schwester Juliane zermatschte das Essen für Clara zu einem Brei, und da Clara Kartoffelbrei mochte, aß sie diesen auch mitsamt dem zerdrückten Gemüse. Inga tat es ihr gleich, sie wollte die Soße nicht mehr sehen und rührte sie in die zerstampften Kartoffeln. Das Gemüse schlang sie runter, damit sie es hinter sich hatte.

Kaum war sie fertig, wurde ihr von Tante Martina die nächste Portion aufgegeben. Zu sagen, dass sie nicht mehr konnte, traute sie sich nicht. Ihr stiegen die Tränen in die Augen, als sie erneut anfing, das Essen in sich reinzulöffeln. Hin und wieder würgte jemand, aber daran hatte sie sich inzwischen gewöhnt. An ihrem Tisch übergab sich nun das Mädchen mit dem Topfschnitt, das Irma hieß und ihnen schräg gegenüber saß, und als wäre damit eine Schleuse geöffnet, erbrach sich Martha direkt im Anschluss sowie ein Junge am anderen Ende des Tisches. Es war der mit den schrägen Zähnen.

»Aufessen!«, befahl Tante Martina mit schneidender Stimme.

»Das ist ekelhaft.« Martha weinte. Auf ihrem Teller befand sich ein undefinierbarer brockiger Brei mit Karottenstückchen.

»Aufessen!« Tante Martina betonte jede Silbe. »Wenn du dich ekelst, hättest du es nicht ausspucken sollen.«

Martha weigerte sich, indem sie den Mund ganz schmal zusammenkniff, und Tante Martina fragte sie, ob sie wieder in den Raum der Besinnung wollte. Oder ob sie den ganzen Tag am Stuhl angebunden werden musste. Schließlich löffelte Martha schluchzend und würgend die Masse in sich hinein. Als der Teller leer war, wurde ihr eine weitere Portion aufgegeben, und Martha aß auch diese. Ihr Gesicht war fleckig, die Augen rot umrandet.

Endlich durften sie aufstehen, dann ging es zum Mittagsschlaf. Inga hasste diese aufgezwungene Stunde, die sie im Bett liegen musste, obwohl sie am liebsten herumrennen und spielen wollte. Sie schloss die Augen und stellte sich schlafend, damit sie keinen Ärger bekam. Jemand weinte, aber sie erkannte nicht, wer es war, und sie traute sich nicht, die Augen zu öffnen. Den anderen Mädchen traute sie nicht, denn die würden sie vielleicht verpetzen, um selbst nicht bestraft zu werden. So lag sie da, mit wild pochendem Herzen, und dachte an die Bonbons, die sie im Schrank liegen hatte. Wie gerne würde sie jetzt eins davon nehmen, den Geschmack von Himbeeren und Zuhause auf der Zunge schmecken. Diese Bonbons kaufte ihre Mama immer, wenn sie sie trösten wollte, und darum hatte sie ihnen die auch mitgegeben.

»Wenn ihr Heimweh habt, nehmt euch einfach ein Trösterbonbon«, hatte sie gesagt, und Inga kamen die Tränen. Bisher hatte sie sich nicht daran getraut, weil sie Angst hatte, erwischt zu werden. Und wenn sie sich jetzt eins nahm? Alle schliefen, und der Raum war abgedunkelt. Eigentlich müsste sie Martha und Clara dann auch eins geben, aber Clara verriet sie dann vielleicht aus Versehen, sie war ja noch so klein. Inga öffnete die Augen einen Spalt und sah Clara daliegen, Teddy fest im Arm, ruhig atmend. Auch Martha schlief tief und fest mit leicht geöffnetem Mund. Kein

Laut war zu hören, außer hier und da ein leises Schnarchen. Beim Toilettengang war sie ja auch nicht erwischt worden, und Inga brauchte unbedingt ein Trösterbonbon. Sie hatte so sehr gehofft, Mama würde erkennen, dass sie in Not waren und dass dieser Brief nicht von Inga stammte. Aber sie hatte nur freudig geantwortet und ihnen eine schöne Zeit gewünscht.

So lautlos wie möglich schob sich Inga unter der Decke hervor und setzte die Füße auf den kalten Linoleumboden. Dann erhob sie sich und tapste barfuß zum Schrank, hielt immer wieder inne, ob jemand sich rührte, aber alle schliefen. Sie ging zum Schrank und öffnete die Tür. Wenn jemand sie erwischte, würde sie einfach sagen, sie wollte einen wärmeren Pullover. Wichtig war nur, dass niemand sah, wie sie den Schrank wieder schloss, ohne ein Kleidungsstück genommen zu haben. Sie schob die Hand in die Kleidung, bis nach hinten durch, und ertastete die Tüte.

Es knisterte leise, als sie die Lasche entfaltete. Dann hatte sie ein Bonbon in der Hand und zog diese rasch zurück. Ein zweites zu nehmen, traute sie sich nicht, denn das Knistern des Papiers erschien ihr gar zu laut. Immer wieder hatte sie nachgeschaut, ob jemand sich gerührt hatte, aber zum Glück schliefen noch alle. Das Bonbon in der Hand verborgen ging sie zurück zum Bett und legte sich wieder hin. Erst jetzt wagte sie es, das Bonbon in den Mund zu stecken, und sie schloss die Augen, als sie die Süße auf der Zunge schmeckte. Gleichzeitig war das Heimweh so schlimm, dass sie leise weinen musste und ihr Gesicht ins Kissen drückte, damit niemand sie schniefen hörte.

Als es Zeit war aufzustehen, hatte sie immer noch den Nachgeschmack im Mund, aber sie musste nicht mehr weinen. Erst wurden sie zur Toilette geschickt, dann gab es einen süßen Brei. Danach wurden die Kinder ins Spielzimmer geschickt, und Inga erhob sich, wurde aber von Tante Martinas harter Stimme zurückgehalten.

»Du nicht!« Inga zögerte, hoffte, dass sie nicht gemeint war und dass Tante Martina ihr Böse-Gesicht für jemand anderen aufgesetzt hatte. Jedoch schoss der Zeigefinger der Frau vor und schien sich selbst über den Abstand von mehreren Schritten in Ingas Brust bohren zu wollen. »Mitkommen!«

Unter neugierigen Blicken folgte Inga der Frau, während ihr Herz vor Angst wie wild schlug und ihr den Atem nahm. Tränen stiegen in ihr auf, und sie fragte sich, was sie erwartete. Sie wurde in einen Raum geführt, den sie bisher noch nicht gesehen hatte und der sie an das Büro der Direktorin an ihrer Schule erinnerte. Ein großer Schreibtisch stand mitten in der Mitte, und dahinter thronte mit ernstem Gesicht Frau Wengertz. Zwei von den großen Mädchen aus ihrem Zimmer, Ursula und Marianne, standen neben ihr und sahen Inga an.

»Hier ist sie«, sagte Tante Martina, und Frau Wengertz nickte.

»Danke, Fräulein Bentheim.« Sie sah Inga mit einem sehr

ernsten Gesicht an. So, wie sie geguckt hatte, als der Junge sich am ersten Tag in die Hose gemacht hatte und sie mit diesem Ernst und der gemeinen Stimme gesagt hatte, er sei ein Hosenpisser.

»Ursula und Marianne haben in eurem Schlafsaal beim Mittagsschlaf eine Beobachtung gemacht. Wollt ihr es selbst erzählen, Mädchen?«

Das Herz schlug Inga so heftig, dass in ihren Ohren ein Rauschen war, und sie sah die beiden Mädchen an, als könnte sie sie dazu bringen, einfach nicht zu sprechen. Ursula war ein Mädchen mit langem dunklem Haar, das Inga eigentlich mochte, weil es immer so ein liebes Gesicht machte und so freundlich war. Jetzt sah sie Inga an und wirkte überhaupt nicht mehr nett.

»Sie ist aufgestanden, als wir schlafen sollten, und war an ihrem Schrank.«

Nun sah Frau Wengertz Inga an. »Und was hast du da gemacht?«

Inga schluckte. »Ich habe ein Taschentuch gesucht«, brachte sie schließlich hervor.

»Wirklich?« Der Blick der Frau war in Ingas Gesicht gerichtet, unbewegt und kalt.

Inga nickte und spürte, wie ihre Unterlippe zitterte.

»Fräulein Bentheim«, sagte Frau Wengertz zu Tante Martina. »Vielleicht wollen Sie einmal zeigen, was Sie gefunden haben?«

Inga hörte das Knistern, und nun musste sie doch weinen.

»Sieh hin, Inga«, sagte Frau Wengertz. »Erkennst du, was das ist?«

Ihr Blick war verschwommen, und Inga blinzelte, erkannte die Tüte in der Hand von Tante Martina. Mamas Bonbons. Mit dem Ärmel wischte sich Inga über die Nase und schluchzte auf.

»Wir haben hier also nicht nur jemanden, der in der Schlafenszeit aufsteht, sondern auch jemanden, der Bonbons hortet, während alle anderen sie abgeben mussten, und darüber hinaus auch noch verlogen ist.« Frau Wengertz faltete die Hände. »Marianne, Ursula, ihr habt sehr gut aufgepasst. Inga, du gehst jetzt mit Tante Martina. Die anderen Kinder sollen darüber abstimmen, was deine Strafe ist.«

Schluchzend folgte Inga der Frau hinaus. Sie hatte so große Angst, dass sie vor Verzweiflung einfach nur aus dem Haus laufen wollte. Warum kam ihre Mama nicht, um sie hier raus zu holen? Wo war ihr Papa? Warum hatten sie sie an diesen furchtbaren Ort geschickt?

Tante Martina öffnete die Tür zum Spielzimmer, wo sich die anderen Kinder versammelt hatten. Sie klatschte in die Hände und rief: »Ruhe!« Alle verstummten und sahen zu ihr. »Inga hat Bonbons versteckt, während ihr alle eure abgeben musstet. Und dann hat sie die nicht einmal mit euch geteilt.«

Die Kinder sahen Inga an, und diese senkte den Blick, spürte, wie ihr Gesicht ganz heiß wurde, und wischte sich die Tränen ab, die stetig hervorquollen.

»Wer ist dafür, dass Inga im Raum der Besinnung über ihr Verhalten nachdenken kann?«

Tante Martina sah in die Runde. Nach und nach hoben sich die Hände, und alle schienen dafür zu sein, dass Inga bestraft wurde. Clara tat, was alle taten und hob ihre Hand, während sie angstvoll zu Tante Martina schaute. Mit wild klopfendem Herzen sah Inga zu Martha, die sie ansah und die Hand gesenkt hielt.

»Martha«, sagte Tante Martina in diesem Moment, »du bist dagegen? Wie würdest du sie denn bestrafen?«

Martha schwieg, eine steile Falte kroch zwischen ihre Augenbrauen.

»Lieber Schläge mit dem Rohrstock auf die Hände? Wie in der Schule?«

Noch immer gab Martha keine Antwort.

»Möchtest du es dir im Raum der Besinnung überlegen?«

»Nein!« Angst flackerte in Marthas Augen auf.

»Also? Wie soll deine Schwester bestraft werden? Die Mehrheit sagt Raum der Besinnung. Und was sagst du?«

»Rohrstock«, krächzte Martha schließlich, und Inga sah sie entsetzt an.

»Schwester Brigitte, Martha möchte vier Hiebe auf die Hände, weil sie versucht, die Gemeinschaft zu spalten. Und weil sie böse und hinterhältig ist, so tut, als wäre sie auf der Seite ihrer Schwester, während sie ihr gleichzeitig eine Bestrafung aussucht, um selbst einer zu entgehen.«

Martha fing an zu weinen, als Schwester Brigitte, die das Spektakel mit unbewegter Miene aus einer Ecke heraus verfolgt hatte, sie aus dem Raum führte. Sie schaute Inga nicht an, als sie an ihr vorbei ging, starrte nur auf ihre Füße, die alle paar Schritten ins Stolpern gerieten. Tante Martina drehte sich zu Inga um, die nun so viel Angst hatte, dass ihr der Herzschlag in den Ohren dröhnte. »Und du kommst jetzt mit, damit du über dein Benehmen nachdenkst.«

Vom Weinen bekam Inga Schluckauf, und als sie durch die Gänge liefen und Tante Martina eine Tür öffnete, die zu einer Treppe führte, die offenbar in den Keller führte, hatte Inga so viel Angst, dass sie nicht atmen konnte. Tante Martina knipste Licht an, und es sah dann nicht mehr ganz so gruselig und finster aus mit den hell erleuchteten weiß getünchten Wänden. Sie gingen die breite Holztreppe hinunter und kamen in einen großen Vorraum, in dem es nach Wäsche roch. Durch offene Türen sah Inga Waschmaschinen und fahrbare Gestelle mit Wäschekörben. Hinter einer verschlossenen Tür waren die gleichen Geräusche zu hören, die Inga von zu Hause aus dem Heizungskeller kannte.

Tante Martina blieb vor einer weißen Tür stehen und schloss sie auf. Dahinter war ein weißer Raum mit weißem Steinboden. In der Mitte stand ein Tisch mit einem Stuhl davor, ansonsten war der Raum leer. »So, hier kannst du dich hinsetzen und über dein Benehmen nachdenken.«

Inga zögerte, aber Tante Martina versetzte ihr einen Schubs, so dass sie in den Raum stolperte. »Hinsetzen, sagte ich!«

Ängstlich schlich Inga zu dem Stuhl, kletterte hinauf und legte die Hände auf den Tisch. Im nächsten Moment löschte Tante Martina das Licht und schloss die Tür.

»Tante Martina, Sie haben das Licht ausgemacht«, rief Inga entsetzt und stand vom Stuhl auf, um zur Tür zu laufen. Irgendwie stolperte sie dabei über ihre eigenen Füße und fiel der Länge nach hin. Sie krabbelte weiter vorwärts, klopfte an die Tür, an der oben ein Fenster geöffnet wurde, das Inga vorher nicht gesehen hatte. Licht drang vom Korridor aus hinein.

»Du sollst dich hinsetzen! Wenn ich hier noch einmal hineinschaue und merke, dass du nicht sitzt, bleibst du zwei Nächte hier.«

Schluchzend kam Inga wieder auf die Füße, ging zurück, und als die Klappe zufiel, sah sie überhaupt nichts mehr und tastete sich mit ausgestreckten Armen vorwärts. Ihr taten die Knie und die rechte Hand weh, wo sie auf den Steinboden aufgekommen war. Sie fand den Tisch erst, als sie beim Drehen mit der Schulter dagegen stieß. Nachdem sie auf den Stuhl geklettert war, saß sie da und starrte in die Dunkelheit, dann legte sie die Arme auf den Tisch und den Kopf darauf. Ihr Weinen verebbte, und sie hoffte, dass bald jemand kam und sie wieder hier raus ließ. Dann dachte sie an ihre Mama, die die Bonbons eingepackt hatte und den Geschmack nach zu Hause, und nun flossen die Tränen doch wieder. Sie hatte inzwischen eine ganz verstopfte Nase, und ihr brannten die Augen. Irgendwann hatte sie sich müde geweint, und sie senkte die Lider, spürte, wie sie schläfrig wurde.

Stimmen ließen sie aufschrecken, und verwirrt sah sie sich in der Finsternis um, während ihr das Herz vor Angst wie wild schlug. Schlaftrunken blinzelte sie, wusste im ersten Moment nicht, wo sie war. Dann fiel es ihr wieder ein, und sie bewegte den schmerzenden Nacken, und die Brust tat ihr da weh, wo sie an die Tischkante gedrückt gewesen war. Außerdem fror sie. Warum war sie immer noch in dem Keller?

»Hallo?«, rief sie in die Finsternis. Sie hatte doch gerade Stimmen gehört.

»Ich glaube«, sagte eine Frauenstimme, die etwas dumpf klang, »sie wurde da einfach vergessen, in diesem Keller.«

Inga sah sich um, wusste nicht, wer da sprach. Hier war doch außer ihr niemand? Oder doch?

»Am liebsten würde ich sie im Heizungskeller einsperren, dieses garstige Kind.«

Jemand lachte. »Wenn sie schläft, können wir sie ja wegtragen und in den Heizkessel stecken.«

Inga fing an zu weinen.

»Wir lassen sie einfach da unten, bis sie verhungert. Den Eltern sagen wir dann, sie wäre weggelaufen.«

»Oder wir stopfen sie mit Bonbons voll, bis sie erstickt.«

»Wenn sie schläft, tragen wir sie nach draußen und lassen sie im Wald liegen, dann stirbt sie. So ein böses Kind will sowieso niemand haben.«

»Wir können die Tür auflassen, dann läuft ihre kleine Schwester in den dunklen Wald und erfriert. Den Eltern sagen wir dann, Inga hat nicht aufgepasst.«

Weinend saß Inga da, sah sich um, ohne erkennen zu können, woher die Stimmen kamen. Sie wollte rufen, sagen, dass sie raus wollte, aber sie bekam vor Angst kein Wort heraus. Die Stimmen lachten, danach war Ruhe. In dem Keller war es sehr kalt, und Inga zitterte in ihrer Strickjacke, die sie über dem Pullover trug. Sie zog die Knie an und schlang die Arme darum, hoffte, dass sie nicht noch einmal einschlief und dann vielleicht getötet wurde. Immer wieder wischte sie sich die Nase am Ärmel ab, und sie konnte jetzt gar nicht mehr aufhören zu weinen. Ihr war, als säße sie bereits seit vielen Stunden hier.

Als der Schlüssel im Türschloss gedreht wurde, stieß sie vor Schreck einen Schrei aus. Würde man sie jetzt in den Heizkeller sperren? Oder dachte Tante Martina, sie würde schlafen und wollte sie wegtragen? Als die Tür geöffnet wurde, fiel Licht hinein, und Inga blinzelte geblendet, konnte die dunkle Gestalt im Türrahmen nicht erkennen. Dann wurde der Lichtschalter betätigt, und Inga kniff die Augen zu, konnte die Helligkeit nicht ertragen.

»So«, sagte Tante Martina mit übertriebener Heiterkeit in der Stimme. »Ich hoffe, du hattest Zeit zum Nachdenken?

Sieh mich an, wenn ich mit dir rede.« Schon war die gute Laune wieder dem üblichen Tonfall gewichen.

Blinzelnd öffnete Inga die Augen.

»Hast du gehört, dass ich dir eine Frage gestellt habe? Oder möchtest du noch länger hierbleiben? Hattest du genug Zeit zum Nachdenken?«

»Ja«, brachte Inga zittrig hervor.

»Wirst du dich benehmen in Zukunft?«

»Ja.« Ihr brach die Stimme.

Tante Martina machte einen Schritt auf sie zu und hob langsam den Zeigefinger. »Wenn du mit jemandem über den Raum der Besinnung sprichst, musst du wieder hinein, und dann bleibst du da drin, bis ihr wieder nach Hause fahrt. Die ganze Zeit, verstehst du?«

»Ja.«

»Gut, dann kannst du jetzt zum Abendessen gehen.«

Es war erst Zeit zum Abendessen? Inga dachte, es wäre bestimmt schon eine ganze Nacht vergangen. Oder war sie noch länger hier gewesen?

»Ist es ein neuer Tag?«, wagte sie, zu fragen.

»Nein, du dummes Kind, du warst zwei Stunden hier unten.«

Inga folgte Tante Martina hoch. Nachdem die Frau die Kellertür geschlossen hatte, sah sie Inga an, und ihr Gesicht verzog sich. »Du hast ja in die Hose gepinkelt.«

Inga sah an sich hinab. Ihr Rock hatte einen dunklen Fleck, und ihre Strumpfhose war nass und kalt. Sie hatte gar nicht gemerkt, dass sie in die Hose gemacht hatte. Tante Martina wandte sich abrupt ab, und in Inga rangen Scham und Angst vor einer erneuten Bestrafung. Sie wollte etwas sagen, aber die Worte steckten ihr in der Kehle fest.

»Komm«, befahl Tante Martina. Sie gingen die Treppe hoch bis zu den Waschräumen. »Zieh die Sachen aus.«

Wieder musste Inga weinen, als sie sich die Strickjacke von den Armen streifte und sich aus der nassen Strumpfhose schälte. Dann musste sie sich in die Dusche stellen, und Tante Martina drehte an einem der Knöpfe an der mattsilbernen Armatur. Im nächsten Moment traf sie ein eiskalter Wasserstrahl, und Inga schrie auf.

»Halt den Mund! Das überlegt man sich, ehe man die Hosen vollpisst. Umdrehen.«

Inga zitterte und schluchzte, musste sich immer wieder drehen, bis Tante Martina endlich fertig war und sie sich abtrocknen durfte. »Geh dich anziehen.«

Inga lief in ein Handtuch gewickelt in den Schlafsaal und zog sich an. Sie erwartete, dass sie ihre Sachen selbst waschen musste, das hatte sie mal bei einem Mädchen gesehen, das nachts ins Bett gemacht hatte, aber Tante Martina erschien nur in der Tür und sagte ihr, sie solle jetzt hinunter in den Speisesaal gehen.

Als Inga dort eintraf, war das Essen bereits ausgegeben worden, und die anderen Kinder sahen sie an, als sie rasch zu ihrem Platz ging und sich mit gesenktem Kopf neben Clara niederließ. Dann sah sie zu Martha, die den Löffel in die dicke Brühe tauchte, zu der es etwas zu hartes Brot gab. Ihre Schwester erwiderte den Blick.

»Du hast die Bonbons von Mama einfach für dich behalten.«

GEGENWART

Theresa sagte ihrer Mutter, dass sie noch ein paar Fotos suchte und Unterlagen für den Artikel, was diese mit einem Schulterzucken beantwortete. Dass ihre Mutter so müde und resigniert wirkte, machte Theresa zu schaffen, und sie würde demnächst in Ruhe mit ihr darüber sprechen müssen. Jetzt wollte sie erst einmal herausfinden, was damals passiert war. Sie hatte sich am Vortag mit Fenja getroffen und mit ihr über alles gesprochen.

»Von diesen Kurheimen habe ich gehört, da war ja einiges in der Presse. Ich glaube, meine Mutter war auch mal auf so einer Verschickung, weil sie nach einer Bronchitis nicht wieder so richtig gesund wurde, und sie sagte, es war überhaupt nicht schön in dem Heim. Das Essen wäre widerlich gewesen, und sie hätten Gewaltmärsche am Meer entlang machen müssen und hätten nur zu bestimmten Zeiten zur Toilette gedurft.«

Das klang alles entsetzlich, und Theresa fragte sich, wie viele Kinder seinerzeit verschickt worden waren. In der heutigen Zeit war es nur schwer vorstellbar, dass es Eltern gab, die Kinder ab einem Alter von zwei Jahren über Wochen fortgeschickt hatten. Aber über Jahrzehnte hinweg schien das nicht ungewöhnlich gewesen zu sein, dass Ärzte, die Abweichungen von der Norm feststellten, Kinderkuren verordneten. Theresa hatte im Internet recherchiert und war auf erschreckende Berichte gestoßen. Fotos hatten Kinder gezeigt, die in Kurheimen an Tischen saßen oder in Schlafsälen, gestellt und grimassenhaft lächelnd.

Als sie an diesem Tag im Wohnzimmer ihrer Mutter wieder auf die Suche ging, fing sie im Schrank an, wo Fotos und Unterlagen verwahrt wurden. Sie holte alles heraus, legte die Bilder, die sie bereits kannte, beiseite, um dafür die Fotokisten ein weiteres Mal durchzuschauen. Ein Bild hatte sie für eine Gruppenaufnahme aus der Schule gehalten und achtlos beiseitegelegt, aber nun, da sie wusste, wonach sie suchte, sah sie sich das Bild genauer an. Es war im Winter auf einer verschneiten Fläche vor einem Wald aufgenommen. Drei Frauen – zwei davon in Schwesterntracht – standen mit einer großen Schar Kinder dort, die alle in die Kamera lachten. Theresa entdeckte ihre Mutter neben Martha, während an ihrer Hand ein kleines Mädchen stand. Das Lächeln der Kinder war so breit, dass es alle Zähne zu zeigen schien. Fast schon ein Zähnefletschen, als sollten sie allesamt auf Kommando ein glückliches Gesicht machen. Aber vielleicht interpretierte sie, mit dem Wissen, das sie nun hatte, auch zu viel hinein.

Theresa legte das Bild beiseite und suchte weiter. Hier

war sonst nichts, aber in der anderen Kiste gab es ein Foto, das im Schlafsaal aufgenommen worden war. Keine Klassenfahrt, wie sie zunächst gedacht hatte. Auch hier waren alle drei Schwestern auf ihren Betten sitzend in der Kindermode der Sechzigerjahre abgebildet. Nachdenklich betrachtete Theresa das kleine Mädchen, das auf dem Bett neben Inga saß, dann suchte sie weiter, aber sonst gab es kein Foto aus dieser Zeit. Zumindest keines, das Theresa diesem Aufenthalt zuordnen konnte. Sicher waren diese Bilder gemacht worden, um den Eltern zu zeigen, wie glücklich die Kinder während des Aufenthaltes waren. Und solange Theresa nichts anderes hörte, war es ja durchaus möglich, dass dieses Kurheim eines der besseren gewesen und der Tod des kleinen Mädchens ein Unfall gewesen war. Jonas von Bergen hatte gesagt, dass sie momentan für alle Möglichkeiten offen sein sollten.

Als nächstes nahm sie sich die Unterlagen des Teehauses vor. Es war viel Formalkram darunter, Dokumente zum Haus, zum Geschäft, alles Mögliche, was zum Teil gar nicht mehr benötigt wurde. Das durchzugehen würde sicher dauern. Theresa stand auf, um sich noch einen Tee zu kochen, dann setzte sie sich mit der Tasse in der Hand hin und ging alles akribisch durch. Als sie gerade den nächsten Ordner zur Hand nahm, hatte sie endlich Erfolg. Eine Broschüre steckte daran, vergilbt und ein wenig wellig. *Waldesglück – Kinderkurheim im Teutoburger Wald.* Darunter war ein Bild, das sie bereits in Internet gesehen hatte – die hübsche

Villa idyllisch gelegen im Wald mit einer großen Rasenfläche davor.

Als sie die Broschüre aufschlug, erzählte der Text von einem Haus, in dem Kinder willkommen waren und wieder zu Kräften kamen. Sie hatten hervorragende Ärzte, und die Krankenschwestern und »Tanten« kümmerten sich um das Wohl der ihnen anvertrauten Kinder. Fotos zeigten einen Raum mit Spielsachen und einem gemauerten Kamin, in dem ein Feuer flackerte, was der Szenerie etwas Gemütliches gab. Ein weiteres war im Sommer aufgenommen, und Sonnenlicht fiel durch die weit geöffneten Verandatüren. Der abgebildete Schlafsaal war so, wie man sich einen Schlafsaal vorstellte mit Reihen ordentlich gemachter Betten. Außerdem gab es ein Foto von dem Speisesaal, in dem Kinder saßen, die alle in die Kamera lächelten. Ausführlich beschrieb der Werbetext, wie erfolgreich Kinder aufgepäppelt wurden. Auch der Arzt, Egon Fassberg, über den Jonas von Bergen recherchiert hatte, wurde lobend hervorgehoben, als Koryphäe im Bereich der Kinderheilkunde.

Theresa legte die Broschüre zur Seite und sah sich Arztberichte durch. Den Drees-Kindern wurde eine Kur nahegelegt, da die beiden Ältesten zu dünn und Martha zudem etwas schwach auf der Brust sei. Auch Clara zeige bereits Anzeichen davon, nicht ausreichend zuzunehmen. Allen dreien sollte eine Kur zugutekommen, während derer ihre Gesundheit gestärkt wurde und sie ausreichend aßen. Bewegung an der frischen Luft würde ihre Widerstandskräfte stärken. Ein weiteres Schreiben empfahl das Kurheim im Teutoburger Wald, wo die Kinder gesunde Waldluft atmen und in der schneebedeckten Landschaft einen wunderschönen Aufenthalt haben würden.

In dem Ordner war ein Umschlag, und Theresa zog daraus einen Brief in kindlich runder Schrift hervor, sowie ein Bild mit einem düsteren Haus, vor dem Menschen waren mit Strichmännchengesichtern und blutroten Mündern. Gänsehaut überlief sie. Das war gruselig. In dem Brief beschrieb Inga, was für einen schönen Aufenthalt sie hatten, und dass sie sich gut eingewöhnt hatten. An einer Stelle war die Schrift verschmiert, als sei ein Tropfen darauf zerplatzt. Eine der Betreuerinnen hatte auch noch einen kurzen Absatz hinzugefügt. Theresa steckte den Brief in den Umschlag zurück und wollte weitersuchen, als sie hörte, wie die Tür aufgeschlossen wurde. Rasch packte sie alles zurück und behielt nur die Broschüre und den Brief. Beides schob sie in ihre Handtasche und erhob sich, nachdem sie den Schrank geschlossen hatte.

»Du bist ja noch hier.« Ihre Mutter betrat das Wohnzimmer.

»Ja, ich hatte noch ein paar Sachen nachgeschaut. Ich denke, das wird ein schöner Artikel.«

»Das hoffe ich, nachdem es so viel Ärger damit im Vorfeld gab.«

Theresa wollte sagen, dass nicht sie es war, die den Ärger

ausgelöst hatte, unterließ es aber, denn ihr stand nicht der Sinn nach Streit, und so nickte sie nur und schaffte es sogar, zu lächeln.

»Möchtest du eine Tasse Tee?«, fragte Inga und erwiderte das Lächeln – wenngleich etwas angestrengt. »Ah, ich sehe, du hast schon welchen gekocht?«

»Ja, da ist noch was da, ich hatte nur eine Tasse.«

»Was für ein Tee ist es?«

»Ein Darjeeling Second Flush.«

»Wunderbar.« Ihre Mutter verschwand in der Küche und kam kurz darauf mit einer Tasse Tee zurück. Sie ließ sich auf dem Sofa nieder. »Setz dich doch.«

Zögernd ging Theresa zu ihr und sank neben ihr in das weiche Polster. Wieder fiel ihr auf, wie müde und resigniert ihre Mutter wirkte. »Wie geht es dir?«, fragte sie und sah ihre Mutter aufmerksam an. Zwischen ihnen hatte es nie leere Floskeln gegeben, und wenn sie sie nach ihrem Befinden fragte, dann, weil sie es wirklich wissen wollte.

»Nicht so gut«, gestand ihre Mutter. »Mir macht das alles ziemlich zu schaffen.«

»Der Artikel? Oder etwas anderes?«

Inga schwieg und sah an Theresa vorbei in den Garten. Über sich selbst und ihre Gefühle zu reden, war ihr nie leichtgefallen. Während sie ihrer Tochter immer zugewandt gewesen war und Theresa mit all ihren Stimmungen aufgefangen hatte, war sie selbst doch stets verschlossen gewesen. Theresa hatte das darauf geschoben, dass sie eben einer

Generation angehörte, bei der das einfach nicht so üblich war, die eigenen Emotionen zu thematisieren und darüber zu reden. Man machte die Dinge mit sich selbst aus. Aber was, wenn doch noch mehr dahinter steckte?

»Warum hast du mir nie von Clara erzählt?«, fragte Theresa unvermittelt. Das Thema musste zur Sprache kommen, und zwar, ehe sie mit Jonas von Bergen weiter in die Tiefe ging. Es wäre – und das wurde ihr in diesem Moment klar – ein Fehler, den Brief heimlich mitzunehmen. Was hatte sie sich dabei gedacht? Der Brief war für ihre Großeltern bestimmt gewesen, und sie steckte ihn ohne Wissen ihrer Mutter ein, um ihn Jonas von Bergen zu zeigen.

Inga sah weiterhin zum Fenster, schweigend, als hätte sie die Frage nicht gehört, doch Theresa bemerkte eine Starre in ihren Schultern und eine Träne, die ihr die Wange hinab rann. »Ich hatte befürchtet, dass dieser Moment eines Tages kommen würde«, sagte sie schließlich. »Und als du mit diesem Foto ankamst, war mir klar, dass ich es nicht schaffen würde, alles zu verdrängen und dieser Zeit keinen Platz mehr in meinem Leben einzuräumen.«

»Aber warum wolltest du deine Schwester denn mit allen Erinnerungen daraus verbannen?«

Ihre Mutter schloss die Augen. »Als hätte ich die Erinnerung an sie je verbannen können. Ich wollte sie nur nicht mehr sehen, weil es zu weh tat. Ich wollte nicht sie vergessen, sondern nur die letzten Wochen mit ihr.« Ein langes, zittriges Seufzen entrang sich ihrer Brust.

Theresa fragte nicht nach Details dazu, wie die Kleine gestorben war, sondern wartete, dass ihre Mutter es von sich aus erzählte.

»Wir wollten eigentlich gar nicht weg«, erzählte Inga. »Vor allem ich hatte Angst, so lange von meiner Familie getrennt zu sein, aber der Arzt hatte die Kur für uns empfohlen und gesagt, was für gute Erfolge sie damit erzielten. Kinder kamen gesund zurück, hatten zugenommen, waren robust und nicht mehr so anfällig für Krankheiten. Wir würden davon profitieren, hieß es. Diese schöne Landschaft, die frische Luft, dazu die Spiele und die Zeit mit den anderen Kindern. Meine Eltern waren davon überzeugt, das Richtige zu tun. Heute würde kein Mensch mehr einfach so seine Kinder über Wochen allein auf eine Kur schicken, noch dazu, wenn diese noch so klein sind. Clara war gerade erst vier Jahre alt.« Inga suchte nach einem Taschentuch und putzte sich die Nase. »Als es dann losging, fand Martha es doch spannend. Wir sind mit dem Bus gefahren, und da waren so viele andere Kinder. Es war ein wenig wie eine Fahrt in die Ferien oder eine Klassenreise.«

»Wie alt warst du?«, fragte Theresa, obwohl sie es sich bereits ausgerechnet hatte.

»Acht.« Die Stimme ihrer Mutter klang tonlos. »Die Fahrt dauerte sehr lange, und wir waren noch nicht angekommen, da zeigte sich bereits, wie grausam die Frauen waren, denen wir anvertraut worden waren. Clara war erschöpft und hat geweint. Sie hatte ihren Teddy dabei, und eine der Betreuerinnen hat gedroht, ihn aus dem Fenster zu werfen. Ich habe Clara schließlich beruhigt, und sie hat den Teddy zurückbekommen. Das kam mir damals schon unglaublich vor. Aber im Vergleich zu dem, was danach auf uns zukam …« Inga schüttelte kaum merklich den Kopf. »Warum ist es so wichtig für dich? Das sind doch alte Geschichten, die mit der Gegenwart nichts zu tun haben oder mit unserem Geschäft.«

Theresa ging das alles sehr nahe, die Vorstellung, wie ihre Mutter und Martha als Kinder mit der kleinen Schwester in dieser ihnen feindlich gesinnten Umgebung ankamen, in einem Haus, in das die Eltern sie in dem guten Glauben geschickt hatten, es würde ihnen dort gut gehen, und sie würden glücklich sein. Und am Ende kehrte das kleinste der Mädchen gar nicht mehr heim. »Es geht ja nicht ausschließlich um das Geschäft, sondern ich möchte dich auch gerne verstehen und wissen, warum du so reagiert hast, je weiter es in die Vergangenheit ging. Das habe ich einfach nicht verstanden.«

»Wie hast du das mit Clara herausbekommen? Also ihren Namen.« Ihre Mutter umklammerte ihre Teetasse, schien sich daran festzuhalten.

Theresa zuckte mit den Schultern. »Es war nicht schwer, als ich wusste, wonach ich suchen musste. Allerdings hat Jonas von Bergen es ebenfalls herausgekriegt, die Familie war ja sehr prominent in der Region. Er hatte einen alten Zeitungsartikel entdeckt, wo ihr als Familie irgendwo fotografiert worden seid. Es war dann gar nicht mehr so furchtbar schwer, mehr zu erfahren.«

Um Ingas Mund zuckte es, als kämpfe sie mit den Tränen. »Und was will er mit dieser Information? Was geht es ihn an?«

»Er war irritiert, weil es ein Kind gab, dessen Existenz in der Gegenwart komplett verschwiegen wurde.«

»Kinder sind damals durchaus auch früh gestorben, das ist doch nicht ungewöhnlich.« Theresa sah, wie Inga schluckte. Sie schien mit aller Kraft nicht weinen zu wollen. Es tat ihr weh, ihre Mutter so zu sehen, aber sie traute sich nicht, sie in den Arm zu nehmen.

Theresa gab sich Mühe, ihre Stimme sanft klingen zu lassen, doch ein kleiner Vorwurf ließ sich dennoch nicht verbergen. »Hättest du direkt gesagt, das sei deine früh verstorbene Schwester, hätte das vermutlich auch keine Fragen nach sich gezogen. Aber dass du komplett dichtgemacht hast, hat ihn irritiert. Und mich auch, ehrlich gesagt.«

Langsam stieß Inga den Atem aus. »Dann hat er jetzt ja was zu erzählen.«

»So ist er nicht, es geht ihm nicht um eine Sensation.« Na ja, das war vermutlich nicht ganz richtig. Allerdings schien er nicht darauf aus, die Geschichte negativ auszuschlachten.

»So ist er nicht?« In Ingas Augen blitzte ein kurzer Funken Belustigung auf, der sofort wieder vom Schmerz geschluckt wurde. »Kennst du ihn mittlerweile so gut?«

»Nein, aber Fenja kennt ihn. Und ich denke, ich kann ihn zumindest aus unseren Gesprächen gut einschätzen.« Theresa stand auf, holte die Teekanne und schenkte ihrer Mutter nach. »Mir ging es doch die ganze Zeit nicht darum, dir irgendwie zuzusetzen. Ich habe dich einfach nicht verstanden, und du hast ja auch nichts gesagt.«

»Weil ich mich an diese Zeit nicht erinnern möchte. Und weil ich nicht will, dass …« Sie verstummte und schüttelte den Kopf.

»Ist deine kleine Schwester dort gestorben? In diesem Heim?« Nun legte sie doch behutsam eine Hand auf das Bein ihrer Mutter.

Inga nickte kaum merklich. »Es war so furchtbar«, sagte sie leise. »Und niemand hat mir geglaubt, wie schlimm es war.«

•

»Es war die richtige Entscheidung, es ihr zu erzählen«, sagte Martha, als sie abends die Abrechnung für den Tag erstellte und alles in den Buchhaltungsordner heftete.

Inga saß auf dem Stuhl an dem zierlichen Tisch im Verkaufsraum und sah durch das Fenster in den sonnigen Abend. Vielleicht sollte sie einfach ein wenig spazieren gehen? Das hatte ihr immer schon geholfen, ihre Gedanken zu sammeln. Sie war so aufgewühlt, und so viele Bilder stürmten auf sie ein, rissen die mühsam errichtete Blockade nieder.

»Inga?«

»Hm?« Sie wandte sich um.

»Ich hatte dich gefragt, was Theresa dazu gesagt hat.«

»Nicht so viel. Ich glaube, sie musste da selbst erst einmal drüber nachdenken.« Inga sah Martha zu, wie diese die Papiere abheftete. Ginge es nach Theresa, würde all das digital passieren. »Sag mal, kannst du dich wirklich an nichts mehr erinnern von damals? Aus dieser Zeit in dem Heim?«

Martha erstarrte für einen so winzigen Moment, dass Inga schon glaubte, sie hätte es sich eingebildet. »Nein. Oder sagen wir lieber, an kaum etwas. Ich weiß noch, wie wir hingefahren sind. Und ich weiß, dass ich es furchtbar fand. Aber die Details kann ich nicht mehr abrufen. Was eigentlich seltsam ist, denn ich erinnere mich an Dinge, die davor oder danach passiert sind.«

Sie hatten nie so richtig über diese Zeit gesprochen, aber nun wollte Inga es doch wissen. »Erinnerst du dich noch an den Raum der Besinnung?«

Kurz schloss Martha die Augen. »Ich träume manchmal von einem dunklen Raum, in dem ich panische Angst habe. Ja, in gewisser Weise erinnere ich mich noch daran, aber ich muss sagen, dass mein Gedächtnis mich, was diese Zeit angeht, fast gänzlich im Stich lässt.«

Vielleicht war Inga die Einzige, die all das als so furchtbar empfunden hatte. Oder aber, Marthas Verstand hatte einen guten Schutzmechanismus entwickelt. Es gab mittlerweile einige Reportagen zu dem Thema der Kurverschi-

191

ckungen von Kindern, aber Inga hatte im Fernsehen immer direkt weggezappt und auch die Artikel im Internet nicht angeklickt. Nichts hatte sie darüber wissen wollen, gar nichts. Nachdem sie diese Zeit einigermaßen erfolgreich verdrängt hatte – wozu musste das alles aufgewärmt werden?

»Erinnerst du dich daran, wie sie gestorben ist?«, fragte Inga unvermittelt.

Martha sah auf, sog die Unterlippe zwischen die Zähne, wie sie es seit ihrer Kindheit tat, wenn sie auf etwas verstockt reagierte. Dann schüttelte sie den Kopf.

Es dauerte drei Tage, ehe Theresa wieder auf die Sache zu sprechen kam. Zwischenzeitlich hatte Inga schon geglaubt, mit diesem einen Gespräch im Wohnzimmer sei die Sache erledigt gewesen.

»Jonas von Bergen fragt, ob er mit dir über das Kurheim reden darf«, fragte sie, als sie Samstagmorgen zusammen in Ingas Wohnung frühstückten.

»Nein«, entgegnete Inga entschieden. »Das kommt überhaupt nicht infrage.« Mit diesem Fremden, dem sie ohnehin nicht so recht über den Weg traute, weil sie immer noch Sensationslust witterte, konnte sie nicht über derart private Dinge sprechen. Wenn es ihr schon Theresa gegenüber so schwer gefallen war – und die stand ihr näher als jeder andere Mensch auf der Welt.

»Es geht ihm nicht um dich, sondern er hat ein wenig über das Kurheim recherchiert. Heute ist es eine Art Rehazentrum für Menschen mit Lungenerkrankungen, es wurde in den Neunzigern zu einem Sanatorium.«

»Ach was?« In Ingas Vorstellung war dieser Ort immer noch derselbe wie damals – düster inmitten einer winterlichen Landschaft, in der das Tageslicht schon früh geschluckt wurde. Kalte Linoleumböden, Waschräume mit einer Reihe weißer Waschbecken und karge Schlafsäle mit vergitterten Fenstern. Ein Kinderknast.

»Was spricht denn für dich dagegen, wenn er dir ein paar Fragen dazu stellt?«

»Ich stehe nicht für irgendwelche Sensationsgeschichten zur Verfügung. Dir habe ich davon erzählt, weil ich fand, du solltest es wissen. Aber diesen Kerl geht das alles nichts an.«

»Denkst du nicht, was damals passiert ist, sollte ans Licht kommen? Die Misshandlungen? All das, was den Kindern angetan worden ist?«

»Wer interessiert sich denn dafür, was ich zu erzählen habe? Das hat doch schon früher niemand wissen wollen.« Inga nahm sich eine Scheibe dunkles Brot aus dem Korb und hatte unvermittelt die Bilder aus dem Speisesaal vor Augen, als sie an langen Tischen saßen und labbriges, saures Brot zu essen bekamen. Immer öfter kamen die Erinnerungen in den letzten Tagen. »Besonders schlimm war das Gefühl, mit diesen Erlebnissen allein zu sein.«

»Aber das warst du doch gar nicht.«

»Als Kind habe ich versucht, mit meinen Eltern darüber zu sprechen, aber sie waren zu sehr in Claras Tod gefangen und konnten – oder wollten – nicht glauben, welchen Menschen sie ihre Kinder ohne Not ausgeliefert hatten. Dass ich jetzt darüber spreche, ist das erste Mal seit meiner Kindheit.« Inga war es, als hätte sich eine Schleuse geöffnet, die nicht nur so viele üble Erinnerungen hochspülte, sondern auch all das in Worte kleidete und aus ihr hinausschwemmte. »Ich wollte es meinen Eltern erzählen, aber sie haben mich nicht gelassen. Hast du gestern noch in die Ordner geschaut?«

»Ja«, antwortete Theresa, »ich habe den Brief gesehen.«

»Es war nicht nur einer, ich habe noch zwei weitere geschrieben, aber es stand in allen mehr oder weniger dasselbe. Beim ersten Brief hat Martha ein Bild gemalt.«

»Das habe ich gesehen. Allein das hätte ich als Mutter vermutlich alarmierend gefunden.«

Das hätte Inga auch, sie hatte sogar die Karte, die Theresa von der Klassenfahrt geschrieben hatte, akribisch nach Hinweisen dafür durchsucht, dass etwas nicht stimmte. »Damals war das alles anders.«

»Es gab doch andere Kinder, mit denen ihr zusammen wart? Habt ihr dort nie darüber gesprochen?« Theresa musste an die Schule denken, wo sie sich fortwährend über alles ausgetauscht hatten, und auch Ungerechtigkeiten seitens der Lehrer untereinander in aller Breite besprochen wurden.

»Sie hatten so ein System dort … Die Gelegenheiten, Freundschaften zu schließen oder mit anderen Kindern vertrauter zu sein, ergab sich gar nicht. Nicht einmal aus meinem eigenen Schlafsaal wusste ich die Namen aller Mädchen. Wir haben einfach kaum miteinander interagiert, wenn wir nicht unbedingt mussten. Ich war voller Misstrauen anderen Kindern gegenüber, und ich denke, mir haben sie denselben Argwohn entgegengebracht. Niemand wollte bestraft werden, und so haben sich alle angstvoll weggeduckt, wenn es jemanden traf.«

Theresa nickte. Sie hatte sich auf dem Sessel zurückgelehnt und die Knie angezogen. »Wenn du das Gefühl hast, mit allem allein zu sein, dann sieh dir die Dokumentationen zu dem Thema an. Dort berichten viele Leute von ihrem Aufenthalt in Kurheimen wie diesem, und ich bin mir sicher, du erkennst dich selbst darin wieder. Vielleicht hilft es dir, zu sehen, dass du eben nicht mit alldem allein warst.«

Inga erschauderte unwillkürlich. Die Vorstellung, in die Vergangenheit einzutauchen, darüber zu lesen und sich den eigenen Erinnerungen zu stellen, diese vielleicht sogar mit anderen zu teilen, die Ähnliches erlebt hatten, war beängstigend. Aber könnte es auch erleichternd sein? Doch dann war da noch Clara, und egal, was die anderen erlebt hatten, es konnte gar nicht das gleiche sein wie die Last, die sie seit so vielen Jahren mit sich herumtrug. »Ich muss darüber nachdenken.«

•

»Momentan ist sie noch nicht bereit, mit Ihnen zu sprechen«, sagte Theresa, als sie sich mit Jonas von Bergen an ihren Tisch im Wohnzimmer setzte. »Sie muss das erst einmal vor sich selbst sortieren. Über sechzig Jahre hat sie geschwiegen – das ist alles nicht so einfach für sie.«

»Also gut.« Jonas von Bergen nickte und holte eine Mappe aus seiner Tasche. »Ehe wir loslegen, dachte ich mir, wir könnten mit diesem formellen Sie aufhören. Ich bin Jonas.« Er sah sie nun ganz unvermittelt an. Theresa spürte eine leicht Wärme im Bauch.

»Theresa.«

Sie lächelten, und es entstand ein kurzer Moment verlegener Stille, dann legte Jonas ein paar Zettel vor ihr ab, die er aus der Mappe genommen hatte. »Lies dir das in Ruhe durch und sag dann, ob du zufrieden bist.«

Mit einem fragenden Stirnrunzeln griff Theresa nach den Blättern, las, und ihre Augen weiteten sich vor Überraschung. Es war der Artikel über das Teehaus, feinfühlig und mitreißend geschrieben. Er begann mit der Aussteuertruhe ihrer Ugroßmutter, führte von dort aus zu den Reisen ihres Urgroßvaters auf den alten Handelsschiffen. Alte Sepiafotografien waren eingestreut, und der Artikel schlug einen brillanten erzählerischen Bogen in die Gegenwart, erzählte von den Herausforderungen des modernen Teehandels, von Nachhaltigkeit und fairem Handel.

»Also … Ich weiß nicht, was ich sagen soll. Wann haben Sie … hast du das geschrieben?«

»Ich habe nach unserem ersten Gespräch damit begonnen, in den letzten beiden Tagen die Rohfassung überarbeitet und gestern Abend den letzten Feinschliff gemacht.«

»Damit hatte ich gar nicht gerechnet.«

Jonas hob die Brauen. »Das war doch das Thema, mit dem ich beauftragt worden bin.«

»Ja, aber es wirkte, als interessiere es dich nicht, und nachdem die Sache mit der kleinen Schwester meiner Mutter dann aufkam, schien der Artikel über unser Teehaus eigentlich nur noch in dieser Hinsicht wichtig zu sein. Also, ich dachte mir schon, dass du ihn schreiben würdest, aber eher beiläufig als Pflichtübung, während dich in Wahrheit etwas anderes interessiert.«

»Du lieber Himmel«, scherzte er, »das ist ja nicht gerade ein Kompliment für mich.«

Theresa lachte. »Es tut mir leid.«

»Ich nehme meine Arbeit sehr ernst. Wenn ich ein Thema bearbeite, wird es gut. Und wenn mich dieses Thema zu etwas führt, das mein ernsthaftes Interesse weckt, dann wird dies wiederum brillant.«

An einem mangelnden Selbstbewusstsein litt er jedenfalls nicht.

»Der Artikel ist großartig. Ich bin wirklich glücklich damit.«

»Das höre ich gerne. Ist alles so, wie du es dir gewünscht hast?«

»Es übertrifft meine Erwartungen. Wirklich ganz wunderbar.«

»Dann kann ich ihn so in die Redaktion geben?«

»Ja, sehr gerne.«

»Gut, dann gebe ich dir Bescheid, in welcher Ausgabe er erscheint.« Er steckte die Mappe in seine Tasche. »Den Artikel können Sie … kannst du deiner Mutter und deiner Tante zeigen. Vielleicht zerstreut das ihren Argwohn gegen mich ein wenig.«

Dafür brauchte es vermutlich mehr als einen guten Artikel. Theresa stand auf und legte die Blätter auf die Anrichte. »Möchtest du noch einen Kaffee?«

»Wenn es keine Umstände macht?«

»Kommt sofort.« Sie nahm seine Tasse und ging in die Küche. Dass der Artikel fertig und so gut gelungen war, löste ein Hochgefühl in ihr aus, in das sich die Hoffnung mischte, mit dem Teehaus würde es nun bergauf gehen. Sie würde die Homepage wieder auf den neuesten Stand bringen, und als nächstes kam dann die Teestube, in der man sich gemütlich hinsetzen und Tee trinken konnte. Es musste einfach funktionieren, sie legte so viele Hoffnungen darauf.

»Wollen wir uns gemeinsam den Recherchen für das Verschickungsheim widmen?«, frage Jonas, als sie mit dem Kaffee ins Wohnzimmer zurückkehrte.

»Ja, ich möchte gerne daran beteiligt werden, immerhin habe ich jetzt persönliche Gründe dafür.« Sie strich sich eine Strähne hinter das Ohr, obwohl sie wusste, dass sie gleich wieder nach vorne rutschen würde. Jonas von Bergen registrierte die Bewegung und lächelte in sich hinein, als sei ihm das ebenfalls bereits klar. Ihre Blicke trafen sich, und Theresa verspürte wieder dieses leise kribbelige Gefühl im Bauch.

»Ich möchte zunächst einen Aufruf machen, dass sich ehemalige Verschickungskinder, die im Haus Waldesglück waren, bei mir melden. Vielleicht grenze ich den Zeitraum auch ein und sage, dass ich explizit nach Dezember 1964 suche, halte es aber auch für andere Jahrgänge offen. Es wäre gut, wenn ich zumindest eine Person hätte, die zeitgleich mit deiner Mutter dort war und ein wenig was aus ihrer Perspektive erzählen kann. Danach werde ich herumtelefonieren, vielleicht kann ich einen Termin vereinbaren, das Haus im Teutoburger Wald zu besuchen.« Er nahm einen Schluck Kaffee. »Vielleicht ist ja auch jemand vom Personal noch auffindbar. Viele dürften mittlerweile verstorben sein, aber wenn dort jemand gearbeitet hat, der noch jung war, könnte sich da vielleicht eine Möglichkeit ergeben.«

Theresa strich sich mit beiden Händen das Haar zurück, hielt es im Nacken fest, als wollte sie einen Zopf machen. Strähnen rutschten heraus und umspielten ihr Gesicht, dann ließ sie das Haar wieder los. »Meinst du, man kriegt die Namen der damaligen Mitarbeiter noch heraus?«

»Ja, da gibt es sicher Archive.«

»Es ist unfassbar, wenn man bedenkt, wie lange diese Heime agieren konnten. Ich habe einige Artikel dazu gelesen und eine sehr ausführliche zweiteilige Reportage geschaut in den letzten Tagen. Also dass Dinge wie die Prügelstrafe noch bis in die Sechziger in den Schulen praktiziert wurde, wusste ich, aber diese Art von gezielten Misshandlungen in Kurheimen, das war mir in dieser Art lange nicht bewusst gewesen.«

Jonas nickte ernst. »Da ist einfach viel verschwiegen worden, und den Kindern wurde damals nicht zugehört, oder man sagte ihnen, sie würden übertreiben. In diesen Heimen wurde vielfach die schwarze Pädagogik der NS-Zeit umgesetzt, die Leute waren ja zumindest in der Anfangszeit noch aus dieser Generation. Da hat kein Umdenken stattgefunden, kein kritisches Hinterfragen der alten Erziehungsideale. Und es blieb ja nicht nur bei völlig überzogenen Bestrafungen, sondern es gab sexuelle Gewalt, gewaltsame Übergriffe, und ich habe sogar von Medikamentenversuchen an den Kindern gelesen.«

Ob ihrer Mutter so etwas angetan worden war? Oder Martha? Der kleinen Schwester Clara? Theresa wollte sich das nicht vorstellen, es wäre zu schrecklich. Sie hatte die Berichte von Kindern, die ihr eigenes Erbrochenes essen mussten, ja schon unerträglich gefunden. Über Wochen ausgeliefert, ohne die Eltern zur Hilfe rufen zu können. »Hast du eigentlich Kinder?«, fragte sie unvermittelt.

Er wirkte überrascht. »Nein, ich bin auch nicht verheiratet, falls das die nächste Frage gewesen wäre.«

Sie lachte. »Nein, wäre es nicht. Es hat mich nur interessiert, weil dir das Thema so wichtig ist. Da dachte ich, es wäre vielleicht persönlich.«

Kurz stahl sich ein Lächeln auf sein Gesicht. Dann wurde seine Miene wieder ernst. »Nein, in diesem Fall nicht. Ich finde, es muss unbedingt darüber gesprochen werden, und je mehr aufgedeckt wird, desto besser. Ich habe zwar Kinder in der Verwandtschaft, Nichten und Neffen, aber das ist nicht der Grund. Mich hat Lehramt nie interessiert, aber Pädagogik fand ich im Grunde genommen sehr spannend, und ich habe mich mit der schwarzen Pädagogik befasst, wie sie beispielsweise in Johanna Haarers Werk als Erziehungsform propagiert wurde.« Jonas lachte trocken auf. »Es ist vortrefflich geeignet, aus einem Kind einen bindungsgestörten Erwachsenen zu machen. Da wir die Generation sind, deren Eltern vielfach mit dieser Philosophie erzogen wurden, betrifft uns die Aufarbeitung im Grunde genommen alle. Auch, um vieles einfach besser verstehen zu können.«

Theresa bemerkte, dass seine Tasse leer war. »Möchtest du noch einen Kaffee?«

»Dann schlafe ich heute Nacht vermutlich nicht.«

»Was Kaltes? Ich habe Eistee gemacht.«

Er wirkte skeptisch. »Vielleicht lieber ein Wasser?«

»Ich bringe dir beides. Ich weiß ja, du bist kein Tee-Liebhaber, aber meinen Eistee wirst du mögen, versprochen. Und er besteht auch nur aus Früchtetees und Kräutern.« Sie stand auf und ging in die Küche, nahm die Karaffe aus dem Kühlschrank und stellte sie mit zusammen mit zwei Gläsern auf ein Tablett. »Während meiner Ausbildung habe ich gekellnert«, sagte sie, als sie ins Wohnzimmer zurückkam. »Daher würde ich am Anfang den Service in unserem Teehaus selbst übernehmen.«

Jonas nickte anerkennend. »Ich bin dafür viel zu ungeschickt. Mein erster und einziger Versuch als Kellner während des Studiums endete damit, dass ich einem Gast die gesamte Ladung meines Tabletts in den Nacken gegossen habe.«

Theresa lachte hell auf. »Ich hoffe, es stand nicht allzu viel darauf?«

»Zwei Cola, ein Bier und ein Cocktail. War sehr unerquicklich für den armen Kerl.«

Wieder musste Theresa lachen. »Für dich vermutlich auch?«

»Oh ja, das kann ich dir sagen.« Er verzog kurz das Gesicht, lachte dann aber selbst. »Wann wirst du die Teestube in Angriff nehmen?«

»Möglichst bald. Martha stellt sich noch quer, aber ich denke, da meine Mutter in dieser Sache hinter mir steht, kann ich mich da vermutlich zeitnah drum kümmern. Auch um den Onlineshop, aber eins nach dem anderen.«

»Machst du die Onlinepräsenz selbst?«

»Ja, sonst wird mir das zu teuer.«

Er nippte an dem Eistee und nahm dann einen größeren Schluck. »Du hast recht, er ist wirklich gut. Wird zwar nicht mein Lieblingsgetränk, aber besser als erwartet.«

»Das kommt einem Kompliment schon sehr nahe.« Sie hob ihr eigenes Glas, und sie stießen miteinander an.

Nachdem er ausgetrunken hatte, packte er seine Sachen zusammen. »So unterhaltsam es ist, ich muss jetzt langsam los. Aber ich melde mich, sobald ich ein paar Informationen habe.«

»Und ich spreche noch einmal mit meiner Mutter.«

»So machen wir es.«

Sie brachte ihn zur Tür, und als sie sich von ihm verabschiedete, stellte sie fest, dass sie sich auf ein Wiedersehen mit ihm freute.

»Das hat sich ja in eine ganz andere Richtung entwickelt, als ich dachte«, sagte Fenja, als sie abends im Schneidersitz auf Theresas Sofa saß und in die Schüssel mit den Chips griff. »Wobei, dass der Artikel über dein Teehaus richtig gut werden würde, dachte ich mir schon. Wie gesagt, er versteht sein Handwerk. Diese andere Geschichte, auf die ihr da gestoßen seid, erscheint mir aber weitaus spannender.« Fenja schüttelte den Kopf. »Was für eine Last deine Mutter da mit sich herumgetragen hat.«

»Ja.« Nachdenklich zupfte Theresa an einem Faden, der sich am Saum ihrer bequemen Hose gelöst hatte. »Und ich weiß noch nicht einmal im Ansatz, was passiert ist. Was wurde ihr angetan, und wie ist ihre Schwester gestorben?«

»Hat der Totenschein nichts hergegeben?«

»Nein. Nur, dass sie an ihrem Erbrochenen erstickt ist.

Aber da der Arzt das Kurheim geleitet hat, heißt das ja nichts. Vielleicht hat er die Todesursache erfunden, sie kommt mir immerhin ziemlich unplausibel vor.« Theresa holte einmal tief Luft. Über Ersticken zu sprechen, löste in ihr das Bedürfnis nach Sauerstoff in den Lungen aus. »Sie war zwar noch klein, aber erstickt man einfach so am Erbrochenen? Wird ein Kind im Kindergartenalter nicht wach, wenn es sich erbricht?« Theresa hatte gelesen, dass selbst Babys den Kopf zur Seite drehten und das Erbrochene aus dem Mund laufen ließen.

Auch Fenja machte ein zweifelndes Gesicht. »Ja, das ist wirklich merkwürdig. Man müsste den genauen Ablauf kennen. Wurde sie bewusst getötet? War es ein Unfall? Oder hatte sie vielleicht einen unerkannten Herzfehler und ist im Schlaf gestorben? Wenn du die Wahrheit erfahren willst, musst du für alles offen sein.«

»Das hat Jonas auch gesagt.«

»Jonas?« Fenja hob eine Braue und grinste dann. »Das ging ja schnell.«

»Wir dachten uns nur, es ist ja blöd, sich zu siezen, wenn man zusammenarbeitet.«

»Klar.« Das Grinsen blieb, und Theresa musste nun auch lachen.

»Da ist sonst wirklich nicht. Auch, wenn er ziemlich gut aussieht, das muss ich zugeben.«

»Und er ist keiner, der ständig irgendwelche Eroberungen macht, sondern scheint beständig zu sein. Er war wohl jahrelang in einer Beziehung mit einer Ärztin, die für eine Fachzeitschrift geschrieben hat. Das ging vor einem Jahr in die Brüche. Warum, weiß ich allerdings nicht, so eng bin ich nicht mit ihm.«

»Aber dass er mit einer Ärztin zusammen war, weißt du immerhin.«

»Er hat sie hin und wieder auf Partys und Firmenfeiern mitgebracht. Eine ganz tolle Frau und fachlich sehr versiert. Herzspezialistin, wenn mich nicht alles täuscht. Beim letzten Sommerfest erschien er dann alleine und erzählte, sie hätten sich getrennt, seien aber noch Freunde. Auf jeden Fall ist er ungebunden.«

Theresa zuckte die Schultern. »Hat er mir schon erzählt.«

»Ach was?«

»Es kam beiläufig zur Sprache, also kein Grund für diesen zweideutigen Tonfall.« Sie warf ihrer Freundin einen tadelnden Blick zu. Diese blieb jedoch ganz vergnügt.

»Ich würde dir wirklich gönnen, nach der Pleite mit Lukas jemand neuen zu finden. Und wenn es nur eine aufregende Affäre ist. Ich könnte mir vorstellen, dass er gut im Bett ist.«

Theresa verdrehte die Augen, und Fenja hob begütigend die Hände. »Alles klar, keine weiteren Anspielungen.«

»Mir geht so vieles im Kopf herum, da ist für eine Affäre oder womöglich mehr als das momentan kein Platz.« Wenngleich ihr die Vorstellung, mal wieder guten Sex zu haben, durchaus zusagte. Aber sie war nie der Typ für eine unverbindliche Nummer gewesen.

Fenja löste sich aus dem Schneidersitz und verknotete ihre Beine nun in entgegengesetzter Anordnung. »Es war auch nicht gerade wenig in den letzten Monaten. Eigentlich wäre es an der Zeit für dich, auch mal zur Ruhe zu kommen.«

»Erst einmal muss ich das mit dem Teehaus auf die Reihe kriegen, vorher habe ich ohnehin keine Ruhe.«

»Ich bin gespannt, wie es jetzt durch den Artikel läuft. Wenn ihr mehr Kundschaft bekommt, die Teestube anläuft und der Onlineshop auf dem neuesten Stand ist, wirst du vermutlich deutlich mehr zu tun haben.«

Theresa seufzte. »Das hoffe ich sehr.«

»Nimm dir doch ein paar Tage frei, ehe du das mit der Teestube konkret in Angriff nimmst. Ich glaube, es täte dir gut.«

»Mal sehen«, antwortete Theresa unbestimmt und griff nach der Fernbedienung. Sie brauchte jetzt Ablenkung, wollte weder an das Teehaus denken noch an das Haus im Teutoburger Wald, wo ihrer Mutter und ihrer Tante so Schlimmes widerfahren war. »Willst du den Film aussuchen?«

1964

Clara hatte ins Bett gemacht, dabei war sie schon seit zwei Jahren trocken. Sie weinte, als sie morgens wach wurde.

»Mir ist kalt.«

»Komm.« Inga ging zu ihr und half ihr, voller Angst, dass eine der Tanten es bemerken könnte und Clara mit ihrer Matratze in den Flur stellte. »Wir ziehen dich schnell um. Martha, kannst du mal helfen?«

»Nein, die Pipihose ist eklig.«

Tante Martina betrat in genau dem Moment den Raum, als Inga Clara aus der nassen Schlafanzughose half. »Was ist das denn? Bist du eine Bettnässerin? Inga, zieh dich an, aber ein bisschen plötzlich. Schwester Juliane, kümmern Sie sich um das Kind.«

Mit einem freundlichen Lächeln nahm Schwester Juliane, die hinter Tante Martina durch die Tür getreten war, Clara an die Hand und führte sie aus dem Schlafsaal.

»Wenn du so versessen darauf bist, ihr zu helfen, zieh das Bett ab«, sagte Tante Martina zu Inga. »Und bring alles in den Waschraum.«

Inga hatte Schlimmeres erwartet und befürchtete, dass noch eine Strafe kam, weil sie hatte versuchen wollen, zu verbergen, dass Clara ins Bett gemacht hatte. Rasch zog sie das Bett ab, warf die Wäsche auf einen Haufen und zog sich dann schnell an. Danach packte sie den Haufen Bettwäsche und verließ damit den Schlafsaal. Schwester Juliane kam ihr mit Clara entgegen, und die Kleine weinte bitterlich.

»Kalt«, schluchzte sie. »Das Wasser war so kalt.« Sie war in ein Handtuch gewickelt und zitterte.

»Dann wollen wir dich jetzt mal schnell anziehen.« Schwester Julianes Stimme war unbeirrt sanft und freundlich.

Inga ging weiter und betrat den Korridor, wo ihr ein hochgewachsener blonder Junge entgegenkam, der gerade die Waschräume verließ. Sie erinnerte sich an ihn, es war der Junge, den sie im Bus gesehen hatte, weinend und in sich zusammengesunken. Jetzt grinste er höhnisch. »Hast du ins Bett gepisst?«, fragte er.

»Nein.«

»Hast du wohl. Du trägst doch dein Bettzeug. Hosenpisserin.«

Inga spürte, wie ihre Wangen heiß wurde, trat einen Schritt vor und drückte ihm das feuchte Bettzeug ins Gesicht.

»He, bist du dumm?« Er stieß sie zurück, so dass sie stolperte und hinfiel. Dann riss er ihr das Bettzeug aus den Händen und presste es auf ihr Gesicht. Sie atmete den Geruch nach Urin und bekam kaum Luft. Panisch wollte sie den Jungen wegdrücken, aber sie verfing sich in der Bettwäsche. Dann wurde der Druck unvermittelt von ihr genommen, und sie rappelte sich auf, sah, wie der Junge von Schwester Hannelore eine kräftige Ohrfeige bekam. Dann packte sie ihn am Ohr und zog daran, so dass der Junge das Gesicht verzog und vor Schmerz aufschrie.

»Was ist hier los? Warum greifst du das Mädchen an?«

»Sie hat angefangen.«

Inga schwieg und stand auf, raffte das Bettzeug wieder zusammen. »Ich soll die Sachen in den Wäscheraum bringen.«

»Dann mach das, aber ein bisschen plötzlich.« Schwester Hannelore zog den Jungen am Ohr mit sich, und Inga bekam ein schlechtes Gewissen, traute sich aber nicht, etwas zu sagen. Nachher wurde sie mitbestraft oder kam wieder in diesen furchtbaren Raum. Und das, wo sie ohnehin Angst hatte, dass sie bestraft wurde, weil sie Clara hatte helfen wollen.

Der Waschraum war im Keller, und während Inga die Treppe hinabging, fragte sie sich, ob sie dort unten eine der Tanten oder Schwestern packen und in den Raum der Besinnung stecken würde. Sie schluckte, während ihre Schritte immer langsamer wurden, und als sie am Waschraum ankam, war sie den Tränen nahe. Zwei Frauen in grauen Kittelschürzen, wie sie sie von ihrer Mutter an Putztagen kannte, standen im Raum, und eine von ihnen lächelte freundlich.

»Ah, bringst du die Wäsche selbst runter?« Sie hatte einen polnischen Akzent und nahm Inga die Laken ab. So recht traute Inga der Freundlichkeit nicht, aber sie lächelte schüchtern, dann wandte sie sich ab und lief schnell wieder nach oben. Sie hörte, dass die anderen sich bereits im Speisesaal einfanden, aber sie hatte sich noch nicht die Zähne geputzt. Was war schlimmer? Zu spät kommen, oder mit ungeputzten Zähnen am Tisch sitzen? Das fehlende Zähneputzen merkte vielleicht niemand. Oder stand Tante Martina oben, wartete auf sie und stellte fest, dass sie nicht kam? Nein, da war sie, im Speisesaal. Inga beschloss, es zu riskieren, und trat ein. Niemand nahm von ihr Notiz, und so huschte sie auf ihren Platz. Kurz darauf brachte Schwester Juliane Clara, die immer noch verheult wirkte. Unter den Augen hatte sie schwarze Schatten, und ihre Wangen waren rot gefleckt. Sie hatte wieder diesen matten Blick. Inga streichelte ihr über den Rücken, während Martha sie nur mit einem kurzen Blick streifte.

Es gab Haferbrei, der etwas zu lange gestanden hatte und daher klebrig und schwer zu schlucken war. Mama machte Haferbrei immer so, dass die Milch cremig wurde, und dazu gab es dann Kompott oder frisches Obst. Inga würgte den Brei mit lauwarmer Milch hinunter. Es gab eine zweite Portion, und Inga musste langsam essen, weil sie zweimal bereits Erbrochenes im Hals spürte, aber es immer wieder schlucken konnte. Sich nicht zu übergeben, kostete sie so viel Anstrengung, dass ihr die Tränen in die Augen stiegen.

Clara würgte hörbar und weinte, als Tante Martina zu ihr kam und ihr den Brei in den Mund löffelte. Irgendwann weigerte sie sich, den Mund zu öffnen.

»Dann bleibst du hier sitzen, bis du aufgegessen hast«, drohte Tante Martina. »Die anderen können sich aufstellen«, rief sie in die Runde.

Inga sah zu Clara, die ihr einen flehenden Blick zuwarf, aber sie stand trotzdem auf und schloss sich Martha an. Sie würde sonst ja doch nur Ärger bekommen. Als sie in der Reihe mit den anderen Kindern stand, gab es wieder den ekelhaften Lebertran, so wie jeden Morgen. Sie hielt sich die Nase zu beim Schlucken, danach musste sie mit einigen anderen Mädchen in ihrem Alter in den Raum mit den Badewannen, wo sie sich mit kaltem Wasser abhärten mussten. Inga hasste es so sehr, aber es gab keinen Ausweg, sie musste in die Wanne steigen. Niemand würde kommen und ihr helfen. Der Gedanke trieb ihr wieder die Tränen in die Augen, und sie blinzelte, während sie sich mit einem Waschlappen einrieb und so fror wie noch nie in ihrem Leben.

Danach durften sie sich in ihre Handtücher wickeln und anziehen. Als sie sich den Pullover überzog und die wollenen Socken, wurde ihr sehr warm, und sie fühlte sich etwas besser. An diesem Tag bekamen sie danach im Speisesaal sogar einen heißen Kakao, ehe sie ins Spielzimmer durften. Ingas Unruhe in Erwartung einer Bestrafung für ihr eigenmächtiges Handeln am Morgen war gewichen, und sie hatte keine Angst mehr, dafür Ärger zu bekommen.

Sie ging mit den Kindern ins Spielzimmer, wo Clara in einer Ecke saß und mit bunten Holzklötzen baute. Martha war nicht hier, sie war jetzt dran mit Wiegen und Kuren. Inga ging zur Bücherecke und setzte sich mit einem Lone-Buch, das sie noch nicht kannte, auf ein Sitzkissen, um zu lesen. *Lone in Italien* hieß der Roman, und kurz darauf war Inga vertieft in die Handlung um das Mädchen aus Dänemark.

Als sie bemerkte, dass jemand zu ihr kam und direkt neben ihr stehen blieb, blickte sie auf und sah den Jungen, mit dem sie morgens aneinandergeraten war.

»Ich hab richtig schlimm Dresche gekriegt«, sagte er. »Das kriegst du noch zurück.«

Ingas Herz klopfte schneller. »Du hast doch angefangen.« Sie sprach laut, um sich ihre Angst nicht anmerken zu lassen.

Er drehte sich um und ging weg, und Inga widmete sich wieder ihrem Buch. Mittags mussten sie sich aufstellen, dann ging es hoch zu den Waschräumen, wo sie auf die Toilette gingen und sich danach die Hände wuschen, um zum Mittagessen zu gehen. Wieder gab es Milchsuppe mit zu weichen Nudeln. Es schmeckte ekelhaft, aber wenigstens dieses Mal nicht sauer. Inga schlang alles runter, ohne zu kauen, um schnell fertig zu werden. Sie bekam den üblichen Nachschlag, und dafür brauchte sie etwas länger. Clara erbrach sich, wie fast jeden Mittag, und wie immer musste sie das Erbrochene wieder essen, was unter lautem

Weinen und Würgen geschah. Als der Gong angeschlagen wurde und alle aufstanden, mussten die Kinder, die nicht aufgegessen hatten, sitzen bleiben. Für den Tag hatten die Tanten sich was Neues ausgedacht und banden die Kinder an ihren Stühlen fest.

Die Übrigen sollten sich umkleiden, um in den Garten zu gehen. Endlich im Schnee spielen. Inga hörte, dass Clara sie rief und dabei hustete, aber sie traute sich nicht, zu ihr zu gehen. Ihre Schwester tat ihr so leid, und auf dem Weg in den Schlafsaal weinte sie ein bisschen.

»Was heulst du denn?«, fragte Greta.

Inga wischte sich rasch mit dem Ärmel über das Gesicht. »Tu ich doch gar nicht.«

Sie zog sich ihren warmen Mantel an, schlüpfte in die dicken Stiefel und band sich den Schal um. Fast hätte sie die Fäustlinge vergessen. Tante Martina scheuchte sie aus dem Schlafsaal und sagte, wer herumtrödele, müsse drin bleiben und den ganzen Nachmittag die Hausregeln abschreiben. Inga lief schneller, damit sie nicht das Schlusslicht bildete. Sie verließen das weitläufige Haus und wurden über den Hof in den Garten geführt. Hier konnten sie spielen und toben, so viel sie wollten. Inga kletterte die Rutsche hoch und fragte sich, warum es nicht immer so sein konnte. Es wäre so schön, wenn sie einfach nur spielen und Spaß haben könnten.

Inga rutschte ein paarmal, ging dann zur Schaukel und lief schließlich zum Sandkasten, um eine Schneeburg zu bauen. Die Burg wurde viel schöner als die Sandburgen, die sie immer am Strand baute. Sie rieb die Seiten mit ihren behandschuhten Händen glatt und höhlte sie mit einem Stock aus, um Fenster zu machen. Gerade machte sie sich an den Anbau, als jemand angelaufen kam und mitten hineinsprang. Entsetzt sah Inga, wie der dunkel gelockte Junge, den sie vor ein paar Tagen vor seiner Matratze auf dem Flur gesehen hatte, mit seinen Stiefeln alles zertrampelte, und als sie aufsprang und sich auf ihn stürzen wollte, lief er davon. Sie rannte hinter ihm her, als er hinter einem Gebüsch verschwand, wo andere Kinder spielten. Im nächsten Moment stürzten sich zwei Jungen auf sie und warfen sie zu Boden. Sie erkannte den blonden Jungen wieder, mit dem sie morgens aneinandergeraten war.

»Ich hab doch gesagt, dafür kriegst du Dresche.« Sie warfen sie auf den Boden, zwei hielten sie fest, während der dritte ihr Schnee ins Gesicht rieb. Sie kreischte, und der Schnee füllte ihren Mund, gab ihr das Gefühl zu ersticken. Panische Angst stieg in ihr auf, und sie versuchte, um sich zu schlagen. Dann riss jemand den Jungen zurück, und augenblicklich ließen alle sie los. Hustend und würgend kam Inga auf die Knie, spürte Tränen heiß über ihre kalten Wangen laufen. Jemand umfasste ihren Arm, jedoch nicht grob, und half ihr auf.

»Geht es?« Es war Schwester Brigitte, nicht so unfreundlich wie sonst, aber auch nicht nett.

»Ja.« Sie schluchzte.

Tante Anette hielt den Jungen fest und schüttelte ihn. »Mats! Hast du den Verstand verloren?«

»Sie hat angefangen. Erst hat sie mich morgens in Schwierigkeiten gebracht, und dann hat sie ohne Grund Hannes verfolgt.«

Der Junge, der ihre Burg zerstört hatte, nickte heftig.

»Ja, das stimmt«, rief Ursula. »Sie ist hinter ihm hergerannt.«

Inga schaute fassungslos zwischen den Kindern hin und her. »Ich wollte nur wissen, warum er meine Burg zertreten hat.«

»Hab ich gar nicht.«

»Hast du wohl!«, schrie Inga.

»Ruhe!« Tante Martinas Stimme war zu hören, und augenblicklich erstarrte Inga.

»Sie ist dir also hinterhergerannt? Hat sie dir wehgetan dabei?«

»Nein, aber hätte sie.«

»Hast du sie vorher geärgert?«

»Nein!«

»Wohl!«, rief jetzt ein anderes Mädchen. Es war Luise. »Ich hab das gesehen.«

»So, ihr kommt jetzt mit.« Tante Martina winkte die drei Jungs mit einem Zeigefinger heran. Diese Bewegung erinnerte Inga an eine Hexe, und sie erschauderte.

Augenblicklich wirkte Hannes, als würde er in Tränen ausbrechen, und Mats, der ihr den Schnee ins Gesicht gedrückt hatte, fing tatsächlich an zu weinen, tiefe, verzweifelte Schluchzer. Sie folgten Tante Martina durch den Garten, und Inga stieß die Luft aus. Dann bemerkte sie die Blicke der Umstehenden, einige feindselig, andere ausweichend. Sie hatte sich noch nie so allein gefühlt, wie an diesem Ort. Weil sie unbedingt jemand Vertrauten um sich brauchte, lief sie zu Martha, die derzeit so kratzbürstig war wie noch nie zuvor. Sie saß auf der Schaukel und schien auch nicht gewillt, diese zu verlassen. Schließlich wandte sich Inga ab und ging zum Sandkasten, um erneut eine Burg zu bauen. Damit war sie beschäftigt, bis sie reingerufen wurden.

Es gab nachmittags heiße Schokolade und Kuchen, der zwar etwas pappig war, aber ansonsten schmeckte. Dieses Mal hatte Inga auch nichts dagegen, ein weiteres Stück zu essen. Etwas eklig war die Haut, die sich auf dem Kakao gebildet hatte, aber die schob sie mit einem Löffel an die Seite. Ihre Schwestern aßen ebenfalls alles auf, und als sie sich vom Tisch erhoben, kam Clara zu ihr, legte ihre Hand in Ingas und schmiegte sich an sie. Sie wirkte müde und schlapp, die Augen glänzend, als stünden Tränen darin. Inga legte ihr die Hand an die Stirn, wie ihre Mutter das immer bei ihnen machte. Claras Haut war kühl und etwas feucht, als schwitze sie.

Sie gingen ins Spielzimmer, wo sich Inga mit ihr in der Puppenecke niederließ, obwohl sie eigentlich nicht mehr so gerne mit Puppen spielte. Aber sie hatte das Bedürfnis, in Claras Nähe zu bleiben. Inmitten dieser unfreundlichen

Umgebung brauchte sie Vertrautheit. Wie lange waren sie jetzt denn schon hier? Sie wusste es einfach nicht mehr, die Tage gingen ineinander über. War vielleicht bald schon Zeit abzureisen? Es kam ihr so furchtbar lange vor, seit sie ihre Eltern zuletzt gesehen hatte, und sie vermisste sie so sehr, dass ihr das Herz schneller schlug und es sich ganz tief drin in ihr anfühlte, als wollten Tränen hinaus. Anfangs hatte Clara nach ihrer Mutter gerufen, wenn die Tanten sie so garstig behandelten, aber inzwischen weinte sie nur noch. Manchmal rannen ihr auch einfach nur noch stumm die Tränen die Wangen hinab.

Schwester Juliane saß auf einem Stuhl, hatte einen Korb bunte Wolle neben sich und flocht etwas. Neugierig stand Inga auf und ging zu ihr, sah sie schüchtern an und traute sich schließlich, zu fragen: »Was sind das für Bänder?« Sie sahen hübsch aus, ungefähr so breit wie ihr Finger und mit bunten Mustern.

Schwester Juliane lächelte. »Armbänder. Möchtest du eins?«

Aus großen Augen sah Inga sie an, wollte antworten, argwöhnte dann jedoch, dies könne eine Falle sein, und wenn sie so frech wäre, eines der Bänder zu fordern, würde man sie bestrafen.

»Hier schau mal, die habe ich schon fertig.« Schwester Juliane hielt ihr fünf hin, und Inga nahm dann doch ein rotes mit einem Zackenmuster in bunten Farben. Das war hübsch und sah nach Sommer aus.

»Möchtest du auch eins für deine kleinen Schwestern?«
Schwester Juliane nickte zu Clara, die gerade eine Puppe
anzog, und Inga nahm ein dunkelblaues mit kleinen gelben
Punkten, das aussah wie ein Sternenhimmel, und ein buntes für Martha. »Danke«, sagte sie.

Nun waren auch andere Kinder aufmerksam geworden
und kamen zu ihnen. Inga ging zurück zu Clara, setzte sich
neben sie und nahm ihr Ärmchen, um ihr das Band darum
zu legen. Es war so gemacht, dass man es einfach zuziehen
konnte. Clara sah es an, streckte ihren Arm aus, um es genau
zu betraten. Ein kurzes Lächeln flog über ihr Gesicht, bevor
sie sich wieder dem Spiel widmete. Dann ging Inga zu Martha, reichte ihr das Armband, aber die warf es nur zur Seite.

»Ich will das blöde Band nicht.«

Inga verletzte die Abfuhr, und sie streckte Martha die
Zunge raus. Sie würde ihr nie wieder was mitbringen, das
hatte Martha jetzt davon, dass sie so gemein war die ganze
Zeit. Den blonden Jungen, Mats, der sie im Garten ge-
peinigt hatten, sah sie an diesem Tag nicht mehr wieder,
und sie fragte sich, was für eine Strafe er bekommen hatte.
Den Raum der Besinnung? Das geschah ihm recht! Sie
dachte daran, wie sie ihm morgens die Wäsche ins Gesicht
gedrückt hatte, und ein kleiner Stich des Unbehagens erfasste sie, als sie sich zum Abendessen setzte, bei dem Hannes wieder zugegen war. Was, wenn Tante Martina Mats
glaubte, und sie, Inga, nun an seiner Stelle bestraft wurde?
Weil sie die Schuld an allem trug?

Während sie sich auf ihren Stuhl setzte, wurde ihr plötzlich ganz heiß vor Angst, und in ihrem Bauch setzte ein Grummeln ein. Sie hatte überhaupt keinen Hunger, und der Anblick von klumpigem Milchreis löste Übelkeit in ihr aus. Bisher hatte sie ihr Essen immer bei sich behalten, aber an diesem Tag konnte sie einfach nicht. Als sie längst satt war und den nächsten Löffel in den Mund schieben musste, würgte sie heftig, und dann erbrach sie sich auf den Teller. Ihre Kehle schmerzte, seitdem sie im Garten so schrecklich hatte würgen müssen, und nun brannte sie so schlimm, dass ihr die Tränen kamen. Sie trank lauwarme Milch, um den Geschmack aus dem Mund zu bekommen, aber es wurde dadurch eher schlimmer, und auch die Milch schien nach Erbrochenem zu schmecken.

»Aufessen!«, hörte sie nun auch schon Tante Martinas schneidende Stimme. Inga starrte auf das schleimige Erbrochene, und sie fing an zu weinen.

»Das kann ich nicht.«

»Ich sagte, aufessen!«

Inga weinte und sah auf die Schüssel, während um sie herum alle aßen, die Blicke nach unten gerichtet und tunlichst vermeidend, sie anzusehen. Mit dem Handrücken wischte sie sich die Tränen aus dem Gesicht und beugte sich dann vor, schob mit dem Löffel das Erbrochene weg und sah darunter den Milchreis. Ihr wurde wieder schlecht, und sie würgte.

»Du stehst nicht auf, ehe die Schüssel leer ist«, hörte sie

Tante Martinas Böse-Stimme hinter sich. Hilfesuchend sah sie zu Schwester Juliane, die sich gerade um Kinder am anderen Tisch kümmerte und dabei lächelte. Dann spürte sie einen heftigen Zug am Kopf, als Tante Martina ihren Zopf ergriff.

»Au!«, rief sie. Sie wollte sich umdrehen, konnte es aber nicht, weil Tante Martina sie festhielt und im nächstem Moment an den Stuhl band.

»Du bleibst hier, bis du aufgegessen hast. Und ich rate dir, das jetzt zu tun. Oder möchtest du im Raum der Besinnung essen?«

Wieder weinte Inga, aber niemand beachtete sie. Nur das Mädchen mit dem Topfschnitt sah kurz hoch und wandte dann schnell den Blick ab. Schließlich tauchte Inga den Löffel in die widerliche Masse und führte ihn zum Mund.

GEGENWART

»Ich habe eine Liste der Personen, die in der Zeit, als deine Mutter in dem Kurheim war, dort gearbeitet haben«, begrüßte Jonas sie, als Theresa ihm die Tür öffnete. Sie waren übereingekommen, sich wieder in ihrer Wohnung zu treffen. Das war zwangloser als in einem Café und gemütlicher als am Schreibtisch im Arbeitszimmer des Teehauses. Außerdem hatten sie an Theresas Esstisch mehr Platz.

»Nicht schlecht. Ich bin mal gespannt, wie viele von denen überhaupt noch leben und ob wir die Adressen herausbekommen.« Theresa ging voraus ins Wohnzimmer, Jonas folgte ihr.

»Das werden wir dann sehen. Erst einmal sollten wir herausbekommen, mit wem deine Mutter meistens zu tun hatte. Wir können auch deine Tante fragen.«

»Fragen wir erst einmal meine Mutter«, entgegnete Theresa.

Jonas ließ sich auf einem der Stühle nieder und stellte seine Tasche neben sich auf den Boden. »Denkst du, sie kann sich noch daran erinnern? Sie war ja noch sehr klein, und ob man da an noch jeden Namen weiß, so viele Jahre später?«

»Das wird sie uns dann ja sagen.« Theresa stellte eine Tasse Kaffee vor ihm ab.

»Ich bin entzückt von diesem Service.«

»Bilde dir keine Schwachheiten ein.« Sie schenkte ihm ein übermütiges Grinsen. »Ich will dich nur bei Laune halten, damit du keinen Unsinn über uns schreibst.« Er hob die Brauen, und sie lachte, ehe sie mit einer Tasse Tee ihm gegenüber Platz nahm. »War nur ein Spaß.«

»Mit einem Fünkchen Wahrheit.«

Schnell nahm Theresa einen Schluck aus ihrer Tasse und beschäftige sich dann damit, sie wieder ordentlich auf ihrem Unterteller zu platzieren. »Hm, ja, vielleicht. Letzten Endes ist man ja doch irgendwie ausgeliefert, wenn man so viel von sich einem praktisch Fremden anvertraut.«

»Da magst du recht haben.« Auch er stellte seine Tasse ab, lehnte sich zurück und schlug ein Bein über das andere. »Aber das Persönlichste war ja im Grunde genommen die Geschichte über das Teehaus, und wie du siehst, habe ich hervorragende Arbeit geleistet.«

»Wie wir mittlerweile wissen, ist Bescheidenheit keine deiner herausstechenden Eigenschaften«, scherzte sie.

»Oh, ich bin sehr bescheiden. Ich stelle nur mein Licht nicht unter einen Scheffel.«

»Wir haben schon gute Resonanz von einigen Kundinnen erhalten. Ich bin gespannt, ob uns der Artikel bekannter macht und mehr Leute dazu animiert, in den Laden zu kommen.« Sonnenlicht tastete sich in den Raum und ließ den antik anmutenden Goldrand am Geschirr funkeln.

»Das wird sich zeigen. Wenn der Artikel über das Kurheim herauskommt, wird das möglicherweise auch eure Bekanntheit steigern.«

»Aber das ist nicht der Grund, warum ich dir helfe. In dem Fall möchte ich wissen, was damals passiert ist. Und wenn es wirklich so ist, dass jemand dort die Schuld am Tod meiner Tante trug, dann muss das öffentlich werden. Solche Kurheime haben so viel Schaden an Kinderseelen angerichtet, und offenbar leidet meine Mutter seit vielen Jahren daran. Daher auch ihre Reaktion darauf, dass du in der Vergangenheit herumwühlst. Sie scheint vor etwas Angst zu haben, vielleicht ist irgendetwas dort vorgefallen, an dem sie die Schuld zu tragen glaubt.«

Ein lauer Wind blähte den Vorhang vor dem Fenster und trug den Duft von Jasminblüten in den Raum. Ihre Mutter bekam immer Kopfschmerzen davon und mochte ihn nicht so besonders, während Martha ihn liebte. Theresa kannte sie nur in ständigem Gegensatz, und sie fragte sich, ob das schon immer so gewesen war oder ob ein gemeinsames Trauma diese Charakterzüge so unterschiedlich ausgebildet hatte.

Jonas beugte sich zu seiner Tasche hinunter und zog eine Mappe heraus, der er einen Zettel entnahm. »Du hast gesagt, deine Mutter sei noch nicht so weit, mit mir zu sprechen. Soll ich dir die Liste mitgeben, und du sprichst mit ihr und fragst, ob sie sich an jemanden erinnert?«

Theresa griff nach dem Blatt. Es war die Kopie einer mit Schreibmaschine getippten Angestelltenliste.

Der Journalist ließ die Mappe wieder in die Tasche gleiten. »Ich habe herumtelefoniert, und die Einrichtung, die damals Träger des Kurheimes war, konnte mir weiterhelfen. Die Leute waren sehr aufgeschlossen und auch daran interessiert, an meiner Arbeit mitzuwirken.«

»Ist das generell so?«

»Das ist unterschiedlich. Einige arbeiten aktiv mit, weil sie auch an einer Aufarbeitung interessiert sind, andere blocken ab, weil sie keine negative Presse wollen.«

Theresa las sich die Namensliste durch.

Anita Wengertz *(Leitung)*

Juliane Breisig *(Krankenschwester)*

Katja Brack *(Krankenschwester)*

Martina Bentheim *(Erzieherin)*

Brigitte Wagner *(Krankenschwester)*

Anette Groß *(Erzieherin)*

Hannelore Meyer *(Krankenschwester)*

Sabine Welk *(Krankenschwester)*

Daneben war eine Liste mit Ärzten, von denen nur ein Name ihr etwas sagte – Dr. Egon Fassberg, jener Arzt, der den Totenschein unterzeichnet hatte.

»Es gab noch eine weitere Liste mit dem Personal, das sich um Dinge wie Wäsche, Putzen und Kochen gekümmert hat, aber ich denke, diese Leute sind für uns nicht relevant. Die Ärzte waren zum Teil damals schon etwas betagter, von denen lebt vermutlich keiner mehr. Ob sie mit mir gesprochen hätten, ist ohnehin fraglich, wenn man sich ansieht, in welcher Zeit sie ihre Approbation erlangt haben.« Jonas scrollte auf seinem Handy und zeigte ihr eine Auflistung von Recherchequellen. »Das waren allesamt Ärzte aus der NS-Zeit, die ihre Ideologie wahrscheinlich in die Nachkriegszeit getragen haben. Wenn man sich mal so ansieht, wie viele Ärzte damals vor Gericht standen und danach unbehelligt praktizieren konnten, ist das schon gut vorstellbar, wie es in diesen Heimen zuging. Dazu die Erzieherinnen und Krankenschwestern, die eine in der NS-Zeit geprägte schwarze Pädagogik praktiziert haben.«

»Aber irgendwann kam doch ein Wandel in der Erziehung«, antwortete Theresa. Sie selbst war sehr wohlbehütet und ohne jegliche Gewalt oder Strafen aufgewachsen. Natürlich wusste sie, dass es in ihrer Elterngeneration an vielen Stellen noch strenger zugegangen war.

Jonas' Stimme riss sie aus ihren Gedanken: »Überleg mal, wie lange die Prügelstrafe noch regulär in Schulen erlaubt war. Mitte der Fünfziger wurde ihnen vom Bundesgerichtshof ein generelles Gewohnheitsrecht zum Prügeln zugesprochen, was *maßvolle* Schläge auf die Hände oder das

Hinterteil erlaubte. Oder überleg mal, wann es verboten worden ist, dass Eltern ihre Kinder schlagen. Ein Ratgeber aus den Fünfzigern pries die heilsame Wirkung des hölzernen Kleiderbügels, aus dem vorher der Metallhaken herausgedreht wurde. Das Züchtigungsrecht war übrigens früher nur den Vätern erlaubt. Im Zuge der Gleichberechtigung wurde 1958 dann aber ein Gesetz erlassen, das auch Müttern erlaubte, ihre Kinder zu verprügeln.«

Theresa war verblüfft. Ein paar Eckdaten hatte sie auch gekannt, aber nicht in dieser Detailliertheit. »Woher weißt du das alles?«

»Ich habe mich mit dem Thema beschäftigt, als ich zu den Kurheimen recherchiert habe. Einiges weiß ich noch aus der Zeit, als ich mal eine Reportage über Kinderrechte geschrieben habe. Du kennst doch den Spruch: Eine Tracht Prügel hat noch niemandem geschadet. Genutzt werden durfte dafür alles, was einigermaßen geeignet erschien, sei es der Kochlöffel oder der Teppichklopfer. Backpfeife, Kopfnüsse – die Eltern waren da frei in der Wahl ihrer Mittel.« Er klopfte mit seinem Kaffeelöffel auf den Tisch, als wollte er seine Worte verdeutlichen. »1972 wurde die Prügelstrafe in Schulen verboten. Erst 1998 wurde ein Gesetz erlassen, das jegliche Art von Misshandlung, sowohl physisch als auch psychisch, verbot. Ein Recht auf eine gewaltfreie Erziehung haben Kinder laut Gesetzgeber erst seit 2000. Da kann man sich vorstellen, wie es in den Heimen in den Sechzigern noch zugegangen sein muss. Und auch, dass Kindern vielfach nicht geglaubt wurde oder die Erwachsenen die Dinge als nicht so schlimm abtaten.«

Eine Hummel verirrte sich brummend in den Raum und summte träge umher. Es war beinahe verstörend idyllisch, angesichts der Dinge, über die sie gerade sprachen.

Jonas ließ den kleinen silbernen Löffel nun zwischen Zeige- und Mittelfinger wippen. »Es kam vor, dass Kinder mehrmals geschickt wurden. Oder dass ein Kind zur Kur musste und die Eltern mit den anderen einen Urlaub machten. Sie dachten wirklich, sie tun ihrem Kind etwas Gutes. In Wahrheit hat es sich elend und von der Familie ausgeschlossen gefühlt. Diese Traumata wurden nie aufgearbeitet.«

Theresa schüttelte fassungslos den Kopf und sah sich erneut die Liste an. »Wie kriegen wir denn heraus, was aus den Schwestern und Erzieherinnen geworden ist? Manche werden geheiratet und ihren Namen geändert haben.«

»Darum kümmere ich mich.«

Sie blickte von der Liste auf. »Hat sich auf deinen Aufruf hin schon jemand gemeldet?«

Mit einem leisen Klirren legte Jonas den Kaffeelöffel zurück an den Rand der Untertasse und verschränkte die Hände auf dem Tisch. »Noch nicht, aber das kann unter Umständen dauern. Die Generation deiner Mutter hängt ja nicht so oft im Internet herum und liest solche Aufrufe. Ich habe es auch an unsere Zeitung gegeben. Hier aus der Region sind die Kinder ja damals zusammen gefahren, es ist also gut möglich, dass sich auf diesem Weg auch ehemalige Kurkinder finden lassen.«

»Ich bin gespannt.« Theresa sah sich die Unterlagen zu dem Kurheim noch einmal an. Von außen betrachtet hätte man nicht ahnen können, wie es darin zuging. »Es ist unfassbar, dass es nicht das geringste Unrechtsbewusstsein gab.«

»Erinnerst du dich, wie lange der *Struwwelpeter* noch als Kinderbuch aktuell war? Ich habe ein Buch bestellt, das von Dr. Sepp Folberth 1964 herausgegeben wurde, also zu der Zeit, als auch deine Mutter in dem Heim gewesen ist.« Er griff wieder in seine Tasche und legte ein in einen dunkelroten Einband geschlagenes Buch vor ihr ab, auf das in goldener Schrift der Name des Autors sowie der Titel »Kinderheime, Kinderheilstätten« gedruckt waren. »Es liest sich wie die Anleitung dazu, einen Ort möglichst kinderfeindlich zu gestalten, und galt als Standardwerk. Schau dir mal den Strafenkatalog an, da bekommst du schon einen guten Einblick, wie es dort zugegangen ist. In diesen Heimen ist in gewisser Weise die Zeit auch einfach stehen geblieben, und man erzog die Kinder dort, wie man es aus dem BDM oder der HJ kannte.«

Theresa musste das alles erst einmal sacken lassen, und so stand sie auf, um in die Küche zu gehen. »Möchtest du noch einen Kaffee?«

»Gerne.«

Während sie in der Küche hantierte, hörte sie Jonas telefonieren, konnte jedoch nicht verstehen, worum es ging. Als sie mit zwei Tassen in der Hand zurückkehrte, schaltete er gerade sein Handy aus.

»Der Aufruf in der Emder Zeitung hat etwas gebracht. Ein Mann, der im Winter 1964 ebenfalls als Kurkind aus Emden in den Teutoburger Wald geschickt wurde, hat angerufen. Er selbst wohnt nicht mehr in Emden, er hat durch seine Nichte von dem Aufruf in der Zeitung erfahren. Bis vor fünf Jahren hat er noch hier als Psychotherapeut für Kinder gearbeitet und ist zum Ruhestand nach Hamburg gezogen, wo seine Tochter wohnt. Er wäre bereit, sich mit mir zu unterhalten.«

Theresa ließ sich wieder am Tisch nieder. »Heißt das, du fährst nach Hamburg? Oder machst du das telefonisch?«

»So ein Gespräch führe ich persönlich. Die Videotelefonie mag ihre Vorteile haben, aber feine Nuancen erkennt man im direkten Gespräch besser. Außerdem ist das ein sehr persönliches Thema, das handelt man besser nicht am Telefon ab.«

Sie nippte an ihrem Tee. »Kann ich mitkommen?«

»Ich denke, das dürfte kein Problem sein.« Er lächelte sie an, was sie erwiderte.

»Kannte er meine Mutter?«

»Danach habe ich nicht gefragt. Aber du kannst sie ja mal fragen. Sein Name ist Matthias Heister.«

Auf Theresas Handy ging eine Nachricht ein. Lukas, der noch irgendwelche Dokumente brauchte, die sie ihm per

Post schicken sollte. Seufzend tippte sie eine kurze Antwort und legte das Handy beiseite. Es war immer noch schwer, an das zu denken, was sie gehabt hatten, und was hätte sein können. Entschieden schob sie diesen Gedanken beiseite und konzentrierte sich aufs Jetzt. Sie musste mit diesem Teil ihres Lebens abschließen, so, wie Lukas damit abgeschlossen hätte. Und doch kam ihr immer wieder der Gedanke, was wäre, wenn er eines Tages nach Emde käme, vielleicht, um seine Tante zu besuchen, und in seiner Gesellschaft seine neue Frau war mit einem oder zwei Kindern. Sie schluckte bei dieser Vorstellung und versuchte, dieses Bild zu vertreiben. Sie wünschte ihm nur das Beste, und das von ganzem Herzen. Aber schwer zu ertragen wäre es doch.

»Ist alles in Ordnung?«, hörte sie Jonas fragen.

»Hm, ja, ich musste nur an etwas denken.« Sie zwang sich zu einem Lächeln. »Machst du einen Termin mit dem Mann in Hamburg? Und ich schaue, dass ich meine Mutter überrede, mit dir zu sprechen?«

»So machen wir es.«

•

Mit wild pochendem Herzen zog Inga die Mappe mit den Fotos und Unterlagen der Kinderkur aus dem Schrank. Hier hatten ihre Eltern alles verstaut, was mit diesem Winter 1964 zu tun hatte, den ärztlichen Bericht, der eine Kur empfahl, die Formulare, Krankenkassenbelege, Prospekte und was sonst noch alles dazu gehörte. Als sie durch die Mappe blätterte, fiel ein kleines Band hinaus, dunkelblau mit kleinen gelben Punkten, wie ein Sternenhimmel. Inga schnappte nach Luft. Sie konnte sich noch so gut an diesen Tag erinnern, wie sie im Spielzimmer gewesen waren und Schwester Juliane diese Bänder geflochten hatte. Ihr eigenes war lange fort, Inga hatte es nach dem Aufenthalt abgestreift und in eine Dose mit allerlei Krimskrams gesteckt. Vermutlich war es irgendwann bei einer Aufräumaktion entsorgt worden. Aber das von Clara existierte noch. Sie hatte es zwei Tage vor ihrem Todestag bekommen, vermutlich hatte es daher eine besondere Bedeutung für ihre Eltern.

Theresa hatte angerufen und gefragt, ob sie nicht doch bereit wäre, mit Jonas von Bergen zu sprechen. Der Journalist war offenbar an diesem Tag wieder bei ihr gewesen, und Inga fragte sich, ob sich da etwas anbahnte, ob es Feinheiten in der Stimme ihrer Tochter gegeben hatte, die auf mehr deuteten. Aber vermutlich war es einfach das gemeinsame Interesse an einer Sache und nichts Tiefgründiges. Er brauchte Theresa, um seinen Bericht mit Ingas Mitwirkung zu schreiben. Theresa wiederum wollte mehr erfahren über die Zeit damals und war offenbar daran interessiert, dass das damalige Unrecht ans Licht kam. Sie hatte schon als Kind ein sehr ausgeprägtes Gerechtigkeitsempfinden gehabt.

Inga las den Bericht der Krankenkasse zur Kostenübernahme für das Vertragsheim im Teutoburger Wald. Die

Länge des Aufenthaltes wurde in der Verordnung bestimmt, darauf hatten die Eltern offenbar keinen Einfluss gehabt. Es lag ein Merkblatt dabei, in dem stand, dass Eltern ihre Kinder nicht besuchen durften, um die Kurerfolge nicht zu zerstören. Wer sich nicht daran hielt, musste die gesamten Kurkosten tragen. Jetzt, mit dem Blick einer erwachsenen Frau und Mutter, las sich das wie ein ausgefeiltes System, um die Kinder zu isolieren und zu verhindern, dass sie früher mitgenommen wurden oder die Dinge an die Öffentlichkeit gelangten.

Als sie sich die drei Fotos ansah, die im Heim von ihnen gemacht worden waren, war die Erinnerung so präsent wie schon lange nicht mehr, und die Gefühle drängten sich an die Oberfläche. Dieser Moment, in dem die Welt ihre Farben verloren hatte, und sie in dieser weißen Welt war mit dem weißen Haus, den weiß gestrichenen Zimmern, den Betten aus weißen Stahlrohren, den weißen Metallschränken an den Wänden. Eine weiße Einsamkeit. Die Zeit hatte ihre Bedeutung verloren, die Tage waren in Gleichförmigkeit zerflossen, endlose Wochen, deren einzige Struktur die Essenszeiten waren. Wie hatte Martha all das vergessen können?

Als es an der Tür klingelte, erhob Inga sich. Das war gewiss Theresa, Martha war an diesem Nachmittag allein im Laden, aber das würde sie schon schaffen. Es war nicht so, als hätte der Artikel die Menschen in Massen in das Geschäft getrieben. Für Martha war das eine Bestätigung, dass sie keine Presse brauchten, sondern sich lieber darauf verlassen sollten, dass sich ihre Qualität auf Dauer durchsetzte. Inga hingegen hatte durchaus auf einen gewissen Effekt gehofft – da wäre der ganze Aufwand und Ärger wenigstens für etwas gut gewesen – und war etwas enttäuscht.

Sie ging zur Tür und drückte den Summer, um den Besuch einzulassen. Theresa hatte doch eigentlich einen Schlüssel. Oder wollte sie nicht mit ihrem Besuch im Schlepptau unhöflich einfach eintreten? Es war jedoch nicht Theresa, sondern Lukas. Irritiert sah Inga ihn an. »Was machst du denn hier?«

Er grinste schief. »Ich freue mich auch, dich zu sehen.« Sie umarmten sich zur Begrüßung. Gut sah er aus, das hellbraune Haar etwas länger als früher, was ihm aber stand. »Störe ich? Unten im Laden war nur Martha, und sie sagte, ich solle einfach bei dir läuten. Ich wollte ein paar Dokumente, und eigentlich hatte ich Theresa gefragt, ob sie sie mir schickt, aber da ich in der Nähe unterwegs war, habe ich mir gedacht, ich kann sie auch selbst holen.«

»Du störst natürlich nicht, aber hast du Theresa gesagt, dass du kommst?«

»Nein. Ich hatte sie vorhin noch mal angerufen, aber sie ist nicht drangegangen. Und im Laden ist sie leider nicht, darauf hatte ich gehofft.«

»Sie kommt gleich vorbei. Mit einem Freund.« So ganz stimmte das nicht, aber irgendein kindischer Impuls ließ Inga es so formulieren, um seine Reaktion auszuloten.

Er wirkte nicht bestürzt, sondern überrascht. »Wer denn?«

»Jonas von Bergen.«

Lukas krauste die Stirn, schien zu überlegen, zuckte dann jedoch die Schultern. »Sagt mir nichts. Wenn es okay ist, warte ich kurz. Ansonsten schickt sie es mir halt per Post, ich wollte ihr nur die Umstände ersparen.«

Immerhin war er in den Laden gekommen und hatte nicht einfach vor ihrer Tür gestanden.

»Komm erst einmal rein.«

»Danke.«

Inga bot ihm eine Tasse Tee an und hoffte, Theresa würde es nicht als Verrat empfinden. Andererseits hatten sich die beiden ja nicht im Bösen getrennt, es hatte keinen Betrug gegeben. Als sie mit dem Tee ins Wohnzimmer kam, saß er auf dem Sofa und sah auf die Unterlagen, die auf dem Couchtisch lagen. Er hatte nichts davon zur Hand genommen, das würde ihm jeder Anstand verbieten, aber die Broschüre schien sein Interesse geweckt zu haben.

»Das sind einige Sachen, die Theresa sehen wollte«, erklärte sie.

»Kinderkurverschickungen? Warum?«

»Ach, lange Geschichte.«

»Darf ich?«

»Sicher.« Er sah die Broschüre durch. »Wer von euch war dort?«

»Martha und ich.« Es fiel ihr überraschend leicht, ihm

zu antworten, als sei eine Schleuse geöffnet worden in dem Moment, in dem sie es das erste Mal wieder laut ausgesprochen hatte.

»Ah ja?« Er drehte die Broschüre um, las die Informationen zum Träger. »Mein Vater war auch zur Kinderkur, aber an der Nordsee. Ich habe ihn mal danach gefragt, weil das Thema ja seit einiger Zeit in der Presse war. Er sagte, das sei sehr schön gewesen.«

»Ja, die gab es gewiss auch, die schönen Heime.«

»Ich rufe Theresa noch einmal an, damit ich sie nicht so überfalle«, sagte er.

»Das ist sicher klug.« Inga setzte Teewasser auf und suchte einen aromatischen Assam aus, von dem sie wusste, dass Lukas ihn mochte. Sie hörte ihn im Wohnzimmer telefonieren und war nun beruhigt. Es hätte sich falsch angefühlt, Theresa so zu überfallen. Überhaupt wäre sein Besuch hier ohnehin obsolet, wenn Theresa die Unterlagen nicht direkt mitbrachte. Sollte sie extra dafür nach Hause zurück müssen, ersparte ihr das nicht gerade viele Umstände.

Inga kehrte ins Wohnzimmer zurück, wo Lukas sich mit hinter den Rücken verschränkten Händen ans Fenster gestellt hatte und auf die Straße blickte. »Vermisst du es?«, fragte sie.

»Emden?« Er drehte sich zu ihr um. »Die Stadt an sich nicht, nein. Aber das Leben, das ich hier hatte, schon. Es hatte viele wunderschöne Momente.« Ein leicht wehmütiges Lächeln umspielte seinen Mund.

»Wie ist es in der Großstadt?«

Das Lächeln vertiefte sich. »Trubelig, aber mir gefällt es.«

Sie setzte sich hin. »Du hast Theresa erreicht?«

»Ja, sie bringt die Unterlagen mit.«

Gemeinsam tranken sie Tee, und er erzählte von seinem Leben in München, während sie von dem Zeitungsartikel erzählte und Theresas Plänen für den Teeladen. Als der Türgong erklang, stand sie auf. »Das müssen sie sein.«

•

Ein wenig erschrocken war Theresa schon gewesen, zu hören, dass Lukas in der Stadt war. Aber sie fing sich schnell wieder. Ja, es tat immer noch weh, und ihre Gefühle für ihn waren nach wie vor da, auch, wenn sie beide die Trennung gewollt hatten. Sie hatte das, was sie noch an Unterlagen von ihm hatte, schon vor ein paar Tagen beim Aufräumen auf die Seite gelegt. Jetzt müsste er eigentlich alles haben. Es war nicht einfach gewesen, ihren Haushalt auseinander-zudividieren, und immer wieder tauchte was auf, das er vergessen hatte.

»Ist alles in Ordnung?«, fragte Jonas, als sie auflegte und sie ihm sagte, sie müsse noch kurz ein paar Unterlagen holen.

»Ja, alles bestens. Mein Ex-Mann ist bei meiner Mutter, er wollte ein paar Dokumente abholen.« Sie nahm die Mappe von der Anrichte im Schlafzimmer und kehrte zurück. »So, wir können los.«

Prüfend sah er sie an, aber er stellte keine indiskreten Fragen, was Theresa als Punkt zu seinen Gunsten verbuchte. Sie gingen hinunter und legten den Weg zum Teehaus zu Fuß zurück. Eine Nachbarin ihrer Mutter kam ihr entgegen und starrte sie neugierig an, den Mund zu einem stummen O geöffnet. Als sie bemerkte, dass Theresa den Eingang zum Teehaus zusteuerte, lief sie zum Haus gegenüber und läutete. Offenbar hatte sie Lukas' Ankunft gesehen und erwartete nun eine shakespearsche Tragödie. In gewisser Weise konnte sie verstehen, dass das Kleinstadtleben nichts mehr für Lukas war. Aber sie war hier einfach verwurzelt und konnte sich nicht vorstellen, woanders zu leben.

»Hallo, Martha«, begrüßte sie ihre Tante.

»Oh, hallo, Liebes. Wie geht es dir?«

Als hätten sie sich tagelang nicht gesehen, dachte Theresa belustigt. »Gut. Dir auch?«

»Kann nicht klagen. Und ich sehe, du bist in hinreißender Begleitung.« Martha schenkte Jonas ein übertrieben keckes Zwinkern.

Jonas neigte den Kopf. »Es ist mir ein Vergnügen.«

»Ganz meinerseits, Sie Charmeur.« Martha sah Theresa an. »Übrigens ist Besuch oben, falls du noch nicht vorgewarnt worden bist.«

»Doch, ich weiß Bescheid.« Wie zum Beweis hob Theresa die Mappe. »Dann bis später.«

Sie gingen ins Treppenhaus, und die hölzernen Stufen

knarrten leise, was in Theresa das Gefühl nostalgischer Kindheitserinnerungen auslöste.

»War wohl früher schwer, sich heimlich aus dem Haus zu schleichen«, bemerkte Jonas, als hätte er ihre Gedanken gelesen.

»Meine Eltern waren immer sehr großzügig, ich musste mich nie heimlich wegschleichen. Sie wollten nur wissen, wo ich bin. Kritischer war es, sich heimlich wieder ins Haus zu schleichen, wenn ich die Zeit überzogen hatte.« Sie lachte. »Oder wenn mein Freund sich rausschleichen wollte. Meine Mutter sagte mir mal, sie hätte ihn immer gehört, wenn er ging, aber so getan, als wüsste sie von nichts.« Der Türgong gab seinen melodischen Klang von sich, als Theresa darauf drückte.

Schritte waren zu hören, dann öffnete ihre Mutter die Tür. »Ach, da seid ihr ja«, sagte sie herzlich, was insbesondere an Theresa gerichtet war. »Kommt rein.« Sie trat einen Schritt zurück, damit sie eintreten konnten.

Es war das erste Mal seit ihrer Scheidung, dass sie Lukas persönlich sah, und ihr schlug nun doch das Herz wie wild. Lukas, ihr erster und einziger Freund und Liebhaber, ihr Ehemann, mit dem sie so viele Höhen und Tiefen durchgemacht hatte. Am Ende hatten die Tiefen leider überwogen, und Theresa bedauerte das so sehr. Der Kinderwunsch hatte sie beide zerbrochen, Theresa noch mehr als ihn. Sie holte tief Luft, stieß sie wieder aus und ging schließlich ins Wohnzimmer, wo Lukas sich gerade aus seinem Sessel erhob. Sie umarmten sich zur Begrüßung, dann entstand ein Moment verlegener Stille. Schritte waren zu hören, und Theresa räusperte sich.

»Lukas, das ist Jonas von Bergen. Er hat einen Artikel über unser Teehaus geschrieben und recherchiert gerade über einen weiteren zu einem Verschickungsheim im Teutoburger Wald.« Warum erklärte sie das so weitschweifig? Als müsste sie ihm – der noch nie zur Eifersucht geneigt hatte – erklären, warum sie mit einem Mann hier ankam.

Die Männer begrüßten sich mit Handschlag. »Ich will auch gar nicht länger stören.« Lukas nahm die Mappe entgegen. »Danke, Theresa.« Er umarmte sie ein weiteres Mal. »Mach's gut. Wir sprechen uns.« Er verabschiedete sich von Inga, die ihn zur Tür brachte.

Theresa schluckte und spürte, dass ihre Augen zu brennen begannen. Ihr würden doch jetzt nicht die Tränen kommen! Rasch blinzelte sie sie weg und räusperte sich, dann ging sie zum Tisch. »Hast du das für uns rausgesucht?«, fragte sie ihre Mutter, die gerade ins Wohnzimmer zurückkehrte.

»Na, für mich sicher nicht.« Inga ließ ihre Stimme scherzhaft klingen, wenngleich sie etwas bemüht wirkte. »Das Meiste hast du ja schon gesehen.« Sie wandte sich an Jonas. »Darf ich Ihnen Kaffee anbieten?«

»Danke, aber wenn ich heute noch eine Tasse trinke, schlage ich nachts Purzelbäume.«

Inga lächelte verständnisvoll. »Etwas anderes? Einen Tee?«

»Haben Sie stilles Wasser?«

»Natürlich. Theresa, du auch?«

Theresa nickte nur zerstreut, weil die Begegnung mit Lukas ihr immer noch ein wenig nachging, wenngleich da keine tieferen Gefühle mehr waren, die über eine Freundschaft hinausgingen. Ihr Blick war gesenkt, während sie die Sachen durchsah. Ein wenig überraschte sie die Fülle an Informationen, die ihre Mutter ihr so unvermittelt zur Verfügung gestellt hatte. »Wer hat die Fotos gemacht?«

Ihre Mutter stellte die Gläser auf zwei Untersetzern auf dem Couchtisch ab. »Eine der Erzieherinnen vermutlich. So richtig erinnere ich mich nicht mehr daran, aber ich meine, es wäre Tante Martina gewesen. Es gab insgesamt drei dieser Gruppenfotos, glaube ich. Die haben wir nach dem Aufenthalt mitbekommen, als hätte es da noch einer Erinnerung bedurft.«

»Tante?«

»So sollten wir sie nennen.«

Stimmt, das hatte sie in der Broschüre gelesen. Theresa schüttelte nur den Kopf. Es war ein Gruppenfoto, aufgenommen in einem Speisesaal, und die Kinder, die mit ihrer Mutter am Tisch saßen, blickten in die Kamera, die Zähne zu einem breiten Lächeln gebleckt. Neben ihnen standen zwei Frauen in Schwesterntracht, eine noch sehr jung.

»Das ist Schwester Juliane«, sagte ihre Mutter, die ihren

Blick richtig gedeutet hatte. »Sie hat dieses Band hier geflochten und es Clara geschenkt.«

Theresa betrachtete das dunkelblaue Armbändchen. »Also waren auch nette Frauen darunter?«

»Nur sie, sonst niemand. Sie hat immer gelächelt. Als Kind fand ich sie lieb, aber rückblickend hat sie auch mitgemacht, hat Kinder unter kalte Duschen gestellt und bestraft, immer auf Anweisung. Aber sie war netter als die anderen, das muss man schon sagen.«

Ihre Mutter sah das Bild an und schauderte. »Das Einzige, das an diesem Ort schön war, war der Garten, und ich habe es geliebt, im Schnee zu spielen.«

»Durftet ihr spielen?«, fragte Theresa.

»Ja, das schon. Es waren diese Momente, die das Dasein dort einigermaßen erträglich machten.«

»Hattest du Freundinnen dort?« Theresa nahm die Broschüre ein weiteres Mal zur Hand.

»Nein, die Angst vor Bestrafungen hatte uns untereinander argwöhnisch werden lassen. Man war froh, wenn es bei Vergehen einen anderen traf, nicht einen selbst. Einmal gab es sogar eine Art Tribunal, da mussten die Großen über die Strafen für einen der kleineren Jungen entscheiden. Es ging oft gemeinsam gegen einen, immer unter Anleitung der Erzieherinnen oder Schwestern.«

Theresa nickte bestürzt. Dann holte sie tief Luft, bevor sie sprach. Sie war etwas aufgeregt, wie ihre Mutter reagieren würde. »Wir haben übrigens jemanden aus Emden ausfindig gemacht, der auch im Kinderkurheim im Teutoburger Wald war, zeitgleich mit dir. Sein Name ist Matthias Heister. Sagt dir das was?«

Nachdenklich krauste ihre Mutter die Stirn, dann schüttelte sie den Kopf. Theresa nahm einen Umschlag zur Hand, auf dem »*Für meine liebe Inga*« stand. Darin steckte eine Karte, die Theresa herauszog und aufklappte. »Oh«, sagte sie nur, weil ihr schlicht nichts anderes dazu einfiel.

1964

Schon wieder hatte Clara ins Bett gemacht, und wieder wurde sie kalt abgeduscht, und Inga hatte das Bettzeug in die Wäscherei gebracht. Auf dem Flur stand ein Mädchen in Ingas Alter neben ihrer Matratze, auf der ein großer nasser Fleck war. Um ihren Hals hing ein Schild, auf dem stand: »Bettnässerin«. Das Mädchen weinte leise, und eine Gruppe Jungen, die an ihr vorbeigingen, riefen gleichzeitig: »Igitt!«. Tante Anette, die die Gruppe begleitete, nickte zufrieden. »Das ist wirklich ekelhaft. Und das in diesem Alter.«

Hoffentlich machte Inga nicht mal ins Bett. Sie musste nachts manchmal so nötig, und schon dreimal hatte sie es geschafft, sich aus dem Zimmer zu schleichen, um auf die Toilette zu gehen. Seit der Sache mit den Bonbons hatte sie immer Angst, erwischt zu werden, aber nachts schliefen die Kinder offenbar alle. Viele bekamen eine Spritze, so wie Clara jede Nacht. Martha hatte sie auch einmal bekommen, weil sie so unruhig gewesen war und nicht hatte einschlafen können, und morgens hatte sie gesagt, sie hätte so starke Kopfschmerzen. Mit Martha sprach Inga kaum, weil sie so abweisend war und an die Katze erinnerte, die ihnen damals zugelaufen war, und die ständig die Krallen ausfuhr, wenn man zu nahe kam.

»Sie hat Schlimmes erlebt«, sagte Mama dann immer, wenn Inga klagte, dass sie die Katze doch liebhabe und sie nur streichen wolle.

Sie zog sich an, putzte sich die Zähne und ging auf die Toilette. Eigentlich musste sie nicht, aber sie durften erst vor dem Mittagessen wieder gehen. Tante Martina sagte, der Körper gewöhne sich an diese Routine, aber Ingas Körper tat das nicht. Wenn sie musste, dann musste sie. Einmal hatte sie nachmittags ein Mädchen gesehen, das sich im Garten hinter den Busch gehockt hatte. Obwohl Inga ihr versprach, nichts zu erzählen, lief das Mädchen zu Schwester Brigitte und sagte, Inga hätte in den Garten gepinkelt. Fast hätte die das geglaubt, aber zum Glück hatte ein Junge es ebenfalls bemerkt, und so musste das Mädchen zur Strafe in den Raum der Besinnung. Für das Pinkeln hinter die Hecke hätte sie vielleicht nur Schläge auf die Hände bekommen, aber sie hatte gelogen, und Tante Anette sagte, das sei noch viel schlimmer, weil sie wollte, dass jemand anders an ihrer Stelle bestraft wurde.

Inga ging den anderen Kindern, so weit es möglich war, aus dem Weg. Gelegentlich spielten sie mal zu mehreren Fangen oder Verstecken, aber ansonsten hielten sie eine argwöhnische Distanz zueinander. Als sie sich an diesem Morgen aufstellten, um zum Frühstück zu gehen, nahm Inga

Claras Hand, die kalt in ihrer lag. Sie schloss die Finger darum, um sie ein wenig zu wärmen, und gemeinsam gingen sie hinunter in den Frühstücksraum. Als sie eintraten, hielt Inga kurz inne. Auf ihrem Platz lag ein verschnürtes Päckchen, eingeschlagen in buntes Papier. Sie verstand nicht so recht, was das bedeutete. Hatte jemand es gefunden und wollte, dass Inga Ärger bekam? Waren da Süßigkeiten drin, und es würde heißen, sie, Inga, hätte sie versteckt? Sie blieb stehen, und ihr Hals wurde ganz trocken.

»Herzlichen Glückwunsch zu deinem neunten Geburtstag!«, sagte Tante Martina und zeigte ihr Lieb-Gesicht. »Inga, dieses Geschenk haben dir deine lieben Eltern geschenkt. Du darfst es vor dem Frühstück auspacken.«

Heute war ihr Geburtstag? *Und wenn du dann zwei Wochen dort bist, feierst du mit allen Kindern eine schöne Geburtstagsfeier.* Inga schossen die Tränen in die Augen. Zwei Wochen erst? Sie war seit zwei Wochen hier? Und vier sollte sie noch aushalten?

»Ach, ist das rührend«, rief Schwester Brigitte. »Sie weint ja. Du vermisst deine Mutter, ja?«

Jetzt war es um Ingas Beherrschung geschehen, und sie nickte schluchzend. Gewiss bekam sie nun Ärger, weil sie sich doch freuen sollte.

»Das ist ganz normal, dass ein kleines Mädchen seine Mutter vermisst, vor allem an seinem Geburtstag. Aber jetzt pack erst einmal dein Geschenk aus, und heute Nachmittag gibt es Kuchen.«

Ein paar Kinder jubelten verhalten, und Inga zwang sich zu einem Lächeln, damit Tante Martina dachte, dass sie glücklich sei. Dann ging sie zu ihrem Platz und löste erst das Band, bevor sie das Papier von dem Päckchen wickelte. Darin waren Schokolade, eine Papiertüte mit Himbeerbonbons, die ihre Mutter immer selbst machte, das Buch *Immer lustig in Bullerbü* und zwei hübsche Haarspangen. Dazu hatte Mama eine Karte geschrieben, aber die wollte Inga später in Ruhe lesen. Allein das *»Für meine liebe Inga«* auf dem Umschlag brachte sie schon wieder den Tränen nahe.

»Auch am Geburtstag wollen wir auf unsere Zähne und die Gesundheit achten und denken daran, dass andere Kinder nichts zugeschickt bekommen.« Tante Martina nahm die Süßigkeiten aus dem Paket. »Stell die Schachtel unter den Tisch, du darfst sie nach dem Frühstück hinaufbringen.«

Gehorsam stellte Inga sie unter den Tisch und nahm sich ein belegtes Brot mit Wurst, die etwas ranzig schmeckte, aber genießbar war. Ihren Frust über die entwendeten Süßigkeiten schluckte sie mit dem labbrigen Brot zusammen hinunter. Ihr war es egal, wie die Wurst schmeckte, ihr war alles egal. Sie war doch schon eine Ewigkeit hier, und das sollte sie noch zweimal durchhalten, ehe sie nach Hause durfte? Das konnte doch nicht sein. Hatte Tante Martina sich mit dem Geburtstag vertan? Inga hatte ihren Geburtstag völlig vergessen, dabei fieberte sie sonst immer darauf hin. Aber jetzt fieberte sie nur noch auf den Moment hin, endlich wieder bei Mama und Papa zu sein. Sie dachte an ihr Bett, daran, wie die Laken rochen, blinzelte und spürte Nässe in den Wimpern. Aber sie konnte Tante Martina nicht fragen, ob sie sich mit dem Datum vertan hatte und Ingas Geburtstag schon längst gewesen war.

Nach dem Frühstück durfte sie ihr Paket in den Schlafsaal bringen und Mamas Karte lesen, während die anderen zum Wiegen mussten. Sie verzog sich in den Saal, setzte sich aufs Bett und öffnete den Briefumschlag.

Meine liebe Inga!

Papa und ich wünschen dir alles Gute zu deinem Geburtstag und hoffen, du hast einen wunderschönen Tag und viel Freude. Wenn du diese Karte liest, ist ein Drittel eures Aufenthaltes schon um. Ist die Zeit nicht schnell vergangen? Wir vermissen euch sehr und freuen uns darauf, euch bald wieder in die Arme schließen zu können. Ich hoffe, ihr habt viel Schönes zu erzählen und bringt einen ganzen Schatz von Erinnerungen mit. Die Bonbons habe ich für dich gemacht, es sind achtundzwanzig, eins für jeden noch verbleibenden Tag. Wenn die Tüte leer ist, fährst du nach Hause.

Mach es gut, mein Schatz, und grüß mir Martha und Clara. Papa und ich schicken euch Umarmungen und Küsse. Ich habe dich lieb und denke immerzu an dich.

In Liebe,

Mama

Inga steckte die Karte in den Umschlag zurück und wischte sich die Tränen aus dem Gesicht. Dann legte sie das Buch mit der Karte in ihren Schrank und steckte sich die Spangen ins Haar. Als sie nach unten ging, kamen die Kinder gerade vom Wiegen zurück.

»Heute gehen wir in den Wald«, verkündete Tante Martina.

»Machen wir etwas Besonderes, weil es einen Geburtstag gibt?«, fragte eines der Mädchen.

»Wir haben in den nächsten Tagen noch viele Geburtstage«, entgegnete Tante Martina mit ihrer Lieb-Stimme. »Ingas ist der Erste, daher machen wir heute etwas außer der Reihe. Aber das können wir nicht immer machen, das versteht ihr, nicht wahr?«

Verhaltene Zustimmung erfolgte.

»Daher ist das heute für alle Geburtstagskinder.«

»Kriegen wir denn auch einen Kuchen?«, wollte ein Junge wissen, und Inga hielt vor Schreck die Luft an.

Aber Tante Martina schimpfte nicht. »Ja, es gibt auch für euch einen Kuchen. So, und jetzt zieht euch warm an, wir gehen gleich los.«

Kurz darauf standen sie alle fertig angezogen an der Tür. Die Kleinen durften nicht mit, was bedeutete, Clara musste auch hierbleiben. Sie weinte, bekam eine Ohrfeige von Tante Anette und weinte dann noch mehr. Martha sah sie an, schürzte die Lippen und krauste die Stirn, dann wandte sie sich ab, schob die Fäuste in die Taschen und wirkte bockig. Ihr Blick, der Inga traf, war nicht freundlicher als der zu allen anderen Kindern. Als sie sich zu zweit aufstellen sollten, ging Martha zu einem gleichaltrigen Mädchen, und Inga stellte sich neben Mathilda, eine Zehnjährige, die im selben Schlafsaal schlief und immer sehr still war.

Sie gingen los, und Inga freute sich über das Knirschen von Schnee unter ihren Stiefeln und die harzig duftende Waldluft. Es war so schön hier im Wald, dass sie am liebsten immer weiter rennen wollte. Sie wäre dann von der Gruppe weggelaufen und hätte im nächsten Ort den Zug nach Hause genommen. Was würden die Tanten sagen, wenn sie einfach weglief? Aber ohne Geld konnte sie kein Billet kaufen. Würde der Schaffner dann die Polizei rufen, und sie käme in ein Gefängnis? Und wenn sie einen Brief geschrieben und ihn dann heimlich in den Briefkasten geworfen hätte? Warum hatte sie keinen neuen geschrieben und ihn noch schnell eingesteckt? Allerdings wusste sie ja gar nicht, in welche Richtung sie gehen musste, um in den nächsten Ort zu kommen. Am Ende verlief sie sich im Wald und erfror.

Inga hatte gehofft, dass sie wieder auf die Lichtung gingen, wo sie das letzte Mal gespielt hatten, aber sie marschierten immer weiter, und irgendwann war Inga aus der Puste und wollte ein bisschen Pause machen. Wie lange liefen sie jetzt schon? Der Waldweg war breit, und ihnen kamen hin und wieder andere Spaziergänger entgegen. Inga wollte fragen, ob sie irgendwann einmal anhielten, aber sie traute sich nicht. Sie bekam Seitenstiche, und ein Kind beklagte sich, dass es nicht mehr könne. Aber weder Tante Martina noch Schwester Brigitte verlangsamten das Tempo, sondern marschierten stumm weiter. Von hinten trieb Schwester Hannelore sie weiter. Inga schwitzte, obwohl es kalt war. Leises Murren war zu hören, und Martha schimpfte, sie könne nicht mehr.

»Alles nur wegen Ingas blödem Geburtstag«, sagte sie.

Ein anderes Mädchen stimmte zu, und Tante Martina rief über die Schulter: »Ruhe! Wer redet, läuft später noch zehn Runden um das Haus.«

Inga machte das traurig, und so wurde sie unaufmerksam, stolperte über eine im Schnee versteckte Baumwurzel und wäre fast hingefallen, fing sich jedoch wieder. Sie machten mit Mama und Papa auch oft lange Waldspaziergänge, aber das war anders, da marschierten sie nicht in strammem Tempo drauf los, sondern sie unterhielten sich, Mama erzählte von Kindheitsabenteuern im Wald, sie untersuchten Tierspuren, und wenn es Schnee gab, machten sie eine Schneeballschlacht.

Endlich blieb Tante Martina stehen. »So, kurze Verschnaufpause, dann gehen wir weiter.«

Die Kinder ließen sich in den Schnee plumpsen, und obwohl der Marsch anstrengend gewesen war, begannen sie zu spielen, machten Schneebälle, mit denen sie sich bewarfen und malten flach auf dem Boden liegend mit ausgebreiteten Armen Schnee-Engel. Inga formte mit ihren behandschuhten Händen einen Ball, und ohne so recht darüber nachzudenken, gab sie ihrer Wut auf die Tanten nach und warf den Schneeball auf Tante Martina. Dann erschrak sie ob ihrer eigenen Dummheit, als der Ball Tante Martina an der Brust traf. Nicht nur sie erstarrte.

Tante Martina sah ernst in die Runde, dann lächelte sie unvermittelt, hob einen Batzen Schnee auf und warf zurück. Im Nu war eine heftige Schneeballschlacht im Gange, an der sich auch Schwester Brigitte beteiligte. Die Kinder lachten, und Inga wusste nicht, wann sie zuletzt so viel Spaß gehabt hatte. Dann hob Tante Martina die Hand und rief: »Das reicht jetzt. Wir müssen weiter, sonst sind wir nicht pünktlich zum Essen zurück.«

Sie strich sich den Schnee vom Mantel und drehte sich um, ging voran, während sie mit Schwester Brigitte plauderte. Der Rückweg schien schneller zu gehen als der Hinweg, und Inga freute sich darauf, endlich ins Warme zu kommen. So gerne sie draußen war, aber inzwischen war sie doch recht durchgefroren. Als das Haus in Sicht kam, war da wieder dieses im Bauch rumorende Gefühl des Unbehagens. Sie betraten die Halle, und als Inga sich den Mantel ausziehen wollte, hielt Tante Martina sie davon ab.

»Du kommst mit mir«, sagte sie knapp, und augenblicklich schlug Inga das Herz wie wild vor Angst. Sie atmete schneller, als sie Tante Martina hinaus folgte, und fragte sich, ob sie nun für den Schneeball bestraft würde. Hatte Tante Martina gemerkt, dass Inga ihn voller Zorn geworfen hatte? Ihre Augen brannten, und eine Träne löste sich aus dem Augenwinkel und lief ihr die Wange hinab. Sie gingen durch einen kalten Korridor, und Inga fror trotz des Mantels. Dann öffnete Tante Martina die Tür zu einem Raum mit weißen Kacheln und einer Liege.

»Du hast heute Morgen das Wiegen verpasst, das holst du jetzt schnell nach.« Sie deutete auf eine Waage, und befahl Inga, sich auszuziehen. »Es ist etwas kalt, also beeil dich lieber. Die Waage in dem anderen Raum ist kaputt gegangen, daher benutzen wir jetzt diese hier.«

Rasch zog Inga sich aus, zitterte in der Kälte, war aber doch über alle Maßen erleichtert, dass sie nicht bestraft wurde. Tante Martina notierte sich ihr Gewicht und bedeutete ihr, sich schnell wieder anzuziehen. Danach brachte sie sie in die Halle zurück und schickte sie in den Schlafsaal, damit sie sich trockene Kleidung anzog.

»Mach schnell, damit du pünktlich zum Mittagessen bist.«

Inga schaffte es ganz knapp, konnte aber nicht mehr zur Toilette. Jetzt musste sie es irgendwie aushalten bis zum Nachmittag. Zum Essen gab es zerkochtes Gemüse mit Kartoffelbrei und Rahmsoße. Das war nicht so schlimm wie sonst, und offenbar empfanden das auch alle anderen Kinder so, denn niemand musste sich übergeben, und es war auch kein Würgen zu hören. Clara aß anstandslos die zweite Portion, wenngleich mit sehr trägen Bewegungen und nach einem matten leisen Widerspruch. Inga strich ihr über das blonde Haar.

Bis zum Nachmittag durften sie sich im Spielzimmer aufhalten, und Inga bekam die Erlaubnis, ihr neues Buch zu holen. Im Schlafsaal war nur das Ticken der Uhr zu hören, und das Sonnenlicht malte blasse Fensterkreuze auf den Boden. Inga wollte noch einmal die Karte lesen, die ihre Mutter ihr geschrieben hatte, und nahm sie aus dem Umschlag. Sie klappte sie auf und erstarrte. Jemand hatte Wörter überkritzelt und mit Filzstift etwas anderes darüber geschrieben oder Worte dazwischen gezwängt. Dort stand nun:

*Meine **blöde** Inga*
*Papa und ich wünschen dir alles **Schlechte** zu deinem Geburtstag und hoffen, du hast einen **grässlichen** Tag und viel **Blödes**. Wenn du diese Karte liest, ist ein Drittel eures Aufenthaltes schon um. Ist die Zeit nicht schnell vergangen? Wir vermissen euch sehr und freuen uns darauf, euch bald wieder in die Arme schließen zu können. Ich hoffe, ihr habt viel **Schlechtes** zu erzählen und bringt einen ganzen Schatz von Erinnerungen mit. Die **hässlichen** Bonbons habe ich für dich gemacht, es sind achtundzwanzig, eins für jeden noch verbleibenden Tag. Wenn die Tüte leer ist, fährst du nach Hause.*
Mach es gut, mein Schatz, und grüß mir Martha und Clara. Papa und ich schicken euch Umarmungen und Küsse.
*Ich habe dich **nicht** lieb und denke **nicht** immerzu an dich.*
*In **Nicht**Liebe,*
Mama

Inga packte die Karte voller Zorn und nahm sie mit nach unten. Sie lief zu Schwester Juliane, die im Spielzimmer saß und zeigte sie ihr. Es war das erste Mal, dass sie Schwester Juliane mit einem bösen Gesicht sah. Sie stand auf und hielt die Karte hoch.

»Wer war das?«

Schweigen.

»Wenn die Person sich nicht meldet, werden alle bestraft!«

Weiterhin Schweigen, doch dann meldete sich Mathilda. »Martha war an dem Schrank und hat da ganz lange gestanden.«

Martha war puterrot geworden. »Ich habe was gesucht!«

Schwester Juliane ließ den Arm mit der Karte sinken. »Na, das werden wir ja herausfinden. Dann komm mal mit, Martha.«

GEGENWART

»Für die Sache mit der Karte musste Martha in den Raum
der Besinnung.« Inga nahm Theresa die Karte aus der
Hand.

»Martha war das?«

Ihre Mutter nickte und wirkte nun wieder gequält. »Ich
habe es nie wirklich verstanden, wir haben nicht darüber
gesprochen.«

»Was ist der Raum der Besinnung?«

»Ein furchtbarer Ort.« Ihre Mutter schloss die Augen,
erschauderte.

Theresa und Jonas tauschten einen Blick. »Hast du Martha nicht danach gefragt?«

»Nein, wir haben über diese Zeit nicht gesprochen.
Als wir dort waren, war sie so verändert, kratzbürstig, abweisend … Und wieder hier hat es lange gedauert, bis sie
wieder die Martha wurde, die wir kannten. Das Verhältnis
zu unseren Eltern war allerdings gestört, anders kann man
es nicht nennen. Die wiederum waren gefangen im Verlust
von …«, Inga atmete tief ein und stieß den Atem in einem

langen Seufzer wieder aus, »… von Clara. Das war wie eine schwarze Wolke über unserem Leben, und es hat gedauert, ehe es wieder eine Normalität gab.«

»Hast du deinen Eltern erzählt, was dort alles passiert ist?«

Ein Schatten flog über Ingas Gesicht. »Ich habe es versucht, aber Mama ist wütend geworden und hat gesagt, meine Schwester sei tot, und meine Sorge sei, wie oft ich aufs Klo gedurft hätte. Danach habe ich nicht mehr versucht, es ihr zu erklären.«

»Wir haben hier eine Liste mit Namen«, sagte Jonas mit sanfter Stimme. »Können Sie sich an welche erinnern?«

Inga schürzte die Lippen, während sie las. »Es ist schon so lange her. An Tante Martina erinnere ich mich. An Frau Wengertz. Schwester Juliane natürlich und Tante Anette. Katja Brack und Sabine Welk sagen mir nichts. Was die Ärzte angeht, kann ich mich an die Namen überhaupt nicht mehr erinnern.«

»Ich werde versuchen, zumindest mit einer dieser Frauen mal zu sprechen«, sagte Jonas. »Es ist sicher interessant, was sie aus der heutigen Sicht zu alldem erzählen, ob sie es bereuen oder im Nachhinein als richtig ansehen. Zuerst einmal mache ich aber einen Termin mit Matthias Heister. Das wird sicher ein spannendes Gespräch, weil er durch seinen Beruf noch einmal eine andere Sicht auf die Dinge hat.«

»Was macht er denn beruflich?« Sie schaute auf.

»Er war Psychotherapeut für Kinder, jetzt ist er im Ruhestand und lebt in Hamburg.«

Inga nickte, und Theresa fiel auf, dass sie nicht mehr so angespannt war, wenn es um dieses Thema ging. Als würde es ihr helfen, die Dinge endlich benennen zu dürfen. Aber es erklärte noch nicht, warum sie Claras Existenz verheimlicht und alle Erinnerungen aus ihrem Leben verbannt hatte. Das galt es, herauszubekommen.

Zunächst jedoch wollte sie mit Matthias Heister sprechen, der sich sehr gerne dazu bereit erklärte, mit ihnen zu reden. Sie vereinbarten direkt einen Termin für den kommenden Tag, und Jonas kam morgens zu Theresa, um sie abzuholen. Auch Inga kam mit, wenngleich diese zunächst gezögert hatte. »Was soll ich denn da? Das ist doch ein völlig Fremder?«

»Ihr teilt immerhin ein Schicksal. Eines, über das viel zu lange geschwiegen wurde.«

Martha würde im Laden die Stellung halten. Sie fuhren gute zweieinhalb Stunden, und während der Fahrt war Inga auffallend still. Sie hatte auch darauf bestanden, hinten zu sitzen, so dass Theresa auf dem Beifahrersitz Platz nahm. Hoffentlich war es kein Problem, dass sie ihre Mutter zu dieser Fahrt gedrängt hatte, denn Inga wirkte angegriffen, als hätte sie schlecht geschlafen. Verwunderlich wäre es nicht, denn es war nicht nur das erste Mal seit vielen Jahren, dass sie von damals erzählte, sondern sie würde auch jemanden treffen, der das Martyrium mit ihr durchlitten hatte.

Während der Fahrt lief das Radio, und sie führten belangloses Geplauder über allgemeine Themen, so dass keine verlegenen Pausen aufkamen, und auch Inga sich an den Gesprächen beteiligen konnte. Sie kamen eine Stunde vor dem Termin an, weil sie etwas Puffer eingeplant hatten, und setzten sich in ein Café, ehe sie zu Matthias Heister gingen. Theresa war nun selbst ein wenig aufgeregt, und sie hakte sich bei ihrer Mutter ein, weil sei den Eindruck hatte, diese bräuchte den Halt.

»Ich weiß nicht«, murmelte Inga in sich hinein.

Als sie schließlich vor der Tür einer alten Villa standen, in der sich die Wohnung des verrenteten Psychotherapeuten befand, war Theresa fast schon nervös. Es war, als trete sie eine Reise in die Vergangenheit ihrer Mutter an und nahm Geschichten vom Wegesrand mit, die ihr halfen, alles besser zu verstehen.

Jonas drückte die Türklingel, und kurz darauf ertönte ein Summer. Sie betraten das hübsche Treppenhaus mit dem in einem Schachbrettmuster gefliesten Boden und der Holztreppe. Die Wohnung von Matthias Heister befand sich im zweiten Stock, und er stand bereits in der offenen Tür und erwartete sie – ein freundlich wirkender Herr mit grauem Haar und ausgeprägten Geheimratsecken, dessen blaue Augen einen wachen Verstand zeigten. Er lächelte und reichte ihnen nacheinander die Hand zur Begrüßung. Sowohl das Lächeln als auch der warme, feste Händedruck nahmen Theresa bereits für ihn ein, noch bevor sie seine Wohnung mit dem knarrenden Dielenboden betraten. Er führte sie in ein Wohnzimmer, wo auf dem Esstisch bereits eine Teekanne auf einem Stövchen stand, sowie vier Teegedecke und eine Etagere mit buttrig aussehendem Gebäck.

»Als ich Drees hörte, fiel es mir wieder ein«, sagte er. »Meine Eltern haben immer im Teehaus eingekauft, auch, wenn ich mich nicht daran erinnere, die Töchter des Hauses je kennengelernt zu haben. Aber mir fiel wieder ein, dass mein Vater bei meiner Abreise sagte, die Drees-Mädchen seien auch im Bus.«

»Was für eine entsetzliche Fahrt«, sagte Inga, die schnell aufzutauen schien. »Da war diese grässliche Frau, die den Teddy meiner kleinen Schwester aus dem Fenster werfen wollte.«

Heister nickte nachdenklich. »An einen Vorfall mit einem Stofftier erinnere ich mich auch, aber es hat mich nicht so sehr interessiert. Ich war schon direkt nach unserer Abfahrt krank vor Heimweh und bin in meinem eigenen Kummer versunken, habe die ganze Fahrt über geweint.« Er deutete auf die Stühle. »Nehmen Sie doch bitte Platz.«

Sie setzten sich hin.

»Ich war überrascht von dem Aufruf in der Zeitung«, sagte Matthias Heister. »Auch, wenn ich die Berichterstattung natürlich verfolgt habe.«

»Sie sagten, Sie hätten direkt zu Beginn Heimweh gehabt«, sagte Jonas und sah den Mann aufmerksam an. »Wie haben Sie den Aufenthalt erlebt?«

Matthias Heister schenkte ihnen nacheinander Tee ein und lächelte ihre Mutter dabei warmherzig an. »Es war furchtbar, das kann ich ohne jede Einschränkung sagen. Wenn es auch nur irgendetwas Schönes gab, erinnere ich mich nicht mehr daran. Ich weiß, dass wir viel draußen waren, und es gab auch ein schönes Spielzimmer, in dem ich oft war. Aber alles wird überlagert von dem Grauen, was ich dort erlebt habe.«

»Können Sie ein paar Dinge nennen?«

Der alte Herr schlug ein Bein über das andere und lehnte sich zurück. »Man versuchte, aus den Kindern ein funktionierendes Regelwerk zu machen. Da waren zunächst die reglementierten Toilettengänge. Man ging nicht, wenn man den Drang dazu verspürte, sondern zu festen Uhrzeiten. Dann war das Essen einfach widerlich, trotzdem musste man alles aufessen und noch einen Nachschlag dazu. Wer sich erbrach, musste das Erbrochene essen. Ich war sechs Wochen da. Für ein Kind ist das eine furchtbar lange Zeit, es kann das gar nicht überblicken. Für kleinere Kinder musste es so gewesen sein, als kehrten sie nie wieder zurück. Als Erwachsener ist es nur noch schwer vorstellbar, wie unendlich lang dieser Zeitraum gewesen ist. Die Kinder dachten, sie sähen ihre Eltern nie wieder, würden immer an diesem Ort der Demütigungen und Erniedrigungen bleiben, ohne einen Erwachsenen, der sie beschützte.«

Theresa bemerkte, wie ihre Mutter mit glasigen Augen blinzelte, und wieder sah Matthias Heister sie freundlich an.

Besser als sie oder Jonas es je könnten, wusste und verstand er, was sie durchgemacht hatte, da er ihr Schicksal teilte.

»Es ist gut, dass jetzt endlich darüber gesprochen wird, ganz offen«, fuhr er fort, »in der Presse. Wenngleich es noch ein weiterer Weg ist. Aber ein erster Schritt ist schon damit getan, zu sagen: Wir erkennen an, was euch zugefügt worden ist. Und die Menschen, die diese Traumata seit ihrer Kindheit durchs Leben schleppen, merken zum ersten Mal, sie sind nicht allein.«

Theresa nahm einen Schluck Tee, ein feiner Darjeeling. »Aber die Kinder wussten doch, dass andere dasselbe durchlitten hatten. Wie kam es, dass sie sich in ihrem Leid dennoch allein fühlten?«

»Die Kinder sind nicht gehört worden, sie dachten, diese Erniedrigungen seien normal und nur sie selbst litten darunter. Weil das System so perfide war, dass die Kinder untereinander gar nicht über ihre Gefühle sprachen, darüber, wie es ihnen mit dieser Situation ging.« Er machte eine kurze Pause, sah Inga an, als wollte er ihr die Gelegenheit geben, sich zu sammeln. »Und die Eltern haben das abgetan, die wollten es meistens nicht hören. Die Kinder haben dann den Eindruck bekommen, dass ihre Gefühle falsch wären. Das menschliche Gedächtnis ist erstaunlich, und es hat funktionierende Schutzmechanismen, die dafür sorgen, dass man trotz traumatischer Umstände überlebt. Ich habe das auch so erlebt. Die Erinnerungen werden teilweise einfach weggeschlossen, teilweise sind sie in Fragmente zerlegt, existieren als Erinnerungsfetzen, aber nicht mehr in ihrer Vollständigkeit. Das erleichtert einerseits das Weiterleben, andererseits können Erzählungen aus dieser Zeit unstimmig wirken.«

»Den meisten Eltern fiel doch vermutlich durchaus auf, wie sehr sich ihre Kinder verändert hatten«, sagte Jonas. »Haben sie nie untereinander darüber gesprochen? Mit anderen Eltern, deren Kinder auch so verstört zurückgekehrt sind?«

Matthias Heister schien zu bemerken, dass Inga ihren Tee ausgetrunken hatte, denn er beugte sich vor und schenkte ihr nach, was sie mit einem leicht zittrigen Lächeln beantwortete. Unwillkürlich ergriff Theresa ihre Hand und drückte sie sanft.

»Früher«, sagte der ältere Herr, »gab es eine ganz andere Obrigkeitshörigkeit. Der Herr Doktor sagte, das Kind sei genesen zurückgekehrt. Das wurde nicht infrage gestellt. Und man wollte sich auch nicht mit Schuldgefühlen belasten, denn man hatte sein Kind in bester Absicht fortgeschickt. Es gab Eltern, die das ganze Jahr nicht in den Urlaub fahren konnten. Für die war das eine Möglichkeit, dem Kind eine Reise zu ermöglichen. Die Vorstellung, dem Kind könne da etwas Schlimmes angetan worden sein, war schlicht unerträglich.« Heister machte eine Pause. Theresa konnte deutlich spüren, dass es ihm schwerfiel, weiterzusprechen. »Ich war ein fröhliches, aufgewecktes Kind und bin als zitterndes Häufchen Elend zurückgekehrt. Wir durften dort nicht zu auffällig weinen, wenn wir Heimweh hatten, das hat direkt Strafen nach sich gezogen. Meine Gefühle habe ich dann kompensiert, indem ich aggressiv anderen Kindern gegenüber wurde. Mein Vater gehörte zu den Eltern, die zugehört und nicht zugelassen haben, dass eines meiner Geschwisterkinder fortgeschickt wird. Meine Mutter hingegen sagte immer, ich würde übertreiben.«

»Wie konnte sich ein solches System etablieren?«, fragte Jonas. »Die Zustände müssen doch den Ärzten durchaus bekannt gewesen sein.« Trotz seiner journalistischen Professionalität schien ihm nahezugehen, was Heister erzählte. Theresa sah es in seinen Augen.

»Für die Heime waren diese Kuraufenthalte der Kinder ein Geschäft, das viel Geld einbrachte. Und Ärzte, die Kuren verschrieben, bekamen vielfach spezielle Vergütungen. Es lag also im Interesse aller verantwortlichen Stellen, dass dieses System aufrechterhalten wurde.« Matthias Heister sah Inga aus sanften Augen an. »Ich weiß nicht, wie Sie damit später umgegangen sind, aber dass ich so offen darüber sprechen kann, verdanke ich dem Umstand, dass mein Vater mir alles geglaubt hat, was ich gesagt habe. Er ist zu dem Arzt gegangen, der die Kur verschrieben hat und hat böse Briefe an das Heim und die Krankenkasse geschrieben. Gebracht hat es nichts, aber ich fühlte mich in meinem Leid verstanden. Trotzdem hatte ich viele Jahre Schlafstörungen und träume heute noch von dem Aufenthalt dort.«

»Ich auch«, flüsterte Inga, und der Atem ging ihr schneller, als drückte sie aufkeimende Panik nieder. Theresa konnte es kaum ertragen, ihre Mutter so zu erleben, und sie hätte gerne etwas Tröstliches gesagt, aber sie wusste nicht, was. »Mal sitze ich wieder im Bus«, kam es leise von Inga »mal stehe ich im Dunkeln im Schlafsaal.«

»Heute weiß man, wie wichtig Bindungspersonen für Kinder sind«, hörte Theresa die Stimme von Jonas, ohne ihre Mutter aus den Augen zu lassen. »Man versteht Bindung als ein elementares kindliches Bedürfnis.«

»Schlimm war das Gefühl der Ohnmacht.« Matthias Heister stellte mit leisem Klirren seine Tasse ab. »Man wollte aus dieser Situation gerettet werden, wollte, dass die Eltern kamen und einem herausholten. Aber nicht einmal das ging, weil alles zensiert wurde, was man ihnen schrieb, und man so tun musste, als sei alles in Ordnung.«

»Was für einen öffentlichen Umgang wünschen Sie sich mit dem Thema?«

»Es braucht eine Aufarbeitung, in der die Kinder von damals gehört und vor allem ernst genommen werden. Meine Mutter hat mir mehrmals gesagt, dass es doch nur sechs Wochen waren, was wäre das schon im Verhältnis zu einem ganzen Leben. Mittlerweile sind wir weiter, aber früher fehlte da einfach das Verständnis dafür, wie tiefgreifend die Störungen in der Entwicklung sind.« Matthias Heister räusperte sich und bedachte sie nacheinander mit einem Blick. Theresa konnte ihn sich gut als empathischen Psychotherapeuten vorstellen. »Kinder beziehen ihre Selbstwahrnehmung aus der Rückmeldung von Erwachsenen, denen sie anvertraut wurden. Wenn von den Erwachsenen kein Halt kommt, kein Trost, sondern nur Kälte, Demütigungen und erniedrigende Bestrafungen für banalste Dinge, wie die eigene Entscheidung darüber, wann man auf die Toilette geht, dann kann das in der Psyche des Kindes tiefe Narben hinterlassen. Nicht umsonst leiden viele dieser ehemaligen Kinder auch im Erwachsenenalter noch.«

»Ich habe eine Liste mit Namen von Mitarbeitern des Kurhauses.« Jonas legte sie auf den Tisch. Sie musste bereits zwischen den Seiten seines Blocks bereitgelegen haben. »Erinnern Sie sich an jemanden?«

Heister setzte sich eine Brille auf und nahm den Zettel zur Hand, krauste die Stirn. »*Tante* Anette. Furchtbare Frau. Und an Schwester Juliane erinnere ich mich, sie war die Einzige dort, die nett gewesen ist. Bei den Ärzten kann ich mich an Dr. Rath erinnern. Haben Sie mit jemanden gesprochen? Die Ärzte dürften mittlerweile verstorben sein?«

»Davon gehe ich auch aus. Ich habe aber bisher noch niemanden persönlich ausfindig machen können.« Jonas nahm den Zettel zurück und steckte ihn wieder ein. »Das werde ich im nächsten Schritt tun. Und danach möchte ich das ehemalige Heim aufsuchen. Möchten Sie mit dorthin?«

Matthias Heister schüttelte den Kopf. »Es mag für den einen oder anderen heilsam sein, zu sehen, was aus diesem Haus mittlerweile geworden ist, und zu wissen, dass die Schrecken gebannt sind. Aber ich für meinen Teil habe damit abgeschlossen und möchte diesen Ort nie wieder betreten.«

»Ich weiß nicht, ob es eine gute Idee war, meine Mutter mitzunehmen«, sagte Theresa, als sie wieder in Emden waren und Inga gerade zu Hause abgesetzt hatten. »Das alles muss sie furchtbar mitgenommen haben.«

Jonas' Schulter streifte ihre im Gehen, während er nachdenklich in die Ferne sah. »Verständlich, oder? All die Jahre hat sie nicht darüber gesprochen. Sogar als Laie kann man sich vorstellen, was all das, was sie hinter sich hat, an seelischem Leid ausgelöst haben muss. Deine Mutter wurde als Kind tief traumatisiert, hat ihre Erlebnisse verdrängt, und jetzt kommt alles wieder an die Oberfläche, wird ausgebreitet und seziert. Eigentlich müsste jemand, der versiert ist, sie bei diesem Prozess begleiten, um eine Retraumatisierung zu verhindern. Es kann aber auch hilfreich sein, nach all den Jahren zu wissen, dass man nicht allein war.«

Es war ein schöner Abend, und sie spazierten am Wasser entlang. Theresa legte den Kopf leicht zurück, so dass ihr der leichte Wind das Haar aus dem Gesicht wehte. Sie spürte Jonas' Blick und lächelte. Zum ersten Mal seit ihrer Trennung wurde ihr bewusst, dass sie wirklich ungebunden war. Sie konnte flirten, sie konnte sich verlieben, sie konnte einfach genießen, mit einem Mann zusammen zu sein. Ob Jonas dieser Mann sein würde, wusste sie nicht, aber es fühlte sich gut an, mit ihm zusammen zu sein.

»Wenn ich bedenke, dass mir deine Hartnäckigkeit anfangs auf die Nerven gegangen ist … Aber sie hatte doch ihr Gutes.«

»Na ja, ich muss gestehen, dass es in erster Linie der journalistische Ehrgeiz war, der mich getrieben hat. Ich wollte eine gute Geschichte erzählen.«

»Daran habe ich keinen Zweifel.«

»Und trotzdem spazierst du mit mir durch den Abend.«

Theresa grinste. »Wir alle haben unsere dunklen Seiten.«

Er lachte, und für einen winzigen Moment berührten sich ihre Hände wie zufällig. In Theresas Bauch kribbelte jene Erregung, die sie schon gar zu lange nicht mehr gespürt hatte. Der Gedanke, wohin das alles möglicherweise führen könnte, war geradezu waghalsig, und doch war es keine verbotene Vorstellung, und Theresa konnte sich ganz und gar darauf einlassen. Sie war Single, konnte tun und lassen, was sie wollte. Fenja würde ihr raten, sich dieses Vergnügen auf gar keinen Fall zu versagen. Bei dem Gedanken an ihre Freundin lächelte sie.

»Wie sieht deine weitere Abendplanung aus?«, fragte Jonas, und nun konnte sie nicht anders, sondern musste lachen. Er hob die Brauen, gespielt konsterniert. »War die Frage irgendwie lächerlich?«

»Nein, sie passt nur gerade zu meinen Gedanken.«

»Du hast Gedanken, die eine Abendplanung mit mir beinhalten?«

»Das habe ich nicht gesagt.«

»Wie ernüchternd.«

Wieder lachte sie, ein helles, befreites Lachen. Vielleicht war das der Prozess, in dem sie langsam mit ihrer Ehe abschloss, mit Lukas und den unerfüllten Träumen. Sie fragte sich, wie es weitergehen würde, wenn sie ihrem Impuls nachgab und mit Jonas zu sich nach Hause ging. Vermutlich passierte nichts. Und wenn doch? Sie waren schließlich beide erwachsen.

»Hast du Lust, auf einen Absacker mit zu mir zu kommen?«, fragte sie.

»Sehr gerne. Magst du vorher noch etwas essen? Immerhin hatten wir seit dem Frühstück nichts.«

»Das wäre vor dem Absacker vielleicht keine schlechte Idee.«

Sie entschieden sich für Backfisch und gingen an einen Stand, um welchen zu kaufen. Damit setzten sie sich auf eine Bank und sahen aufs Wasser, während sie aßen. Schleierwolken zogen über den Himmel, von dem die Sonne schräge Strahlen warf, die den Tag in lange Schatten zerfließen ließ, die sich schon bald zu Dunkelheit verdichten würden. Nachdem sie aufgegessen hatten, standen sie auf und spazierten zu Theresas Wohnung. Sie fragte sich, ob nur sie diese vibrierende Erregung spürte und es für ihn ein ganz normaler Ausklang eines Arbeitstages war.

In ihrer Wohnung ging sie zur Anrichte und goss zwei Gläser Rotwein ein, reichte ihm eins und lehnte dann mit dem Rücken an den Esstisch und sah ihn beim Trinken über den Rand des Glases hinweg an. »Wie wollen wir nun weitermachen?«

»Ich bin mir nicht sicher, ob ich die Frage richtig verstehe und würde ungern ins Fettnäpfchen treten.« Jonas' Augen blitzten kurz schalkhaft auf.

Jetzt musste sie lachen, dann nahm sie einen Schluck, senkte das Glas wieder und stellte es neben sich auf den Tisch. Weil sie schon seit ihrer Teenagerzeit mit Lukas zusammen gewesen war, hatte sie nie so richtig gelernt zu flirten. Ihre erste Liebe war von einer gewachsenen, tiefen Vertrautheit begleitet gewesen. Und wenn diese Anziehung, die sie Jonas gegenüber verspürte, nur einseitig war? Sie wollte sich diese Blöße nicht geben, vor allem angesichts dessen, dass sie sich ja künftig auch weiterhin begegnen würden – zumindest, solange er an dem Artikel arbeitete.

Jonas stellte sein Glas nun ebenfalls auf die Anrichte, kam zu ihr, strich ihr behutsam eine Strähne aus dem Gesicht und sah sie aufmerksam an, schien ihre Gefühle auszuloten. Dann senkte er den Kopf, und sie spürte seinen Atem auf ihrem Mund, traute sich, das letzte Stück der Distanz zu überwinden und ganz sacht seine Lippen mit den ihren zu berühren. Zunächst verharrten sie so, dann wurde ein richtiger Kuss daraus, und Jonas legte sanft die Hand an ihren Hinterkopf, während sie die Arme um seine Schultern schlang und ihn an sich zog. Es war verführerisch, aufregend und erregend, dieses wechselseitige Spiel aus Zurückhaltung und Hingabe. Schließlich löste Jonas sich von ihr, lächelte und gab ihr einen Kuss auf die Stirn.

»Ich werde jetzt gehen.« Sein Blick war zärtlich. »Du musst morgen früh raus, und ich auch.«

Einerseits war sie erleichtert, dass sie mit ihren aufgewühlten Gefühlen nun allein sein konnte, um diese zu analysieren und zu deuten. Andererseits jedoch hätte sie sich gewünscht, dass in diesem Moment mehr aus dem Kuss geworden wäre. »Wann sehen wir uns?«

»Ich muss bis sechs arbeiten, aber wenn es dir passt, gerne danach. Vielleicht habe ich bis dahin auch ein paar neue Antworten.«

»Sagen wir, halb sieben?«

»Das passt. Wenn etwas dazwischen kommt, rufe ich dich an.« Er lächelte.

Sie brachte ihn zur Tür, und ehe er ging, küssten sie sich ein weiteres Mal. Dann schloss sie hinter ihm ab und fuhr sich mit beiden Händen durch das Haar. In ihr tobte eine Mischung aus Euphorie und Erwartung, gepaart mit der Hoffnung, sich da nicht gerade in etwas zu verrennen.

•

Nach ihrer Ankunft zu Hause legte Inga den Zettel mit Matthias Heisters Nummer auf die Anrichte. Er hatte ihr gesagt, wenn sie das Bedürfnis hätte, mit einem Gleichgesinnten über damals zu sprechen, dürfe sie sich jederzeit gerne melden. Was für ein reizender Mann. Für Inga war es ein befremdliches Gefühl gewesen, jemanden über all das, was ihr selbst auch widerfahren war, so offen reden zu hören, zu merken, dass er sich ebenso gefühlt hatte, wie sie, dass es auch ihn um den Schlaf gebracht und auch ihm nicht zugehört worden war – zumindest von seiner Mutter. Inga hatte all die Jahre geglaubt, ihre Gefühle seien nicht richtig, hatte versucht, sie zu unterdrücken, nur damit sie in Momenten hervorbrachen, wenn sie wehrlos dagegen war, so wie die schlimmen Bilder in ihren Träumen. Und stets hatte in ihr der Gedanke mitgeschwungen: Was ist mein Leid schon im Vergleich zu Claras Tod?

Inga sah sich das Gruppenfoto vor dem Kurhaus an. Sie konnte sich noch sehr gut an den Tag erinnern, als es aufgenommen worden war. Schwester Hannelore hatte ihre Kamera ans Auge gehoben und gesagt, sie sollten jetzt alle lächeln, sie würde nun ein Erinnerungsfoto schießen, das sie ihren Eltern mitbringen sollten. Tante Martina und Schwester Juliane stellten sich neben den Tisch, und Inga wusste noch, wie sie ein gezwungenes breites Lächeln aufgesetzt hatte. Wie wohl das Essen an dem Tag gewesen war?

Sie legte das Foto auf den Tisch zu den Unterlagen, die seit Theresas Besuch am Vortag hier lagen. Kurz darauf klopfte es an der Haustür, und Inga stand auf, um Martha einzulassen. Ihr Haar kräuselte sich in der feuchten Wärme und widersetzte sich ihren offensichtlichen Bemühungen, etwas Ordnung hineinzubringen.

»Wie war dein Ausflug?« Ihre Schwester schob sich an ihr vorbei, wie sie es immer tat. Man musste Martha nie hineinbitten, das übernahm sie selbst.

»Nun, Ausflug würde ich es nicht gerade nennen.«

Sie folgte ihrer Schwester ins Wohnzimmer, und Marthas Blick fiel auf die Unterlagen, die auf dem Tisch lagen. »Ich sehe, du tauchst sehr intensiv in die Vergangenheit ein.« Ihrer Stimme war nicht zu entnehmen, was sie davon hielt.

»All die Jahre habe ich das tunlichst vermieden, aber ich merke, dass es Zeit dafür ist.«

Marthas Verhältnis zu ihren Eltern hatte sich sehr verschlechtert, seit sie damals nach Hause zurückgekehrt waren. Ihre übersprudelnde Fröhlichkeit war einer ungezügelten Widerspenstigkeit gewichen, sie war aggressiv geworden, sowohl ihren Eltern als auch Inga gegenüber, wobei sich das irgendwann wieder legte. Im Gegensatz zu Inga hatte sie nie versucht, über alles mit den Eltern zu sprechen, sondern war in sich gekehrt gewesen, eingekapselt in ihr Inneres, während sie der Welt nur eine stachelige Schale zeigte. Als sie älter geworden war, hatte sich das geändert, aber das Verhältnis zu den Eltern war schwierig geblieben.

Jetzt setzte sie sich auf das Sofa und nahm das Gruppenfoto zur Hand, betrachtete es lange schweigend. »An dem Tag gab es Graupensuppe«, sagte sie schließlich.

1964

Dass es in dem Haus eine Bibliothek gab, sah Inga an diesem Nachmittag das erste Mal. Sie lag hinter einer Tapetentür im Spielzimmer, und Schwester Juliane öffnete sie mit einer Miene, als offenbarte sie eine verborgene Kammer, die allerlei Geheimnisse enthielt. Nicht nur Inga war begeistert, und so gingen die Kinder in den Raum, in dem an allen vier Wänden Regale standen. Lediglich Fenster und Türen blieben frei, und unter den Fenstern lagen große Kissen für gemütliche Leseplätze. Sie durften sich allerdings nicht daraufsetzen, sondern jeder, der Lust hatte, sollte sich ein Buch aussuchen und sich damit dann ins Spielzimmer setzen.

Inga zog ein Buch hervor, und eine Karte flatterte hinaus. Sie hob sie auf und las sie. Es war ein Gedicht von Rilke. Da hatten sie in der Schule das mit dem Panther auswendig lernen müssen, und Inga fand, es war das traurigste Gedicht der Welt. Dieses hier fand sie gruselig.

Ein weißes Schloss in weißer Einsamkeit.
In blanken Sälen schleichen weiße Schauer.

Todkrank krallt das Gerank sich an die Mauer,
und alle Wege weltwärts sind verschneit.

Darüber hängt der Himmel brach und breit.
Es blinkt das Schloss. Und längs den weißen Wänden
hilft sich die Sehnsucht fort mit irren Händen …
Die Uhren stehn im Schloss: Es starb die Zeit.

Inga hatte das Gefühl, dass es sich in dem Gedicht um dieses Haus handelte. Als sie Schritte hinter sich hörte, steckte sie die Karte schnell in ihre Hosentasche.

»Hast du etwas Schönes gefunden?«, hörte sie Schwester Juliane fragen und dachte, diese hätte bemerkt, dass Inga sich etwas in die Tasche geschoben hatte. Voller Angst war Inga kurz davor, zu gestehen, was sie getan hatte, aber Schwester Juliane sah das Buch an, das Inga in der Hand hielt. *Gulla auf dem Herrenhof.* »Das ist eine ganz reizende Geschichte, ich habe es meiner Nichte einmal vorgelesen.«

Bestimmt war Schwester Juliane eine sehr nette Tante. Man hätte lieber sie Tante Juliane nennen sollen und dafür die garstigen Tanten Schwester Martina und Schwester Anette. Die kamen ja abends auch immer wie Krankenschwestern mit dem Arzt an, der die Spritze in der Hand hielt.

»Willst du das Buch mitnehmen?«

»Ja«, antwortete Inga.

»Dann geh nur und setz dich.« Schwester Juliane sagte

den Kindern, sie sollten sich ein wenig beeilen, damit sie die Tür wieder schließen konnte.

Inga verzog sich mit dem Buch in die Leseecke. Martha hatte sich auch eins genommen und setzte sich weit weg von ihr. Dafür kam Clara zu ihr und kuschelte sich an sie.

»Soll ich dir vorlesen?«, fragte Inga, obwohl sie lieber allein für sich gelesen hätte. Aber Clara sah so traurig aus, und sie war an diesem Morgen wieder ausgeschimpft und kalt geduscht worden, weil sie ins Bett gemacht hatte. Sie legte ihren Kopf an Ingas Brust und steckte sich den Daumen in den Mund. Martha hatte gesagt, Clara sei wieder ein richtiges Baby geworden.

Inga streichelte ihr über das Haar, während sie vorlas. So saßen sie da, bis sie aufstehen sollten, um ihre nachmittägliche Milch zu trinken. Dazu gab es ein paar Kekse, die zu weich war, wie wenn man die Keksdose nicht verschloss. Inga knabberte langsam an einem herum, musste aber alle drei aufessen, die auf ihrem Teller lagen. Ihr tat der Bauch schon wieder so weh, und sie presste die Hand darauf. Danach wurden sie in den Garten geschickt, wo sie bis zum Abendessen spielen sollten. Inga schloss sich einigen Kindern an, die Räuber und Gendarme spielten. Clara wollte auch mitmachen, aber das wollten die anderen nicht, weil sie noch zu klein war. Weil Inga auch ein wenig mit Gleichaltrigen spielen wollte, sagte sie Clara, sie solle sich doch kleinere Kinder suchen. Clara fing an zu weinen, und bettelte, bis Inga schließlich mit ihr schimpfte. Dann zog Clara ab.

Das Spiel machte großen Spaß, und die Zeit bis zur aufziehenden Dämmerung verging wie im Flug. Als sie hineingerufen wurden, verabredeten sie, am kommenden Tag weiterzuspielen. Sie gingen die Treppe hinauf zu den Schlafsälen, um sich die nassen Sachen auszuziehen und in trockener Kleidung zum Abendessen zu erscheinen. Claras Gesicht war rot gefleckt, und sie kam zu Inga, schlang die Arme um ihre Mitte.

»Clara, ich kann mich so nicht umziehen. Komm, ich helfe dir, ja?« Inga streifte sich die nassen Hosen ab, schlüpfte in trockene und reichte dann ihrer kleinen Schwester frische Kleidung. Sie durften dann noch ein bisschen ins Spielzimmer, wurden zur Toilette geschickt und gingen dann zum Abendessen. Inga hatte überhaupt keinen Hunger, ihr lagen noch die Kekse wie ein Stein im Bauch. Sie nahm Platz und betrachtete den klumpigen Hirsebrei, zu dem saures Brot mit Käse gereicht wurde. Nichts davon schmeckte, und Inga aß schnell und ohne richtig zu kauen. Clara weigerte sich zu essen, bis Schwester Hannelore sie am Nacken packte und ihr den Brei einlöffelte. Ersticktes Weinen und Würgen war zu hören.

»Wir alle sind dein Theater hier langsam leid!«, schrie sie.

»Ich helfe ihr«, bot Inga an, der Schwester Hannelores Geschrei Angst machte.

»Du isst jetzt selber!« Schwester Hannelore schlug auf den Tisch. »Mir reicht es langsam mit euch. So schlimme Kinder wie diesen Winter hatten wir noch nie!«

Eingeschüchtert aß Inga, hörte, wie Clara würgte, bis es kam, wie es kommen musste, und sie alles erbrach. Sie weigerte sich strikt, das Erbrochene zu essen, und als Schwester Hannelore ihr eine Scheibe Brot in den Mund schob, biss sie ihr auf den Finger. »Ah! Du kleines Biest!« Sie holte aus und schlug Clara derb gegen den Hinterkopf. Die schrie und heulte laut auf.

»Das hat ihr wehgetan«, rief Inga und war selbst den Tränen nahe.

»Das hoffe ich.«

Tante Martina kam zu ihnen. »Aufessen«, befahl sie. Dann packte sie Claras Schultern. »Ich halte sie fest, du fütterst sie.« Schwester Hannelore schaufelte das Erbrochene in Clara, die mit einer Hand die Schüssel vom Tisch fegte, so dass das ein Matsch aus Brei, Erbrochenen und Scherben auf dem Boden lag.

»Wer fertig ist, steht auf!«, rief Frau Wengertz, die in eben diesem Moment den Speisesaal betrat. »Du auch!«, herrschte sie Inga an, die bei Clara bleiben wollte.

Clara sah sie flehend an, das Gesicht rot und tränennass, aber sie konnte nicht bleiben. Mit schlechtem Gewissen ging Inga hinauf in den Schlafsaal. Dort erschien kurz darauf Tante Martina, nahm Claras Teddy vom Bett und ging damit hinaus. Es dauerte lange, bis Clara in den Saal gebracht wurde.

»Dein Teddy musste in den Ofen, weil du so böse warst«, sagte Tante Martina, die hinter ihr zur Tür hereinkam.

»Teddy!«, schrie Clara.

»Für den ganzen Saal gibt es keine Geschichte. Bedankt euch bei Clara.« Grob zerrte Schwester Hannelore an Claras Kleidung, streifte ihr das Nachthemd über und stieß sie ins Bett.

»Sie soll endlich still sein!«, rief jemand.

»Teddy!« Claras Stimme ging in abgehackten Schluchzern.

Martha drehte sich um und zog sich das Kissen über den Kopf, als wollte sie nichts mehr hören.

»Scht«, machte Inga und versuchte, ihre kleine Schwester zu trösten, aber Clara weinte unaufhörlich, und schließlich erschien Tante Martina mit Dr. Rath, der seinen Koffer öffnete und die Spritze zückte.

»Geh in dein Bett«, befahl sie, und Inga gehorchte.

»Nein.« Clara wollte um sich schlagen, aber Tante Martina hielt sie fest, und der Arzt stach die Spritze in ihren Arm. Kurz darauf verebbte ihr Weinen, und ihre Augen fielen zu. Endlich war Ruhe. Tante Martina drehte sie auf den Rücken und straffte die Decke über ihrem Körper, steckte sie seitlich unter die Matratze. Das machte sie immer, damit Clara sich nicht freistrampelte nachts.

Inga drückte den Kopf in das Kissen, presste die Augen zusammen, damit Tante Martina dachte, sie sei auch sofort eingeschlafen, aber kurz darauf wurde ihre Decke beiseite gezogen, und sie schnappte nach Luft, als ihr Pyjama an der Schulter runtergezogen wurde und sie den Stich im Oberarm verspürte. Ihr war, als drehte sich alles, dann versank sie in Schwärze.

Als Inga die Augen aufschlug und ins grelle Licht blinzelte, schmerzte ihr der Kopf, und sie fühlte sich träge, die Gliedmaßen schwer. Aber das laute Schrillen war nicht zu ignorieren, und so richtete sie sich auf. Der Weckalarm verstummte, und sie schwang die Beine aus dem Bett, sah zu Clara hinüber, die immer noch dalag, als hätte sie nichts gehört. Sie würde Schimpfe bekommen, wenn sie nicht aufstand, und so ging Inga zu ihr. Aber Clara schlief ja gar nicht, ihre Augen waren halb offen, und es stank nach Erbrochenem. Aus Claras Mund verlief ein eingetrocknetes Rinnsal, das in der Matratze versickert war. Etwas stimmte nicht, aber Ingas Denken war wie vernagelt. Sie berührte Claras Schulter, die ganz kalt war.

»Clara?«

Martha kam zu ihr, sah Clara, riss die Augen auf und schrie und schrie. Während Inga dastand, immer wieder sacht an der Schulter ihrer kleinen Schwester rüttelte, gellten Marthas Schreie durch den Raum. Die Tür flog auf, und Tante Martina kam hinein. Sie versetzte Martha eine schallende Ohrfeige, woraufhin das Mädchen augenblicklich verstummte. Ingas Atem ging schnell und flach, und obwohl sie hörte, dass sie angesprochen wurde, konnte sie nicht reagieren.

»Schwester Juliane, holen Sie Dr. Fassberg«, rief Tante Martina.

Inga starrte Clara an, sah in die stummen Augen, während in ihren Ohren ein stetes Rauschen war. Schritte waren zu hören, Marthas Weinen.

»Erst die beiden Schwestern«, kam eine Stimme von weit her.

Der Arzt umfasste Ingas Schultern, und sie sah ihn mit starrem Blick an, konnte nicht antworten, als er sie ansprach, hörte ihren eigenen Atem, der in flachen Stößen kam. Dann spürte sie einen Stich im Arm, und ihr Blick verschwamm, ehe alles schwarz wurde.

GEGENWART

»Ich konnte einige der Mitarbeiterinnen ausfindig machen«, sagte Jonas, als er ins Teehaus kam, wo Theresa gerade Tee umfüllte. Seit dem Kuss vor drei Tagen hatten sie sich nicht mehr gesehen, weil ihm immer berufliche Termine dazwischengekommen waren, aber sie hatten telefoniert, und Theresa hatte nicht den Eindruck, als bereute er, so weit gegangen zu sein. »Hast du kurz Zeit? Tut mir leid, dass ich dich so überfalle, aber ich war in der Nähe und dachte, ich bringe dich direkt persönlich auf den neuesten Stand.«

»Wie du siehst, sind wir nicht gerade überlaufen. Setz dich doch.« Sie deutete zu dem Tisch.

»Also die Ärzte sind alle verstorben, wie schon erwartet.« Er hatte sich hingesetzt und legte seine Notizen auf den Tisch. »Frau Wengertz ist ebenfalls verstorben, eine der Krankenschwestern, Hannelore Meyer, lebt in einem Heim und ist schwer dement. Mit Telefonnummern ausfindig machen konnte ich Martina Bentheim und Juliane Breisig, wobei das schwer war, weil sie nicht mehr Breisig heißt, sondern Krantz, sie hatte zwischenzeitlich geheiratet. Ich habe beide angerufen. Das Gespräch mit Martina Bentheim war wenig ergiebig, sie hat gesagt, sie hätte kein Interesse an einem Gespräch, sie sei die negative Berichterstattung leid, als wären sie alle früher Monster gewesen und hätten aus lauter Spaß an der Freude Kinder gequält.« Er verzog ein wenig angewidert das Gesicht. »Die Kinder unter ihrer Betreuung wären gut genährt zurück nach Hause gefahren. Zu dünne Kinder hätten zugenommen, und die gute Waldluft hatte auch bei Atemwegserkrankungen geholfen. Abhärtung und viel Bewegung an der frischen Luft zusammen mit nahrhaftem Essen hätte noch keinem Kind geschadet. Ebenso wenig eine gewisse Strenge und Konsequenz. Keinerlei Unrechtsbewusstsein.«

»Oder sie will es sich einfach nicht eingestehen und weiß durchaus, dass das falsch war.«

Jonas zuckte die Schultern. »Oder das. Wie auch immer, sie wird sich nicht mit mir unterhalten.«

»Und die andere?«

»Juliane Krantz? Die war sehr nett, und ich konnte einen Termin mit ihr vereinbaren. Wenn es für dich passt, werde ich nächste Woche zu ihr fahren. Sie wohnt gar nicht weit weg in Meppen.«

»Ach was?«

»Ihr Mann war dort Arzt für Kinderheilkunde, hat sie mir erzählt.«

»Wann fährst du?«, wollte Theresa wissen.

»Nächsten Freitag, vormittags um elf. Vorher hat sie keine Zeit, weil sie für ein paar Tage verreist.«

»Soll ich Mama fragen, ob sie mitkommen möchte?«

Er nickte. »Ja, mach das gerne. Außerdem hat sich eine Frau bei mir gemeldet, Bärbel Weitzman, die damals zeitgleich mit deiner Mutter im Kurheim war. Wir haben heute morgen telefoniert. Durch die Berichterstattung liest sie viel über das Thema und ist so auf meinen Aufruf gestoßen. Ach ja, mit dem ehemaligen Kurheim habe ich telefoniert, und wir können übermorgen hinfahren und es einmal anschauen, so, wie es jetzt ist. Falls deine Mutter das möchte. Frau Weitzman wäre dazu bereit, sie hat selbst schon öfter mit dem Gedanken gespielt.«

Theresa klebte ein Etikett auf eine Teedose mit einer neuen Sorte. Grüntee aus China mit Jasmin, weich und aromatisch. »Ich werde mit Mama sprechen, ob sie auch hin möchte. Vielleicht ist es für sie sogar ganz gut, wenn jemand dabei ist, der das damals miterlebt hat.«

»Tu das auf jeden Fall.« Jonas steckte seine Notizen wieder ein. »Bis wann arbeitest du heute?«

»Bis wir um sechs schließen.«

»Und danach?« Er lächelte.

»Bin ich für alles offen.«

Sein Lächeln vertiefte sich. »Passt es, wenn ich dich um halb sieben abhole und zum Essen ausführe?«

»Das klingt verlockend.«

»Dann ist es abgemacht.«

Als sie sich erhoben und sich voneinander verabschieden wollten, war da ein verlegenes Zögern ob der ungewohnten Vertrautheit. Dann beugte sich Jonas vor und gab ihr einen Kuss auf die Lippen, den sie erwiderte. Es folgte ein intensiverer, der unterbrochen wurde vom Läuten der Ladentür.

»Bis heute Abend«, verabschiedete er sich, und Theresa winkte ihm zu, ehe sie zum Verkaufstresen ging.

An diesem Tag war etwas mehr los im Laden als sonst, und vielleicht hatte der Artikel ja doch eine Wirkung, und es setzte eine Art Mund-zu-Mund-Propaganda ein.

Martha kam vom Treppenhaus her in den Verkaufsraum. »War dein hübscher Kerl wieder da?« Heute wirkte es, als kämen ihr die Worte etwas bemüht über die Lippen.

»Du meinst Jonas von Bergen? Ja, er hat mich auf den neuesten Stand gebracht.«

»Spricht für ihn, das nicht telefonisch zu tun.«

»Na ja, also normalerweise wäre mir telefonisch lieber als ein Überraschungsbesuch. Aber in diesem Fall ist das in Ordnung so.« Theresa lächelte.

Martha betrachtete sie aufmerksam, dann nickte sie und wirkte zufrieden. »Und was ist der neueste Stand der Dinge?«

»Er hat eine Frau ausfindig gemacht, die mit euch im Kurheim war. Außerdem hat er einen Termin gemacht im Teutoburger Wald, in dem ehemaligen Kinderkurheim.«

Martha hatte den Blick gesenkt und sagte längere Zeit nichts. »Und was soll das bringen?«, fragte sie schließlich.

»Er schreibt doch einen Artikel darüber, und dafür ist es

wichtig, auch das Haus zu besuchen und mit den Menschen zu sprechen.«

Wieder schwieg Martha und begann, in den Regalen herumzuräumen. »Ich halte nichts davon, in der Vergangenheit herumzustochern. Wir leben im Hier und Jetzt.«

Theresa war es so leid, diese Rückständigkeit und das konservative Festhalten am Vergangenen. Dabei verstand sie sich mit Martha sonst so gut. »Das ist aber ziemlich kurz gedacht, immerhin müssen wir oftmals die Vergangenheit kennen, um bestimmte Ereignisse oder Verhaltensweisen in der Gegenwart verstehen zu können.«

»Was hat es dir denn gebracht, von Clara zu wissen? Verändert es dein Leben in irgendeiner Weise?«

»Es bringt mir insofern etwas, als dass ich Mama nun besser verstehe.«

»Hast du sie denn vorher nicht verstanden? Das alles fing doch erst an, als du mit diesem Artikel angekommen bist. Vorher lief es gut zwischen euch.«

»Sie hat jahrelang mit den Ereignissen von damals zu kämpfen gehabt. Du sagst, du erinnerst dich an nichts, aber Mama eben schon. Und wenn jetzt ein Verarbeitungsprozess beginnt, dann ist das doch gut.«

Martha sah sie an, schien etwas sagen zu wollen und schüttelte dann nur den Kopf.

Während ihre Tante den Verkauf übernahm, setzte sich Theresa an die Buchhaltung. Sie war damit bis zum Geschäftsschluss beschäftigt.

»Schließt du ab?«, fragte sie, als sie sich zum Gehen wandte, und Martha nickte nur.

Jonas hatte ihr eine Nachricht geschickt mit dem Restaurant, das er für sie beide ausgewählt hatte, und sie hatte ihm geantwortet, sie sei einverstanden. Das Essen war gut, nicht überteuert, und man konnte sich in einer normalen Lautstärke unterhalten. Er war bereits da, als sie eintraf, und saß am Tisch.

»Egal, wie pünktlich ich bin, du bist schon vor mir da«, begrüßte sie ihn.

Er erhob sich, küsste sie und rückte ihr den Stuhl zurecht. »Der Vorteil, wenn man von überall aus arbeiten kann.«

»Bist du schon lange hier?«

»Ich hatte schon einen Kaffee und habe einen Artikel korrigiert.«

Sie schaltete den Ton von ihrem Handy ab und ließ es in die Handtasche gleiten. »Also sind wir praktisch an deinem Arbeitsplatz.«

»Jetzt nicht mehr.« Er lächelte. »Wie läuft es im Laden?«

»Mäßig, etwas besser als sonst. Ich bin mir sicher, sobald meine Teestube fertig ist, geht es aufwärts.« Sie griff nach der Karte und entschied sich nach kurzem Suchen für eine Ofenkartoffel mit Gemüse in Kurkuma-Creme. Jonas wählte Lachs mit Ofengemüse, und sie gaben ihre Bestellung auf.

»Hast du schon mit deiner Mutter gesprochen?«, fragte

Jonas, nachdem er der Kellnerin seine Speisekarte gereicht hatte.

»Nein, bisher noch nicht. Martha war sehr abweisend, was das Thema anging, dabei war sie doch eigentlich diejenige, die sich da komplett herausgehalten hatte.«

»Ich würde gerne tiefer in diese Materie einsteigen«, sagte Jonas. »Der Artikel ist ein Anfang, aber ich denke, dass man mehr tun sollte, um den Menschen Gehör zu verschaffen und für Aufarbeitung zu sorgen. Ich habe so viel mittlerweile dazu gehört und gelesen, all die unfassbaren Dinge, die geschehen sind mit Menschen, die sich nicht wehren können. Und was wir darüber hinaus nicht vergessen sollten – etliche der damaligen Kinder sind heute alte Menschen. Und nicht wenige von ihnen landen später in Pflegeheimen – oder sind bereits in welchen –, wo sie auch wieder ausgeliefert sind, wehrlos einem System gegenüber, das sie nicht schützt.«

Daran hatte Theresa bisher nicht gedacht, aber er hatte recht. Sie selbst war noch nie in einem Pflegeheim gewesen und kannte niemanden, der in einem lebte, aber natürlich kannte sie die Berichterstattung dazu, Berichte von alten Menschen, die hilflos waren und teilweise an Betten fixiert wurden und in ihren Fäkalien lagen – nicht, weil die Menschen, die dort arbeiteten, allesamt bösartig waren, sondern weil das System einfach nicht darauf ausgelegt war, diesen Menschen die Wertschätzung entgegenzubringen, die nötig wäre, um sie angemessen zu versorgen. Es fehlte an Geld und an Anerkennung für den Berufsstand, dem die Versorgung alter Menschen oblag.

»Ich möchte jemand sein, der diesen Menschen eine Stimme gibt, das ist es, was guten Journalismus unter anderem ausmacht – Menschen, die seit Jahrzehnten resigniert verstummt sind, wieder hörbar zu machen.«

Sie berührte seine Hand, die auf dem Tisch lag, und er drehte diese um, so dass ihre Finger in die seinen glitten. Sanft streichelte sie seine Handinnenfläche. Es war erstaunlich, wie schnell das gegangen war, und sie hoffte, dass dies keine überstürzte Verliebtheit war, die sie einging, weil sie in diesem neugewonnenen und ungewohnten Singledasein vielleicht überkompensierte. Sie stellte sich Fenjas Antwort darauf vor: »Mit ein paar Küssen und ein bisschen Händchenhalten?« Sie beschloss, es einfach zu genießen, und wenn es nur ein Strohfeuer war, dann würde sie es auskosten, solange es noch loderte.

»Willst du eine Serie machen?«

»Ich überlege noch, wie ich es aufziehe. Das ist auch keine Entscheidung, die ich allein treffe, die Zeitung gehört mir ja nicht. Aber ich denke, mein Verleger wird da sehr offen sein.«

Sie unterhielten sich über seine Arbeit bei der Zeitung und wie er zum Journalismus gekommen war. Es war spannend, und während sie aßen, erzählte er ihr von interessanten Reportagen, die er verfasst hatte. War sie es bisher gewesen, die von ihrem Leben und ihrer Familie erzählt hatte, so erfuhr sie nun vieles von ihm und davon, was ihn bewegte. Es war schön, ihn auf diese Weise näher kennenzulernen.

Nach dem Essen gingen sie in der Dämmerung spazieren, und als sie vor dem Haus ankamen, in dem Theresas Wohnung lag, küssten sie sich. Kurz zögerte Theresa, aber dann nahm sie seine Hand, während ihr das wild schlagende Herz den Atem schneller über die Lippen trieb. Sie kannte diesen Mann doch kaum. Aber es fühlte sich richtig an, und sie wollte es so unbedingt. Ihre Finger schlossen sich umeinander, und als sie die Tür öffnete und ihn ansah, erwiderte er den leichten Druck ihrer Hand und folgte ihr ins Haus.

•

Schon auf dem Weg zum Teutoburger Wald gemeinsam mit Theresa und Jonas von Bergen war sich Inga sicher gewesen, dass das alles keine gute Idee war. Sie hätte sich nicht darauf einlassen sollen. Seit jener Zeit damals war sie nicht mehr in dieser Region gewesen. Als eine Klassenfahrt hierher hatte gehen sollen, hatte sie Bauchschmerzen simuliert, um nicht mitzumüssen. Wenn Freunde sie einluden, mit ihnen in den Teutoburger Wald zu fahren und zu wandern, schlug sie es aus. Niemals wieder, davon war sie überzeugt gewesen, würde sie hierher zurückkehren. Und nun saß sie im Auto und fuhr in Richtung des Kurheimes, in dem sie die schlimmsten Tage ihrer Kindheit verbracht hatte.

Der Weg durch den Wald hatte nichts Vertrautes, keine

Erinnerungen brachen in schwindelerregender Heftigkeit über sie hinein. Es war einfach ein Weg, idyllisch im Licht, das gebündelt durch das Blätterdach der Bäume fiel. Inga hatte darum gebeten, hinten sitzen zu dürfen, weil sie mit ihren Gefühlen unbeobachtet und für sich sein wollte. Der Gedanke daran, dass gleich das Haus vor ihnen auftauchen würde, war kaum zu ertragen, und sie presste die Hand auf die Brust, als könnte sie damit ihr wild flatterndes Herz zur Ruhe bringen.

Schließlich wurde der Weg breiter, und sie kamen auf eine Auffahrt, die zu einem weißen Haus führten, eine weiße Villa mit schwarzem Dach, Giebeln, Gauben und Balkonen, nicht so finster und wuchtig wie in ihrer Phantasie. Es war zwar ein großes Gebäude, aber nicht über die Maße riesig, umgeben von grünen Rasenflächen, Blumenrabatten und Rosenspalieren. Es erinnerte eher an ein Kurhotel als an das Kindergefängnis von damals. Inga entspannte sich ein wenig und stieß langsam den angehaltenen Atem aus.

Vor dem Haus stand ein blauer BMW, dem gerade eine weißhaarige Frau und ein jüngerer Mann entstiegen. Die Frau hob den Blick und sah an der Fassade der Villa hoch. Als der Kies unter Jonas' Auto knirschte, drehten sich die beiden um und sahen ihnen entgegen. Jonas parkte ein, und Inga löste den Anschnallgurt, um auszusteigen.

»Bärbel Weitzman?«, fragte Jonas.

Die Frau lächelte, wobei ein Kranz von Lachfältchen um

ihre Augen sichtbar wurde. »Ja, ganz recht. Und Sie sind Jonas von Bergen?« Sie ging zu ihm und gab ihm die Hand, dann sah sie Inga an.

»Inga Drees«, stellte diese sich vor. Nach dem Tod von Lars hatte sie ihren Mädchennamen wieder angenommen, den sie nie hatte ablegen wollen.

Theresa gab der Frau ebenfalls die Hand. »Theresa Dormbach.« Sie trug den Namen von Lars und hatte diesen auch nach ihrer Eheschließung behalten. »Ich bin die Tochter.«

»Felix Weitzman«, stellte sich der Mann, der ungefähr in Jonas' Alter sein mochte, vor. »Ich bin der Sohn.« Er zwinkerte ihr zu.

»Ich war überrascht, als ich von dem Aufruf gelesen habe.« Bärbel Weitzman sah Jonas an. Sie war eine sehr einnehmende Erscheinung, das Haar zu einem Bob geschnitten, die Kleidung lässig elegant. Als sie sich nun Inga zuwandte, lächelte sie wieder. »Ich erinnere mich leider nicht an Sie, aber ich war damals zu sehr in meinem eigenen Elend gefangen, und anderen Kindern gegenüber war ich misstrauisch geworden.«

Inga lächelte nachsichtig. »Ich erinnere mich auch nur noch vage an wenige Namen. Es stimmt, auch ich war anderen Kindern gegenüber misstrauisch.«

»Wollen wir hineingehen?«, fragt Jonas sanft. »Oder brauchen Sie einen Moment hier draußen?«

Inga straffte die Schultern, und wieder dröhnte ihr der

Herzschlag in den Ohren, während sie langsam auf die Tür zugingen. Jonas läutete, und ein Summer ertönte, dann betraten sie eine kühle Halle, in der sich der Empfangsbereich befand, freundlich eingerichtet in erdigen Farben. Die Flut an Bildern blieb aus, und Inga sah sich um. Die Halle, an die sie sich erinnerte, sah anders aus, war düsterer. Oder trog sie die Erinnerung? Sie sah sich um. Hier hatten sie sich aufstellen müssen, und der kleine Junge war gedemütigt worden, weil er in die Hosen gemacht hatte. Inga erinnerte sich daran, wie sie Claras Hand gehalten hatte, an ihre Angst, aber es war, als wäre das an einem anderen Ort gewesen. Das Bild war wie ein Puzzlestein, der sich nicht hier einfügte. Bärbel Weitzman sah sich ebenfalls um, und in ihrem Blick konnte Inga nicht lesen, wie es ihr erging.

Jonas war währenddessen zur Anmeldung gegangen und unterhielt sich mit der jungen Frau am Empfang, die mit einem Lächeln nun auf sie zukam. »Mein Name ist Dilin Oktay. Herzlich willkommen. Es wird gleich jemand kommen und Sie durch das Haus führen. Nehmen Sie sich dafür so viel Zeit, wie Sie brauchen. Herr von Bergen hat uns alles erklärt, und wir freuen uns, dass wir helfen können. Möchten Sie vielleicht einen Kaffee, Tee oder Wasser?« Sie deutete auf einen Türbogen, der zu einem Wartebereich führte. Was dort wohl vorher gewesen war? Inga erinnerte sich nicht. Diesen Türbogen hatte es auf jeden Fall nicht gegeben. Dilin Oktay ging ihnen voran, wobei ihr schwarzer Pferdeschwanz wippte. »Hier gibt es einen Automaten und einen Wasserspender. Bitte bedienen Sie sich. Frau von Kampe ist gleich für Sie da.«

Der Wartebereich war mit Möbeln in Terracottarot eingerichtet. An den Wänden hing moderne Kunst, mit der Inga wenig anfangen konnte, die farblich jedoch geschmackvolle Kontraste setzte.

»Möchtest du einen Kaffee?«, fragte Theresa.

»Nein, lieber nicht. Aber ein Wasser nehme ich gerne.«

Bärbel Weitzman wollte einen Tee. Den hätte Inga auch gerne gehabt, aber das, was übrig blieb, wenn man den Supermarkt-Teebeutel aus dem heißen Wasser entfernte, hatte für sie mit Tee nichts zu tun. Folgsam gingen Theresa und der junge Mann zu der Anrichte mit den Getränken, während sich Jonas umsah.

»Erinnern Sie sich an diesen Raum?«, fragte er.

Inga sah sich erneut um und schüttelte den Kopf. Sie nahm ihr Wasser von Theresa entgegen und ging zum Fenster, um hinauszusehen. Draußen war ein gepflegter parkähnlicher Garten angelegt.

»Kann dies das Spielzimmer gewesen sein?«, fragte Bärbel Weitzman.

Inga krauste die Stirn, versuchte, ihre Erinnerungen an den Raum über dieses Zimmer zu legen. »War das nicht größer?«

»Man konnte von dort aus in den Garten blicken, das weiß ich noch.«

»Guten Tag.« Eine dunkelhaarige Frau um die Vierzig in

einem schicken Kostüm kam in den Raum. »Meine Name ist Marlies von Kampe, ich bin die Assistentin des Klinikleiters und werde Sie heute durch das Haus führen.« Sie hatte einen festen, warmen Händedruck. »Als Vorbereitung habe ich mir die alten Pläne des Hauses herausgesucht, was nicht so einfach war, aber am Ende bin ich fündig geworden. Hier wurde einiges verändert, Wände eingerissen, andere gezogen, so dass das Haus anders wirken muss als zu der Zeit, als Sie hier gewesen sind.« Sie legte zwei Papierbögen hin, die aussahen wie Ausdrucke eingescannter alter Unterlagen. »Wir haben das alles am PC archiviert«, erklärte sie.

»Es war in der Tat das Spielzimmer«, rief Bärbel Weitzman, die einen der Bögen direkt in Augenschein genommen hatte. »Aber wo ist der Kamin?«

»Alle Kamine sind zugemauert worden. Da wir hier Menschen mit Lungenkrankheiten behandeln, war das eine notwendige Maßnahme.«

Sie gingen mit Frau von Kampe durch den Korridor zu einem großen Saal, in dem Tische mit je vier Stühlen standen.

»Daran erinnere ich mich«, sagte Inga. »Das war unser Speisesaal.«

»Richtig. Man ist bei der Nutzung geblieben, das bot sich einfach an.«

Es war der Blick, an den sich Inga erinnert hatte. Wenn man in der Tür stand, sah man genau auf die Fenster, und hinter dem linken hatte sich eine Ulme erhoben, die immer noch dort stand. »Dort war der Tisch, an dem ich immer gesessen habe.« Es war eigenartig, hier zu stehen, zu wissen, dass sie einmal hier gewesen war und doch nichts wiederzuerkennen, weil sich der Raum so verändert hatte.

Sie gingen weiter, die Treppe hinauf, und hier hatte Inga das erste Mal ein Deja-vu, und sie musste kurz innehalten und nach Luft schnappen.

»Geht es, Mama?« Theresa legte ihr die Hand auf den Arm.

»Ja, alles in Ordnung.« Wie oft war sie diese Treppe schon hoch und runter gegangen.

Frau von Kampe war stehen geblieben und sah sie besorgt an. »Möchten Sie sich setzen?«

»Nein, alles bestens.«

Sie gingen weiter und kamen an einen breiten Korridor. Auch hier war alles hell und einladend, damit die Patienten sich wohlfühlten.

»Aus den früheren Schlafsälen wurden Krankenzimmer gemacht, die wir nicht betreten können, weil alle belegt sind. Hier war der Bereich der Mädchen.«

»Dort war mein Schlafsaal.« Bärbel Weitzman zeigte auf eine weiße Holztür im Landhausstil.

»Meiner war, wenn man von der Treppe aus links abbog.« Inga deutete in die Richtung. »Zu wie vielen wohnen die Patienten auf einem Zimmer?«

»Auf dieser Etage zu zweit, weil sich die Teilung der Räume auf diese Weise am besten anbot. Im ehemaligen

Wohnbereich der Angestellten wurden Einzelzimmer eingerichtet.«

Die Waschräume gab es nicht mehr, dort waren Toiletten für Gäste und Abstellräume eingerichtet worden. Nichts an dem Haus, durch das sie geführt wurden, löste eine tiefere Erinnerung in Inga aus, und sie atmete langsam wieder ruhiger. Zwei plaudernde Krankenschwestern kamen ihnen entgegen und grüßten im Vorbeigehen.

»Was ist im Keller?«, fragte Bärbel Weitzman, und ein leichtes Zittern lag in ihrer Stimme.

Inga hatte sich nicht getraut, diese Frage zu stellen, und ihr Mund wurde trocken. Der Raum der Besinnung.

»Dort wurde eine Art Wellness-Bereich eingerichtet, es gibt Therapien und die Möglichkeit, unter ärztlicher Anleitung Sport zu treiben.«

»Können wir dorthin?«

Inga wusste nicht, ob sie das wollte, aber vielleicht half es, den Schrecken zu bannen.

»Natürlich.« Sie gingen die Treppe wieder hinunter und dann eine weitere, die in das Untergeschoss führte. Auch hier herrschten warme Farben vor, alles war hell, und offenbar waren Wände entfernt oder versetzt worden, denn Inga erinnerte sich nicht, dass es einen solchen Bereich gegeben hatte wie den Eingangsbereich zu den verschiedenen Räumen, in dem sie nun standen.

»Es gab einen Ort«, wagte sie zu sagen, »einen Raum …«
Ihr versagte die Stimme.

»Der Raum der Besinnung.« Bärbel Weitzmans Stimme bebte hörbar.

Frau von Kampe legte die Pläne auf einem Tischchen mit einer gehämmerten Schale ab, in der sich große Kiesel und eine Sukkulente befanden. »Das muss hier gewesen sein.« Sie deutete auf einen Türbogen, der zu einem Raum führte, in dem ein Ruhebereich eingerichtet war. Unwillkürlich umfasste Inga Theresas Hand, trat hinein und sah sich um.

»Großer Gott.« Bärbel Weitzman hatte Tränen in den Augen. »Es gibt ihn nicht mehr. So oft bin ich in meinem Träumen wieder hierhergekommen. Ob sich daran etwas ändert, wenn ich selbst gesehen habe, dass der Raum nicht mehr existiert?«

Inga atmete langsam aus. Sie stellte sich dieselbe Frage.

Eine Frau in einem weißen Bademantel trat ein, nickte ihnen freundlich zu und ließ sich auf einem der bequem aussehenden Sessel nieder, zog ihr Smartphone hervor und tippte auf dem Bildschirm herum.

Frau von Kampe führte sie durch das restliche Haus, aber nichts deutete mehr auf das Kurheim von damals hin. Die vagen Erinnerungen an die Behandlungszimmer sprachen auch auf diesen Bereich des Hauses nicht mehr an. Diese modernen Räumlichkeiten hatten mit denen von damals nichts mehr zu tun. Danach stand Inga mit Bärbel Weitzman im Garten, der im Sonnenschein dalag. Es war ein schöner Tag, nicht zu warm und nicht zu kalt, Sonne, ein lauer Wind und kleine Wölkchen, die über den Himmel zogen – als wollte auch das Wetter zeigen, dass die finsteren Zeiten dieses Ortes vorbei waren.

»Vielleicht hätte ich diese Reise schon früher machen sollen«, sagte Bärbel Weitzman. Sie kramte in ihrer Handtasche, schien es sich aber dann anders zu überlegen. »Ich würde gerne eine Zigarette rauchen, aber das ist wohl nicht ganz passend hier.«

»Das denke ich auch.« Ein kurzes Lächeln zuckte über Ingas Lippen und erstarb wieder.

»Sie waren eines der Mädchen, dessen Schwester gestorben ist, richtig? Ich kann mich an Sie zwar nicht erinnern, aber an den Vorfall durchaus. Meine Eltern waren ganz entsetzt damals.«

Da war er wieder, dieser Schmerz, unter dem Inga sich krümmen wollte. Die Schuldgefühle, der Verlust. Claras liebes Gesicht, ihr flehender Blick. »Ja, eines der Mädchen war ich.«

»Ihre Eltern haben Sie früher abgeholt, und trotz der schlimmen Sache waren viele von uns furchtbar neidisch.« Bärbel Weitzman sagte es in einem Ton, als könne sie es nachträglich kaum fassen.

»Das ist verständlich.«

»Wie war das für Ihre Eltern? Haben die Untersuchungen angeordnet?«

Inga schüttelte den Kopf. »Damals haben die Ärzte einen natürlichen Tod durch Ersticken am eigenen Erbrochenen bescheinigt. Das wurde nicht hinterfragt.«

»Die damalige Obrigkeitshörigkeit. Sagen Sie, wollen wir uns nicht duzen? Ich weiß, wir kennen uns nicht, aber angesichts dieses Themas ist es doch seltsam, beim distanzierten Sie zu bleiben. Früher sind wir uns mit Misstrauen begegnet, dabei waren wir alle Leidensgefährten.«

»Sehr gerne.«

Bärbel lächelte Inga an, bevor sie ihre nächste Frage stellte: »Wie sind deine Eltern mit den Erlebnissen von dir und deiner Schwester umgegangen?«

»So richtig geglaubt haben sie mir nicht, sie dachten, wir übertreiben. Und sie waren zu sehr gefangen in der Trauer um Clara.«

Bärbel nickte. »Das kommt mir sehr vertraut vor. Meine haben mir auch kein Wort geglaubt. Schwarze Pädagogik war ja früher so stark in der Gesellschaft verankert, und wenn man dann erzählte, man musste alles aufessen oder wurde ausgeschimpft, wenn man nachts zur Toilette wollte, dann wurde das abgetan. Ja, vielleicht hatten die Betreuer hier und da übertrieben, aber so schlimm könne es ja wohl nicht gewesen sein.«

»Und als Kind arrangiert man sich im Alltag und versucht, irgendwie weiterzuleben. Die Erinnerungen werden verdrängt, sind zwar noch da, brechen aber eher in Verhaltensweisen hervor, in Ängsten, in Träumen. Und oft bringt man dann die Dinge gar nicht mehr in Verbindung mit dem Kindheitstrauma.« Inga sah zu den Rosenspalieren, die früher dort noch nicht gewesen waren. Oder vielleicht doch? Es waren alte Rosen, und sie waren ihr im Winter vielleicht nicht aufgefallen.

»Ich habe manche Nacht vor Heimweh geweint und wurde dafür bestraft.«

Inga nickte. »Man wurde für alles bestraft, selbst für Grundbedürfnisse.«

»Ich habe die Dinge einfach hingenommen, alles, was man mir zugefügt hat und das, was es mit mir gemacht hat. Als sei es meine eigene Schuld, weil ich so überempfindlich war. Hätten meine Eltern mir gesagt, dass ich recht habe, dass ein großes Unrecht geschehen ist, wäre mir vieles erspart geblieben. Aber sie gingen einfach zum Alltag über. Vielleicht haben sie geahnt, dass etwas nicht stimmte, aber sie wollten es nicht hinterfragen, als würde sich schon alles fügen, wenn man es nur totschwieg.«

Sie spazierten langsam durch den Garten. Es war nicht nur der Ort, der seinen Schrecken verloren hatte. Auch sie waren andere geworden. Waren nicht mehr wehr- und hilflos, sie hatten es in der Hand hierherzukommen, zu bleiben und zu gehen.

»Ich denke, das war mein letzter Besuch im Teutoburger Wald«, sagte Bärbel. »Es war gut, dass ich diesen Besuch gewagt habe, aber mir geht es nicht gut hier. Keine Bilder oder direkten Erinnerungen, sondern mehr ein Gefühl, das mir signalisiert, ich müsse fliehen.«

Inga konnte nicht so genau benennen, was der Besuch in ihr auslöste. Der Schmerz war geblieben, die Trauer, der

Verlust, die Erinnerungen. Aber es war klar, dass sich all das nicht von einem Besuch tilgen ließ, vermutlich würde es sie bis an ihr Lebensende begleiten. Das Haus hatte seine finstere Vergangenheit hinter sich gelassen, ebenso wie Inga. Sie nistete noch darin, war aber nicht mehr sichtbar. Aber – und das war das Wichtigste – dies war nicht mehr der Ort, wo sie als Kind gewesen war – den gab es nicht mehr.

1964

Inga blinzelte mit schweren Lidern, während ihr der Kopf wehtat. Es war hell im Saal, und als sie den Kopf wandte, bemerkte sie, dass niemand hier war, außer ihr. Sie schrak auf, weil sie verschlafen hatte. Alles fühlte sich wattig an, und in ihren Ohren war ein dumpfer Druck. Clara. Marthas Schreie. Hatte sie geträumt? Verwirrt stieg sie aus dem Bett. Sicher saßen alle beim Frühstück, und Inga würde furchtbar ausgeschimpft werden. Sie schob ihre Decke zurück und stand auf, stellte die Füße auf den kalten Linoleumboden, tastete nach ihren Pantoffeln und schob die Füße hinein. Langsam ging sie durch den Raum, während ihr das Herz angstvoll pochte. Sie verstand das alles hier nicht. So schnell sie konnte zog sie sich an, als könne jemand schimpfen, wenn sie hier weiterhin im Schlafanzug stand. Doch ihre Finger und Arme fühlten sich ganz taub an, mehrfach entglitt ihr ein Kleidungsstück, bevor sie es schaffte, es überzuziehen.

Als sie die Tür öffnete, sah sie erst den leeren Korridor, dann bemerkte sie eine Bewegung zu ihrer Rechten und sah Schwester Hannelore auf einem Stuhl sitzen. Inga zuckte zusammen, und sie begann, zu zittern, als die Frau aufstand. »Du bist also wach?« Die Stimme war freundlicher als sonst.

Inga nickte angstvoll.

»Deine Eltern sind schon auf dem Weg. Du kannst jetzt etwas essen gehen und dann zu den anderen ins Spielzimmer. Komm.«

»Meine Eltern kommen?«

»Habe ich doch gerade gesagt.« Sie wandte sich zum Gehen, Inga folgte ihr.

»Holen sie uns ab?«

Schwester Hannelore sah sich nicht um, während sie sprach. »Vielleicht holen sie nur deine tote Schwester, und ihr beide müsst bleiben.«

Inga blieb abrupt stehen, blinzelte. »Tot?« Ihr Atem ging wieder schneller, und vor ihren Augen tanzten Flecken. Claras Gesicht mit den offenen Augen, die ins Leere gestarrt hatten. Ihre Reglosigkeit, als Inga sie geschüttelt hatte, obwohl sie mit offenen Augen doch hätte wach sein müssen.

»Werde jetzt nicht hysterisch wie deine Schwester. Komm, du musst etwas essen.« Sie blieb nur kurz stehen um Inga forsch zu sich zu winken. Dann marschierte sie weiter, und Inga stolperte ihr nach.

Noch immer hatte Inga dieses wattige Gefühl im Kopf, und sie verstand das alles nicht. Clara. Schwester Hannelore brachte sie hinunter in den Speisesaal. Auch hier war niemand, und als Schwester Hannelore ihr sagte, sie solle sich setzen, ließ sich Inga gehorsam auf ihrem Stuhl nieder. Schwester Hannelore ging hinaus, sprach mit jemandem, und kurz darauf erschein eine Frau in Küchenkittel mit einem Tablett, auf dem Brote mit Käse und ein Glas Milch waren.

»Iss«, befahl Schwester Hannelore im üblichen Ton. »Nicht, dass deine Eltern denken, du würdest hier nichts zu essen bekommen.«

Inga blinzelte wieder, hoffte, dass das wattige Gefühl im Kopf nachließ. Clara war tot. Sie konnte das nicht glauben, ihre kleine Schwester war doch ganz gesund gewesen. Mama und Papa waren auf dem Weg, würden gleich hier sein und sie von diesem schrecklichen Ort mitnehmen. Oder stimmte das alles nicht? Spielte Clara im Spielzimmer, und ihre Eltern würden nicht kommen? Vielleicht log Schwester Hannelore, um sie traurig zu machen.

»Ist Clara im Spielzimmer?«, fragte Inga.

»Iss.«

Gehorsam stopfte Inga die beiden Brote in sich hinein und trank die Milch. Sie war furchtbar müde und gähnte. Wieder dachte sie an Clara, an die leeren Augen, an die Kälte und Marthas Schreie. Sie fing an zu zittern. »Ist Clara im Spielzimmer?«

Schwester Hannelore starrte sie an, dann schüttelte sie den Kopf. Obwohl ihr übel war, zwang Inga das Brot in sich hinein, dann wurde sie zum Spielzimmer gebracht, wo die anderen Kinder innehielten und sie ansahen.

»Wo ist Martha?« Ingas Herz schlug nun wieder schneller vor Angst.

»Im Krankenzimmer. Sie schläft dort.«

Die Tür wurde geschlossen, und Inga ließ sich in der Leseecke nieder, ohne jedoch ein Buch zu nehmen. Schwester Juliane saß auf einem Stuhl neben der Tür und sah sie mit einem traurigen Lächeln an. Dann stand sie auf und kam zu ihr, streckte die Hand aus, und Inga zuckte zurück. Aber Schwester Juliane streichelte ihr nur über das Haar. Jetzt lächelte sie nicht mehr, sondern sah aus, als wollte sie weinen. Inga schluckte, und ihr kamen die Tränen. Dann erhob sich Schwester Juliane abrupt aus der Hocke und ging zurück zu ihrem Stuhl.

Inga sah durch die Fenster hinaus in den Garten, sah, wie es langsam dunkel wurde. Ihr tat immer noch der Kopf weh, und sie konnte nicht so recht glauben, dass es schon Abend wurde, wo sie doch gerade erst aufgestanden war. Und sie hatte solche Angst, wusste nicht, wo Martha war. Dann weinte sie ein bisschen wegen Clara und weil sie Sorge hatte, dass ihre Eltern in Wahrheit gar nicht kommen würden. Oder waren sie schon längst da und fuhren gerade mit Martha wieder nach Hause?

Als der Gong zum Abendessen angeschlagen wurde, mussten die Kinder zur Toilette gehen, die Hände waschen und dann im Speisesaal erscheinen. Gerade kam eine Gruppe von Kindern zurück, die den Nachmittag im Wald verbracht hatten. Ihre Gesichter waren ganz rot, und sie stampften auf, als wollten sie sich damit aufwärmen. Inga spähte im Vorbeigehen durch die Tür, ob sie ihre Eltern sehen konnte.

»Geh weiter«, trieb Tante Martina sie an, klang jedoch nicht so streng wie sonst.

Als Inga sich an den Tisch setzte, war Martha immer noch nicht da, und sie konnte den Haferbrei, der ihr vorgesetzt wurde, kaum runterbekommen. Sie hatte etwa die Hälfte gegessen, da kam Schwester Hannelore an ihren Tisch.

»Inga, komm mit, deine Eltern sind fertig bei Dr. Rath, du kannst jetzt zu ihnen.«

In ihren Ohren pochte es, als Inga aufstand und Schwester Hannelore zur Tür folgte. Sie gingen in die Halle, und da standen sie – Mama und Papa!

Inga rannte auf ihre Mutter, zu, umklammerte ihre Mitte, drückte das Gesicht an ihren Bauch und weinte, während sie den vertrauten Geruch einatmete. Endlich war ihre Mama bei ihr. Endlich. Auch ihre Mutter weinte, löste sich von ihr, ging in die Hocke und sah sie aus geweiteten Augen an. »Warum hast du denn nicht auf Clara aufgepasst? Du solltest doch auf sie aufpassen.«

»Renate, nicht«, sagte ihr Vater leise. »Tu das bitte nicht.« Er sah Inga an, die wie erstarrt war und dann bitterlich weinte.

Ihre Mutter erhob sich wieder, und ihre Stimme klang ganz schrill, nicht wie die liebe Mama-Stimme, die Inga kannte. »Aber sie muss es doch gehört haben. Wieso ist sie denn nicht aufgestanden, hat Claras Kopf zur Seite gedreht? Dann würde Clara noch leben.«

Der Schreck darüber, dass ihre Mutter nun hier stand und böse auf sie war, ließ Inga am ganzen Leib zittern. »Ich habe doch auf sie aufgepasst«, schluchzte sie. »Ich konnte nichts dafür.«

»Nein.« Ihr Vater hob sie hoch, und sie schlang die Arme um seinen Hals, presste ihr Gesicht in seine Halsbeuge. »Natürlich konntest du nichts dafür.« Er wiegte sie sanft hin und her, strich ihr über den Rücken. »Lass mich nicht hier, Papa«, bat sie mit von Schluckauf abgehackter Stimme. »Nimm mich bitte mit.«

»Ich lasse dich nicht hier, versprochen.«

»Clara.« Inga sah auf. Ihre Mutter schlug die Hände vor das Gesicht. »Mein kleiner Schatz.«

Während ihr Vater Inga auf dem einen Arm hatte, legte er den anderen um die Schultern von Mama. Schwester Brigitte erschien und führte Martha mit sich, die lief, als wäre sie gerade aufgewacht, und ganz zerknittert aussah. Sie blieb stehen.

»Martha«, sagte Papa und setzte Inga ab. »Komm, meine Kleine.«

Aber Martha kam nicht, sondern sah sie nur an.

GEGENWART

Juliane Krantz war eine schlanke ältere Dame, die eine natürliche Eleganz und Wärme ausstrahlte. Sie trug einen Rock mit Bluse und Perlenkette, und das Wohnzimmer, in das sie sie bat, war mit hohen Bücherregalen aus Nussbaum und Ledermöbeln gediegen und gemütlich. Sie hatte auf dem Couchtisch bereits eine Kaffeetafel angerichtet mit vier Gedecken, einem Schokoladenkuchen und Plätzchen.

»Nehmen Sie doch bitte Platz.« Mit einer einladenden Handbewegung deutete sie auf die Sitzecke.

Theresa beobachtete, wie es ihrer Mutter ging, aber diese wirkte nicht angestrengt und zeigte auch sonst keinerlei Anzeichen dafür, dass der Besuch zu viel von ihr forderte. Mit einem leisen Seufzen ließ Inga sich auf einem Sofa nieder und öffnete ihre Handtasche, beförderte das blaue, geflochtene Band hervor.

»Erinnern Sie sich noch daran?«

Die Augen der alten Dame weiteten sich, als sie das Band behutsam aus Ingas Hand nahm. »Ich habe ja mit vielem gerechnet im Leben, aber nicht damit, das hier jemals wiederzusehen. Früher habe ich öfter Armbänder für die Kinder geflochten, und das hier hat eines der Mädchen für seine Schwester haben wollen, das arme Kind, das kurz danach gestorben ist. Der menschliche Geist geht manchmal seltsame Wege. Mir kam es so vor, als hätte das Band Unglück gebracht. Natürlich ist das Unsinn, aber zwei Nächte später ist das kleine Mädchen erstickt.«

»Wie kam es, dass niemand es mitbekommen hat?«

Juliane Krantz drehte das Band zwischen den Fingern. »Kinder ersticken nicht lautstark, sie würgen, röcheln und sterben irgendwann. Normalerweise dreht ein Kind den Kopf zur Seite und lässt das Erbrochene hinauslaufen. Oder es richtet sich auf. Bei diesem Mädchen – Clara hieß sie, nicht wahr? – handelte es sich ja zudem auch nicht mehr um ein Baby oder sehr kleines Kleinkind. Wenn ein Kind in dem Alter wach wird und sich übergeben muss, dann steht es normalerweise auf oder dreht sich zumindest um, so dass es erbrechen kann. Die Instinkte funktionieren auch bei kleinen Kindern gut. Sie ist ja auch nicht die Erste, der das nachts passiert ist.«

Theresa merkte, dass ihre Mutter ganz bleich geworden war und ihr Atem schneller ging. Sie streckte die Hand aus und umfasste die ihrer Mutter.

»Die Kinder haben sich nicht getraut, jemanden zu Hilfe zu holen, wenn ihnen nachts schlecht war«, fuhr Juliane Krantz fort. »Und zur Toilette zu gehen und sich dort zu übergeben, haben sie sich ebenfalls nicht getraut, weil Toilettengänge ja verboten waren und bestraft wurden. Also haben sie ins Bett oder auf den Boden gebrochen, aber dafür wurden sie dann morgens auch bestraft, indem sie vor den Augen aller den Boden aufwischen oder ihr Bett abziehen mussten.«

»Wie kam es, dass dieser Reflex bei Clara nicht funktioniert hat?«, fragte Jonas. »Sie ist ja nachweislich erstickt.«

Juliane Krantz sog die Unterlippe ein, und es fiel ihr sichtlich schwer, über das Thema zu sprechen. »Kinder, die nicht sofort einschliefen oder unruhig waren, wurden sediert, einige mehr, andere weniger stark. Ich weiß, dass die Kleine viel geweint hat an dem Abend. Martina Bentheim hatte ihr ihren Teddy weggenommen, und darüber war sie sehr verzweifelt, vor allem, da es hieß, er sei in den Ofen gesteckt worden. War er natürlich nicht, schließlich hätte man so etwas ja den Eltern irgendwie erklären müssen. Aber die Kleine glaubte es natürlich und war untröstlich. Also bekam sie eine Spritze, damit endlich Ruhe war. Sie wurde hingelegt und die Decke noch dazu um sie herum unter die Matratze geschoben, damit sie nicht verrutschte und sich dann nachts im kühlen Schlafsaal freistrampelte.«

Inga schluckte sichtlich und hob die Hand an den Mund. »Ich ... Ich habe auch eine Spritze bekommen.«

»Das war keine Seltenheit.« Im Blick der älteren Dame lag Mitgefühl. »Sie sind die Schwester?«

»Ja, und ich dachte immer, ich hätte sie hören müssen«, sagte Inga so leise, dass sie kaum zu hören war.

»Bei den Sedativa, die gespritzt wurden, war das unmöglich, würde ich sagen. Die Kinder lagen in komatösem Tiefschlaf. Da hätte vermutlich eine Bombe einschlagen können, und sie wären nicht wach geworden.«

»Wie lange haben Sie dort gearbeitet?«, fragte Jonas.

Sie überlegte. »Zwei Jahre ungefähr. Ich war relativ neu dort, als Sie zu uns gekommen sind.« Sie sah Inga an. »Da war ich noch nicht so erfahren im Umgang mit Kindern, aber mir war doch recht klar, dass diese Methoden nicht richtig sein konnten. Ehe ich angefangen hatte, wurden mir die Standardwerke vorgelegt, die das, was wir heute schwarze Pädagogik nennen, als Erziehungsideal vorschrieben. Und ich habe natürlich Johanna Haarer gelesen, die ja später neu aufgelegt worden ist, wenn auch in einer leicht abgemilderten Version ohne die Verherrlichung des NS-Regimes. Aber das Erziehungsideal blieb dasselbe, und diese Ausgabe war bis 1987 noch im Handel. Ich war jung und idealistisch und dachte, dass ich in dem Kurheim etwas Gutes bewirke und Kindern helfe. Aber was dort vor sich ging, war entsetzlich, und irgendwann konnte ich das nicht mehr.«

»Mussten Sie sich an den Bestrafungen auch beteiligen?«, fragte Theresa.

»Ja, das muss ich zu meinem Bedauern zugeben, da wurden wir alle rangezogen, und ich habe mich anfangs nicht widersetzt. Die Kinder kalt abduschen, wenn sie ins Bett gemacht haben, wurde meist mir übertragen. Das sollte mich mit abhärten, weil ich für alles andere zu weich war, wie Martina Bentheim mir immer vorwarf. Ich hatte große Probleme damit, ein Kind zu zwingen, sein Erbrochenes zu essen. Mir selbst ist dabei speiübel geworden, also hat man mich das nicht mehr machen lassen. Ich war zwar keine gelernte Erzieherin und wurde von den dienstälteren Mitarbeiterinnen unterwiesen, aber ich dachte mir damals schon, dass so etwas doch nicht richtig sein konnte.«

»Ich habe mit Martina Bentheim telefoniert, aber die wollte nicht mit mir sprechen.« Jonas drehte den Kugelschreiber zwischen den Fingern, löste allerdings nicht den Blick von der alten Dame.

Juliane Krantz stieß ein kurzes Lachen aus. »Na, das wundert mich nicht. Die hat die Strafen ja regelrecht zelebriert und immer betont, wie gut sie ihre Arbeit macht. So etwas nannte sich Erzieherin, die hätte man nie auf Kinder loslassen dürfen. Allerdings war sie ja nicht die Einzige, die waren fast alle so.«

»Gab es auch Mitarbeiterinnen, die diese Grausamkeiten nicht unterstützt haben?«, wollte Theresa wissen.

»Hm, Sabine Welk war ganz nett, die mochte die Kinder auch. Aber wenn man zu freundlich zu den Kindern war, wurde man schnell zurückgepfiffen. Sie hat kurz nach mir gekündigt, wir standen noch eine Weile in Kontakt, dann hat sich das verlaufen.«

»Wissen Sie, ob sie noch lebt?«, fragte Jonas.

Juliana Krantz schüttelte den Kopf. »Ich habe seit den Siebzigern nichts mehr von ihr gehört.«

»Was haben Sie gemacht, nachdem Sie in dem Kurheim aufgehört haben?«

»Ich bin als Krankenschwester in eine Kinderklinik gegangen, und dort habe ich meinen späteren Ehemann kennengelernt.«

»Wie war es eigentlich, nachdem Clara Drees gestorben ist?«, fragte Jonas. »Wie war die Reaktion? Selbst dort kann es doch nicht alltäglich gewesen sein, dass ein Kind während der Kur starb.«

Juliane Krantz schürzte die Lippen, ehe sie antwortete. »Oh, da war was los, das können Sie mir glauben. Die eine Schwester des Kindes – ich weiß nicht mehr, welche von beiden – schrie das ganze Haus zusammen.«

»Das war Martha«, warf Inga ein. Ihre Stimme bebte leicht.

»Die Krankenschwester, die morgens Licht gemacht und die Kinder geweckt hatte, hatte das tote Kind gar nicht bemerkt, sie hat nur kurz in den Raum gerufen, dass alle aufstehen sollten. Erst, als der Tumult losbrach, kamen wir in den Saal gelaufen, und da lag das tote Kind. Die eine Schwester schrie, die andere stand unter Schock. Aber auch die anderen Kinder waren völlig fertig, einige weinten, andere verstanden nicht, was da los war. Dann wurden die beiden Mädchen sediert und die übrigen Kinder unter Androhung von Strafen ruhiggestellt. Clara wurde sofort aus dem Saal in die Krankenstation gebracht.« Juliane Krantz seufzte und strich sich über den dunkelroten Rock. »Das

Haus war in heller Aufregung. Ein uns anvertrautes Kind war gestorben, und niemand hatte etwas gemerkt. Was sollte man den Eltern sagen? Vor allem herrschte Angst, dass jemand rechtlich belangt werden könne. Einer der behandelnden Ärzte stellte den Totenschein aus und sagte auch den Eltern gegenüber, das Kind sei im Schlaf erstickt und hätte auch vorher schon unwohl gewirkt. Heute würde man eine Obduktion machen und die Polizei einschalten, aber damals? Da hatte man das geglaubt, wenn ein Arzt das sagte und andere Ärzte das bezeugen konnten.«

»Hätte man das Sedativum noch im Blut nachweisen können?«, fragte Jonas und warf einen kurzen Blick auf sein Tablet, auf dem er das Gespräch aufzeichnete.

»Ja, sicher. Aber damals ordnete man bei einem vermeintlich klaren Tod doch keine Autopsie an. Den Eltern wurden ihre Kinder übergeben, die Kosten für die Kur wurden erlassen – denn strenggenommen hätten sie diese tragen müssen, da sie den Aufenthalt für die anderen beiden abgebrochen haben, und es wurden Kosten für die Beerdigung vom Träger übernommen.«

Theresa fand das alles nur schwer auszuhalten, wie schlimm musste es da erst für die Eltern gewesen sein und für ihre Mutter, die seit ihrer Kindheit verinnerlicht hatte, am Tod ihrer Schwester eine Mitschuld zu tragen. Sie sah Inga an, die glasige Augen hatte und die Hände ineinanderschlang, so dass die Knöchel weiß hervortraten. Sie schluckte, und Theresa sah die Starre in ihren Schultern.

»Meine Mutter erzählte einmal von einem Raum, der Raum der Besinnung hieß. Was hatte es damit auf sich?«

»O Gott.« Juliane Krantz schloss für einen Moment die Augen. »Das war wirklich furchtbar. Es war ein Kellerraum, und irgendjemand hat mal herausgefunden, dass über das Abluftsystem alles, was im Aufenthaltsraum der Schwestern und Erzieherinnen gesagt wurde, in diesem Kellerzimmer gehört werden konnte. Der Raum war weiß getüncht, enthielt einen Tisch und einen Stuhl in der Mitte. Außerdem war er fensterlos. Wenn ein Kind zur Strafe dort hinein geschickt worden war, wurde das Licht ausgemacht, und wir sollten uns darüber unterhalten, was man dem Kind alles antun würde. Ziel war, dem Kind so viel Angst zu machen, dass es nie wieder ungehorsam war, damit es nur ja nicht dorthin zurückmusste. Es sollte froh sein, dem Raum entkommen zu sein.«

»Das klingt unfassbar krank«, sagte Jonas.

Theresa sah, wie sich ihre Mutter mit einem Taschentuch eine Träne von der Wange wischte. »Und danach durfte man nicht darüber sprechen.« Ingas Stimme klang heiser.

»Richtig. Die Kinder wurden dazu angehalten, niemandem davon zu erzählen, was einen dort erwartete, sonst müssten sie dorthin zurück. Dadurch hatte dieser Raum einen unausgesprochenen Schrecken. Sie haben es dann übrigens vermutlich auch ihren Eltern nicht erzählt, die Angst muss tief gesessen haben. Theoretisch war es ja möglich, ein weiteres Mal in Kur geschickt zu werden.«

Jonas schüttelte nur fassungslos den Kopf.

»Vollkommen unmenschlich«, murmelte Theresa, während ihre Mutter dasaß und schwieg.

»Haben Sie sonst noch Kontakt zu jemandem von früher?«, fragte Jonas.

»Nein, ich war auch nicht daran interessiert. Ich meine, ich wusste, dass vieles falsch lief, aber der Tod des kleinen Mädchens hat mich damals schockiert, und ich habe gedacht, vielleicht ändert sich etwas, und man überdenkt das Konzept. Aber nichts dergleichen ist passiert. Sie haben einfach weitergemacht.«

»Warum haben Sie nicht gesagt, dass Clara sediert worden ist?«, fragte Inga.

Juliane Krantz schwieg, schien über ihre Antwort nachzudenken. »Ich war Krankenschwester, als Letzte dazugekommen, noch ganz jung. Mir gegenüber standen erfahrene, renommierte Ärzte, dienstältere Krankenschwestern und Erzieherinnen. Niemand hätte mir geglaubt, und ich habe mich schlicht und ergreifend nicht getraut.«

•

»Warum sitzt du hier im Halbdunkel?«, fragte Inga, die gerade die Wohnung betreten hatte. Sie war noch mit Theresa und Jonas essen gegangen und hatte danach einen langen Spaziergang gemacht, um ihre Gedanken zu sammeln und das Gehörte zu verarbeiten. *Die Kinder lagen in komatö-*

*sem Tiefschlaf. Da hätte vermutlich eine Bombe einschlagen kön-
nen, und sie wären nicht wach geworden.* Sie konnte sich an
die Spritze erinnern, und als Erwachsene hatte sie natürlich
den Zusammenhang hergestellt, aber die Schuldgefühle aus
ihrer Kindheit begleiteten sie fortwährend. Es war wie eine
Erlösung gewesen, die Worte aus dem Mund der Frau zu
hören, die damals dabei gewesen war. Sie, Inga, hätte nichts
tun können, um all das zu verhindern. Jetzt war sie zurück
in ihrer Wohnung, wo sie Martha in ihrem Wohnzimmer
vorfand, vor sich alte Fotos, eine flackernde Kerze, ein Glas
Wein und eine halb leere Flasche.

»Ich habe mich so furchtbar allein gefühlt die ganze
Zeit«, sagte Martha unvermittelt, ohne auf Ingas Frage ein-
zugehen. »Gleich am ersten Abend bin ich in diesen furchtbaren Kellerraum gekommen, und niemand hat mich ge-
tröstet. Du warst nur für Clara da, und dir hat Mama Briefe
und eine Karte geschrieben. Für dich schien es alles weniger schlimm zu sein.«

Inga war erschüttert. »Ich dachte, du erinnerst dich an
nichts.«

»Ich wollte mich an nichts erinnern.« Ihre Schwester
starrte in die tanzende Flamme der Kerze.

»Aber Martha, was du erzählst, stimmt doch so gar nicht.
Du warst es doch, die mich von sich gestoßen hat, von Anfang an.«

»Du hast Bonbons von Mama bekommen und vor mir
versteckt. Und als ich nicht wollte, dass du in den Raum

der Besinnung kommst, wurde ich auf die Hände geschlagen. Du hattest Mama sogar geschrieben, dass es schön hier ist.«

»Das habe ich doch nicht gewollt.« Ingas Stimme bebte. »Tante Martina hat mir befohlen, das zu schreiben. Ich wollte nichts anderes, als weg von diesem Ort. Ich habe Pläne geschmiedet, einen Brief hinauszuschmuggeln.«

Martha sah auf die Karte mit dem Haus. »Ich dachte immer, dass nur ich es dort so furchtbar finde. Alle anderen wurden auch bestraft, aber mir kam es so vor, als würde niemand so leiden wie ich.« Eine Träne löste sich aus Marthas Augenwinkel und lief über ihre Wange. Noch immer sah sie Inga nicht an. »Mama und Papa haben so getan, als hätten wir einfach nur einen misslungenen Urlaub gehabt. Und als Mama und Papa uns holen gekommen sind, war ich so erleichtert. Dann kam ich in der Halle an, und Papa hatte dich auf dem Arm, den anderen um Mama gelegt. Nur für mich schien kein Platz mehr zu sein.«

Inga fuhr sich mit den Händen über die Augen, wusste nicht, was sie sagen sollte. Sie hatten als Kinder nicht darüber gesprochen – natürlich nicht. Jede von ihnen war damit beschäftigt gewesen, es zu vergessen und wieder in den Alltag zu finden. Während sich Inga in schuldbeladene Stille geflüchtet hatte, war Martha wild und aufsässig gewesen.

»Ich kann mich daran erinnern, wie sie da lag«, sagte Martha nun und hob den Blick, schaute zur gegenüberliegenden Wand und schien sie doch gar nicht zu sehen, »wie unheimlich sie ausgehen hat. Ich hatte solche Angst und habe geschrien und geschrien. Vielleicht war es auch der Schock, ganz bestimmt sogar.«

Inga sah ihre Schwester an, deren Konturen sich in der zunehmenden Dunkelheit, die den Raum erfüllte, langsam auflösten. »Das Haus, wie wir es kannten, gibt es nicht mehr. Es ist ein heller Ort, freundlich und einladend. Dort werden Lungenkranke behandelt.«

Endlich blickte Martha zu ihr. »Ich kann mir das gar nicht vorstellen.«

Inga setzte sich neben Martha und erzählte von dem Kurhaus und ihren Eindrücken. »Der Raum der Besinnung«, sagte sie und bemerkte, wie Martha zusammenzuckte, »den gibt es nicht mehr. Er ist nicht einfach in einen Lagerraum umfunktioniert worden, sondern er ist schlicht nicht existent.«

»Grundgütiger, Inga, ich kann dir nicht sagen, wie viel Angst ich an dem Abend hatte, dort drin.« Die Stimme ihrer Schwester war kaum mehr als ein Flüstern.

Auch Inga sprach gedämpft. »Juliane hat erzählt, dass ein Abluftrohr in den Aufenthaltsraum führte und sie sich direkt darüber über Dinge unterhalten sollten, die uns Angst machen.«

Martha schwieg für einen Moment. Dann sah sie ihre Schwester fragend an. »Und? Hat es dir etwas gebracht, dorthin zu fahren? Mit dieser Frau zu reden?«

Inga überlegte. »Ich weiß es nicht. Aber es hat mir geholfen, die Dinge neu zu sortieren. Es ändert nichts an dem, was es tief in mir ausgelöst hat, und vielleicht wird es auch die Träume nicht vertreiben, die plötzlich hervorbrechenden Ängste, wenn eine Situation mir zu schaffen macht. Aber es hilft mir, zu verstehen. Und ich wünschte von ganzem Herzen, mir hätte schon früher jemand gesagt, dass ich keine Schuld an Claras Tod trage.«

Entrüstet schüttelte Martha sich. »Natürlich trägst du sie nicht, das muss dir doch klar sein.«

»Ich hätte es so dringend gebraucht, dass jemand es sagt, diese Worte ausspricht.«

Mittlerweile war es so finster im Raum, dass Inga Martha nur noch gerade so ausmachen konnte. »Theresa wird morgen kommen und noch einmal mit dir über das Teehaus reden und über ihre geplante Teestube. Du solltest aufhören, dich weiter querzustellen.«

»Ich habe nie gerne Verantwortung abgegeben. Was ich selber bestimmen konnte, habe ich selbst bestimmt. So geht es mir auch mit dem Teehaus. Wir haben es weitergeführt, es war eine Konstante in meinem Leben. Es abzugeben und Theresa darin ihre Träume umsetzen zu lassen, gibt mir wieder das Gefühl, machtlos davor zu stehen. Und wenn es dann scheitert, werde ich mir vorwerfen, das zugelassen zu haben.«

Ein Lächeln huschte über Ingas Gesicht. In der Dunkelheit suchte sie die Hand ihrer Schwester, fand und drückte sie. »Vielleicht sollte nicht nur ich lernen, endlich loszulassen.«

•

Theresa saß im Schneidersitz auf dem Sofa, ihr gegenüber Fenja, und zwischen ihnen eine Schale Chips. »Ich könnte mich daran gewöhnen, die Abende so ausklingen zu lassen«, sagte Fenja.

»Ach was? Und was ist mit Felix?«

»Hm«, machte Fenja mit vollem Mund, »der kann heute auch mal einen Abend allein verbringen. Er ist heiß, und ich habe den Sex meines Lebens, aber nichts geht über die beste Freundin.«

Da hatte sie natürlich recht.

»Was ist mit dir und von Bergen?«

»Das weiß ich selbst nicht so genau, wenn ich ehrlich sein soll. Seinen Artikel hat er fertig.«

Fenja griff nach ihrem Glas mit dem selbst gemixten Cocktail. »Und das heißt? Einmal ins Bett, für mehr Spaß bei der Arbeit, oder was?«

Theresa musste lachen. »So schätze ich ihn nicht ein, aber es wird sich zeigen.«

»Kannst du dir etwas Dauerhaftes vorstellen? Oder war es nur, um mal was anderes als Lukas zu erleben?«

Kurz überlegte Theresa. »Mit Lukas war es wunderbar. Nur zu verkrampft zum Schluss.«

»Und wie ist es mit von Bergen?«

»Auch sehr schön. Anders. Aufregend.«

»Der Reiz des Neuen. Wie versteht ihr euch denn darüber hinaus?«

Bei dem Gedanken an Jonas musste Theresa lächeln. »Sehr gut, wir führen interessante Gespräche. Wenn ich das nicht mit ihm tun könnte, hätte die Sache keinen Reiz für mich.«

Fenja streckte sich. »Ich drücke dir die Daumen, dass es etwas Gutes ist.«

»Ich frage mich …« Theresa verstummte.

»Was?«

»Ach, egal. Ist ohnehin noch zu früh.«

»Jetzt sag schon, was du dich fragst.«

Theresa zögerte, sah in die Schale mit den Chips, als könnte diese mehr enthüllen als das Versprechen auf einen kurzen Genuss. »Ich habe mal gelesen, dass Traumata vererbbar sind, und ich frage mich, ob manche Dinge, meine Verlustängste zum Beispiel, ihren Ursprung in dem haben, was meiner Mutter als Kind widerfahren ist.«

Fenja schnippte eine Strähne aus dem Gesicht. »Das ist eine sehr komplexe Frage.«

»Eine, die man nicht beiläufig bei Chips erörtern kann. Aber es war eine Überlegung.«

»Eine, der du, wenn du dem wirklich auf die Spur kommen möchtest, mit kundiger Begleitung nachgehen kannst.«

Vielleicht würde sie es tun, sie wusste es noch nicht. Aber jetzt gerade spielte es auch keine Rolle, sie hatte ihre Mutter auf eine Reise in die Vergangenheit begleitet und hatte dabei eine Tante gewonnen und wieder verloren. Für ihre Mutter war das hoffentlich ein erster Schritt zur Aufarbeitung. Und Martha? Theresa wusste es nicht, und sie würde es auch nicht ansprechen, denn ganz offensichtlich wollte Martha nicht darüber reden.

»Vielleicht probiert ihr mal so etwas wie eine Familienaufstellung«, sagte Fenja.

»Mal sehen«, antwortete Theresa unbestimmt. »Momentan bin ich froh, dass meine Mutter zum ersten Mal offen mit mir über die Vergangenheit gesprochen hat. Ob sie zu mehr bereit ist, weiß ich nicht. Wichtig ist, dass es sich für sie gut und richtig anfühlt. Sie ist so lange nicht gehört worden, das Gefühl soll sie nie wieder haben.«

»Alles wäre einfacher, wenn du dich nicht ständig querstellen würdest.« Seit Tagen diskutierten sie schon wieder, und Theresa war mit ihrer Geduld am Ende. Martha war so unglaublich stur. Dabei hatte sie alle Pläne vorgelegt, die nötig waren, um die Teestube einzurichten. Und jetzt stellte Martha sich fortwährend dagegen, das war doch nicht auszuhalten.

Der Artikel war am Vortag erschienen und hatte eine sehr gute Resonanz. Aufgezogen war die Geschichte über Clara, die kleine Drees-Schwester, die auf eine Kur gegangen und nicht zurückgekehrt war. Der Artikel beleuchtete die Vorgänge in dem Kurheim und schlug zum Schluss den Bogen zu aktuellen Missständen. Über die Onlineversion hatten sich bereits mehrere Betroffene gemeldet und über ähnliche Erfahrungen berichtet. Es waren sogar einige Stammkunden dagewesen und hatten erzählt, sie hätten den Artikel gelesen und wären sehr bewegt gewesen.

»Wenn jetzt mehr Kunden kommen«, sagte Martha, »braucht es diese Gastronomie doch nicht.«

»Ich darf dich daran erinnern, dass du auch gegen die Artikel in der Zeitung warst?« Es war zermürbend.

Martha zuckte nur die Schultern und füllte Tee um, der neu eingetroffen war.

»Ich finde es wirklich schade, dass du mir fortwährend Steine in den Weg legst. Dabei habe ich ebenso ein Recht wie du, hier Entscheidungen zu treffen«, versuchte Theresa es ein weiteres Mal.

»Denkst du, ja?«

Inga kam in den Laden. Sie wirkte in letzter Zeit etwas aufgeräumter, aber vielleicht war es auch Theresas Blick auf sie, der sich verändert hatte. »Worüber diskutiert ihr beide? Geht es wieder um das leidige Thema?«

»Ja, leider.« Theresa wurde langsam wütend. »Der Laden läuft schlechter und schlechter, und ich habe das Gefühl, ich bin die Einzige, die sich hier mit Ideen einbringt. Ich habe dafür gesorgt, dass das Teehaus Presse hat, ich verwende viel Zeit und Energie in den Onlineshop, den ihr beide anfangs auch nicht wolltet. Und wenn ich nun Pläne vorlege für eine Teestube, mit der wir sicher auch mehr Kunden in den Laden locken und vielleicht auch dazu animieren, nach einer Tasse Tee hier einzukaufen, stellt sich Martha quer.«

Ihre Tante schnaubte ungehalten.»Es gibt so viele Auflagen für die Gastronomie. Wer soll sich denn darum kümmern?«

»Wir stellen in das Geschäft zwei Tische, drei nach draußen, und eine Kundentoilette haben wir ohnehin schon. Ich denke, die Auflagen sind überschaubar«, antwortete Theresa mit erzwungener Ruhe.

»Niemand von uns hat Erfahrung darin.« Martha verschränkte die Arme vor der Brust und machte nicht den Eindruck, als wäre sie gewillt, nachzugeben.

Theresa war es so leid.»Ach, weißt du was, dann mach deinen Kram doch einfach selbst.« Sie klappte das Rechnungsbuch zu, in dem sie gerade einige Eintragungen getätigt hatte.

»Was meinst du damit?«

»Dass ich mir einen neuen Job suche. Ich wollte mich hier wirklich mit ganzem Herzen einbringen, aber ich mag auch nicht die ganze Zeit immer nur gegen dich ankämpfen. Dann mach halt so weiter wie bisher. Für mich ist das nichts, dieser Stillstand.«

Das wiederum schien auch nicht das zu sein, was Martha sich vorgestellt hatte.»Aber das ist ein Familienbetrieb, und wenn wir uns einmal zur Ruhe setzen, kannst du hier doch machen, was du möchtest.« Sie schürzte die Lippen, und eine steile Falte grub sich zwischen ihre Brauen.

Theresa schüttelte den Kopf. »Ich bezweifle, dass das Geschäft dann noch existiert.«

»Ich lasse mich nicht von dir erpressen, junge Dame.« Martha fuhr fort, den Tee umzufüllen.

Theresa sah ihre Mutter an. Inga würde ihr niemals in die Entscheidung reinreden. Und tatsächlich seufzte diese ergeben. »Ich finde es bedauerlich, wenn du den Laden aufgibst, aber ich kann dich gut verstehen.«

Es war eine Kurzschluss-Entscheidung, aber Theresa hatte auf einmal das Gefühl, dass sie das tun musste. Sie konnte nicht um jede Entscheidung ringen, sie wollte hier etwas Gemeinsames schaffen und kein fortwährendes Kräftemessen. So wunderbar sie sich sonst immer mit ihrer Tante verstanden hatte – in der Zusammenarbeit funktionierte es einfach nicht.

Sie nahm ihre Handtasche und ging zur Tür. Gleich würde sie Jonas anrufen, um ihm alles zu erzählen, dann würden sie essen gehen und vielleicht danach noch zu ihr. Oder zu ihm? Egal, Hauptsache, sie war mit ihm zusammen und konnte mit ihm über ihre Entscheidung sprechen. Theresa verabschiedete sich und trat auf die Straße. Ehe die Tür hinter ihr zufiel, hörte sie Martha sagen. »Sie kommt ja doch zurück.«

1965

Weihnachten war überhaupt nicht schön gewesen. Mama hatte immer nur geweint, sie hatten keinen Baum aufgestellt, und es gab keine Geschenke. Als sie einmal im Wohnzimmer waren, hatte Mama Inga bei den Schultern gefasst und sie angesehen. »Hast du nichts gehört nachts? Wirklich nichts? Sie hat sich erbrochen, das musst du doch gehört haben.«

Inga schüttelte den Kopf.

»Das kann doch nicht sein, das hört man doch. Du hast direkt neben ihr geschlafen.«

»Renate«, sagte Papa. »Lass es gut sein, es reicht.«

»Aber wäre sie nicht einfach liegengeblieben, sondern zu ihrer Schwester gegangen, könnte Clara noch leben.«

Inga brach in Tränen aus. »Es tut mir leid, Mama. Ich wollte das doch nicht.«

»Hör jetzt auf, Renate«, schrie Papa. »Es reicht. Lass das Kind in Ruhe.«

»Aber wenn sie ...«

»Sie ist neun Jahre alt!«

Inga weinte, und ihr Vater nahm sie in den Arm. Sie hatte immer ein Wein-Gefühl tief in der Brust. Und wenn sie Claras Zimmer sah, weinte sie noch mehr.

»Ich fühle mich ganz schlecht, Papa«, sagte sie, und er schloss sie noch fester in die Arme, strich über ihr Haar.

»Das musst du nicht, meine Kleine.«

Inga versuchte jetzt immer leise zu sein, um ihre Mama nicht zu stören und wütend zu machen. Sie spielte viel in ihrem Zimmer oder las ein Buch. Martha hingegen war oft laut und bockig, gab Widerreden und wurde manchmal ohne Abendessen zu Bett geschickt.

»Was ist denn nur in sie gefahren?«, hatte Inga Mama fragen gehört. »So war sie doch früher nicht.«

Inga freute sich, als sie wieder in die Schule konnte und ihre Freundinnen sah. Die Lehrer waren nett zu ihr und nannten sie immer »arme Inga«, weil ihre Schwester gestorben war. Anfangs hatte Inga sich nicht getraut, in der Schule einfach in den Pausen zur Toilette zu gehen, und hatte eingehalten, bis sie nach Hause kam. Inzwischen traute sie sich, auch in der Schule zu gehen. Ihre Freundinnen erzählten von den Ferien, von Weihnachten und sagten Inga, sie hätten sie vermisst. Inga hatte die Weihnachtsaufführung in der Schule verpasst, erzählten sie, aber sicher dürfe sie im nächsten Jahr mitmachen.

»Inga!«, rief ihre beste Freundin Katharina an diesem Tag ganz aufgeregt. »Komm mal ganz schnell, Martha verprügelt jemanden.«

Als sie auf den Schulhof lief, hatte eine Lehrerin Martha und den Jungen bereits getrennt. »Was ist denn los mit dir?«, schimpfte Fräulein Brühl Martha aus. »Seit du wieder hier bist, führst du dich unmöglich auf.«

Martha antwortete nicht, sondern starrte zu Boden, die Fäuste geballt.

»Wir gehen jetzt zum Direktor.« Fräulein Brühl umfasste Marthas Handgelenk und zog sie mit sich vom Schulhof.

Als sie mittags zusammen nach Hause gingen, kickte Martha einen Stein vor sich her und trat ihn dann in den Vorgarten eines Hauses. Früher hatten sie auf dem Heimweg immer gespielt, aber jetzt wollte Martha nicht mit ihr spielen und sagte ihr, wenn sie danach fragte, sie sei blöd, und mit blöden Kindern wolle sie nicht spielen.

Der Direktor hatte bereits zu Hause angerufen und alles erzählt, so dass Martha direkt gescholten wurde und Zimmerarrest bekam. Nur zum Essen durfte sie an den Tisch, und sie weigerte sich, den süßen Milchreis mit frischem Kompott zu essen, den Mama extra für sie gemacht hatte, weil sie den immer so gerne aßen. »Was sind das eigentlich für Marotten?«, fragte sie, als Martha sich weigerte, ihn auch nur zu probieren. »Du mochtest den doch immer so gern.«

»Der sieht aus wie Kotze.«

»Rede nicht respektlos daher«, schimpfte Papa.

»Ich musste im Heim auch Kotze essen.«

»Hör endlich auf, so einen Unsinn zu erzählen.« Mama war wütend geworden. »Deine Schwester ist an ihrem Erbrochenen erstickt, und dir fällt nichts Besseres ein, als dich mit solchen Geschichten in den Vordergrund zu spielen!«

Martha verschränkte die Arme vor der Brust und zog die Stirn kraus. Sie musste schließlich ohne Essen schlafen gehen. Inga hatte den Milchreis schweigend in sich hinein gelöffelt, und obwohl er ihr schmeckte, musste auch sie immer an Erbrochenes denken. Aber sie wollte Mama nicht wieder böse oder traurig machen. Papa sah sie an und lächelte.

Obwohl Inga endlich wieder in ihrem Bett schlafen konnte, wurde sie jede Nacht wach, schreckte auf, weil sie geträumt hatte, dass sie wieder im Kurheim war. In dieser Nacht irrte sie im Traum durch dunkle Korridore, weil sie eine Toilette suchte. Dann hörte sie auf einmal eine Stimme hohl in den finsteren Gängen. »Inga.« Tante Martina hatte sie erwischt. »Inga.« Dann war sie plötzlich im Raum der Besinnung. »Inga! Inga!«

Sie schreckte auf, starrte panisch in die Dunkelheit, hörte, wie ihr Name ein weiteres Mal gesagt wurde. Nicht von Tante Martina, sondern von Mama, die nun die Nachttischlampe einschaltete. »Inga.« Mamas Stimme war jetzt wieder so, wie Inga sie kannte, ganz weich und lieb. »Warum schreist du denn so?«

Inga konnte nicht antworten, weil die Angst aus dem Traum immer noch in ihr steckte. Stattdessen schluchzte sie auf und konnte gar nicht mehr aufhören. Mama nahm sie in den Arm, drückte ihr Gesicht an ihre Brust und streichelte ihren Rücken. »Es tut mir leid«, sagte Mama, »es tut mir so leid.« Und jetzt weinte sie auch.

EPILOG

Die Zahlen waren schlecht, aber Inga wunderte das nicht. Die Artikel in der Zeitung hatten die Leute neugierig gemacht, aber sie bewirkten kein Wunder. Inga tat die Vorstellung weh, der Laden könne nun seinem Ende entgegengehen. Aber vielleicht war seine Zeit nun einmal gekommen. Dabei hätte Inga sich so gewünscht, dass er weitere Generationen überdauerte. Theresa war auf Reisen und verfasste eine Reportage über Teefarmer, ein Auftrag, den ihr Jonas verschafft hatte für ein Magazin, bei dem er jemanden kannte. Für Theresa war das in zweierlei Hinsicht gut – sie kam mal raus aus Emden und sie folgte ihrer Leidenschaft für Tee, wenn auch auf andere Weise als bisher.

»Und wenn ich noch einmal mit Theresa spreche?« Martha saß in Ingas Wohnung auf dem Sofa ihr gegenüber. »Vielleicht finden wir einen Kompromiss.«

»Momentan ist sie beschäftigt, aber du kannst es ja versuchen, wenn sie mit ihrem Artikel fertig ist.«

Martha zupfte an einer Locke und schob sie sich hinters

Ohr, eine Geste, die an Theresa erinnerte. »Ist das mit Jonas von Bergen jetzt eigentlich etwas Festes?«

»Sie sind seit vier Monaten zusammen, ich gehe davon aus, dass es ihnen schon ernst ist. Immerhin war sie schon bei seiner Familie eingeladen, und es ist im Gespräch, dass sie auch Weihnachten für einen Tag dort ist.«

»Weihnachten ist sie doch immer bei uns«, entgegnete Martha eifersüchtig.

»Einen Tag können wir seiner Familie sicher gönnen.«

Martha nickte, wirkte aber grimmig. »Irgendwie läuft alles aus dem Ruder.«

»Findest du? Mir scheint gerade, als würde sich vieles endlich fügen.«

Ohne zu antworten, sah Martha an ihr vorbei aus dem Fenster hinaus in den Herbsttag. So richtig hell schien es heute nicht zu werden, aber immerhin war es trocken. Martha legte den Kopf schief, schien zu überlegen. »Weißt du, ich werde mit ihr sprechen«, sagte sie. »Vielleicht nützt uns ihr Artikel ja etwas.«

Inga musste lachen, denn diese Hoffnung, die Martha anfangs – als man das Ruder noch hätte herumreißen können – so gar nicht hatte teilen wollen, erschien ihr nun gar zu weltfremd.

»Dieser Artikel, den Jonas von Bergen über das Kurheim geschrieben hat …« Martha zögerte. »Ich habe auch einen Leserkommentar darunter geschrieben. Einen langen, bösartigen Kommentar. Und ich hoffe von ganzem Herzen, alle Tanten und Krankenschwestern, die dort waren und noch leben, lesen ihn.«

»Auch Juliane?«

»Die hat mich damals in den Raum der Besinnung gebracht.« Abrupt erhob sich Martha. »Und jetzt entschuldige mich, ich werde noch ein bisschen lesen.«

Inga stand ebenfalls auf, räumte ein wenig herum, verschob ein paar Dekofiguren. Dann sah sie das Kärtchen mit der Nummer von Matthias Heister. Sie nahm es zur Hand und betrachtete es nachdenklich. Ihre Gedanken gingen zurück, und Bilder stiegen vor ihr auf. Winter 1964, die Fahrt vom Bahnhof zum Kurheim. Ingas Blick im Bus über die Sessellehne, als sie mit Clara zurück zu ihrem Platz gegangen war. Dieser hochgewachsene blonde Junge, der sich zusammenkauerte und weinte. Matthias, genannt Mats. Sie hatte sich immer gefragt, was damals mit ihm geschehen war, nach jenem Vorfall im Garten. Sollte sie ihn anrufen? Und wenn er es doch nicht war, und sie sich irrte? Nun, das würde er ihr wohl sagen. Inga zögerte, dann griff sie zum Handy und wählte seine Nummer, war sogar ein wenig aufgeregt. Wie ein Backfisch, hätte man früher gesagt. Er ging beim vierten Läuten dran.

»Heister.«

»Hier ist Inga Drees.« *Erinnerst du dich?*